»Und was war mit den beiden frisch Verheirateten? Was taten frisch Verheiratete miteinander, wenn sie alleine waren? Sie konnten doch nicht immer das *eine* tun. Draußen war schon tiefe Nacht, aber weil fast Vollmond war, verbarg die Dunkelheit nichts, in der dämmrigen Landschaft wand sich der glänzende Fluß ... Ganz bestimmt waren sie dort zusammen: Jungs und Mädchen, Männer und Frauen, Geliebte und Geliebter, sie krochen zusammen ins Zelt, sie preßten sich aneinander und dann ... Ich mußte sofort beginnen, über wesentlichere Dinge nachzudenken. Was waren wesentlichere Fragen? Die Existenz Gottes. Die Beobachtung des Lebens. Die Unsterblichkeit der menschlichen Seele ...« – Sechs Erzählungen über das Erwachen der Liebe, den ersten Kummer, über Banalität und Literatur, über Sehnsucht und Enttäuschung. Mit leiser Wehmut und mit seinem unverwechselbaren Humor beschreibt Ivan Klíma, was (zumindest in seinem Universum) die Welt im Innersten zusammenhält.

*Ivan Klíma* wurde am 14. September 1931 in Prag geboren und mußte als Kind drei Jahre im KZ Theresienstadt verbringen. Nach dem Studium arbeitete er zunächst als Lektor, Redakteur und Reporter. Da Klíma sich einer deutlichen Kritik an Partei und Gesellschaft nicht enthalten konnte, wurde er aus der Partei ausgeschlossen und erhielt 1968 Publikationsverbot. 1989 war er eines der Gründungsmitglieder des neuen tschechischen Schriftstellerverbandes. Ivan Klíma lebt mit seiner Frau in Prag. Auf deutsch liegen vor: ›Liebe und Müll‹ (1991), ›Ein Liebessommer‹ (1992), ›Warten auf Dunkelheit, Warten auf Licht‹ (1994), Romane; ›Liebende für eine Nacht, Liebende für einen Tag‹ (1993), Erzählungen.

# Ivan Klíma

# Meine ersten Lieben

## Erzählungen

Deutsch von Anja Tippner

Deutscher Taschenbuch Verlag

Von Ivan Klíma
sind im Deutschen Taschenbuch Verlag erschienen:
Liebe und Müll (12058)
Liebende für eine Nacht, Liebende für einen Tag (12150)

Deutsche Erstausgabe
Februar 1997
Deutscher Taschenbuch Verlag GmbH & Co. KG,
München
© 1981 Ivan Klíma
Titel der tschechischen Originalausgabe:
›Moje první lásky‹ (Samisdat, Prag 1981)
© 1996 der deutschsprachigen Ausgabe:
Carl Hanser Verlag, München · Wien
Umschlagbild: Quint Buchholz
Gesetzt aus der Garamond 10,5/12· (Quark XPress)
Gedruckt auf säurefreiem, chlorfrei gebleichtem Papier
Gesamtherstellung: C. H. Beck'sche Buchdruckerei,
Nördlingen
Printed in Germany · ISBN 3-423-12309-5

# Inhalt

# Miriam

Die Kusine meines Vaters, Sylva, feierte ihre Vermählung.
Tante Sylva war klein und sonnengebräunt, sie hatte eine
große Nase und war nicht auf den Mund gefallen. Vor dem
Krieg hatte sie als Buchhalterin in einer Bank gearbeitet,
jetzt war sie Gärtnerin, während ihr Bräutigam – eigentlich ein Jurist – in der Proviantur arbeitete. Wie seine
Arbeit dort aussah, wußte ich nicht, aber der Vater hatte
versprochen, daß uns auf dem Fest eine Überraschung
erwartete, und dabei bedeutungsvoll mit der Zunge
geschnalzt, womit er bei mir und meinem Bruder begei-
stertes Interesse hervorgerufen hatte.

Die Tante wohnte in der selben Kaserne wie wir, in
einem kleinen Kämmerchen mit einem Fenster zum Gang.
Die Kammer war so klein, daß ich mir nicht vorstellen
konnte, wozu sie ursprünglich einmal gedient hatte.
Wahrscheinlich zur Aufbewahrung von irgendwelchem
Kleinkram, Hufeisen, Peitschen (die Kaserne hatte früher
zur Kavallerie gehört) oder Sporen. In diesem Raum hatte
meine Tante ein Bett und einen Tisch aus zwei Koffern.
Über den oberen Koffer hatte sie jetzt eine Tischdecke
gebreitet. Auf Unterlagen aus Pappe lagen belegte Brote.
Richtige belegte Brote, mit Salamischeiben, Sardinen,
Leberpastete, rohen Kohlrüben, Gurken und echtem
Käse. Ich merkte, wie mein Bruder laut das Wasser in seinem Mund herunterschluckte. Er konnte sich noch nicht
beherrschen. Er hatte nie eine Schule besucht; ich ja, ich
hatte schon vom listenreichen Odysseus gelesen und

wußte schon ein wenig über Götter und männliche Tugenden.

Den Bräutigam sah ich zum ersten Mal in meinem Leben. Er war ein junger Mann mit gelocktem Haar und einem runden Gesicht, auf dem die Schrecken des Krieges keine Spuren hinterlassen hatten.

So trafen wir uns in diesem Kämmerchen, das Fenster war verdunkelt, wir zwängten uns zu neunt in den Raum. Die Luft war bald verbraucht, sie war warm und roch nach Schweiß. Wir jedoch aßen, verschlangen die unvorstellbaren Leckerbissen, die der Bräutigam offensichtlich aus der Proviantur besorgt hatte, die Bissen spülten wir mit Ersatzkaffee, der nach Milch duftete und wunderbar süß war, hinunter. Dann klopfte mein Vater mit dem Messer an die Tasse und sagte, die Zeiten könnten nie so schlecht sein, als daß nicht etwas Gutes geschehen könnte; zu den vielen beachtenswerten Ereignissen dieser Tage, zu denen die Niederlagen der Deutschen bei Sewastopol und die englische Offensive in Italien gehörten, mußte auch dieses Fest gerechnet werden. Der Vater wünschte dem jungen Paar, daß sie sich schon im nächsten Monat als freie Menschen auf Hochzeitsreise begeben könnten, er wünschte ihnen baldigen Frieden und gemeinsames Glück und Liebe. Lieber unglücklich aber geliebt – er überraschte alle mit einem Goethezitat –, als fröhlich aber ohne Liebe.

Danach sangen wir zusammen ein paar Lieder, und dann war die Feier auch schon zu Ende, da bereits das Abendessen ausgegeben wurde.

Als ich mit einem Eßgeschirr voller Rübenbrühe zurückkehrte, sah ich in einer der bogenförmigen, unverglasten Fensternischen den grauköpfigen Meister Speero sitzen. Auch er hatte seine Schüssel bei sich – nur daß die seine schon leer war –, auf dem Schoß hielt er ein Brett, auf dem er einen Viertelbogen Papier befestigt hatte, und zeichnete. Auf unserem Flur wohnten einige Maler, aber Meister Speero war der älteste und berühmteste. In Holland, wo er herkam, hatte er Medaillen, Banknoten und Briefmarken entworfen, sogar die Königin hatte ihm Modell gesessen. Hier zeichnete er, auch wenn es streng verboten war, auf kleinen Papierfetzen Szenen aus unserem Ghetto. Die Bilder waren so winzig, es erschien mir unvorstellbar, daß diese alte Hand solche feinen Striche machen konnte.

Einmal hatte ich es gewagt, hatte all meine Kenntnisse des Deutschen aufgeboten und hatte Herrn Speero gefragt, warum er so kleine Bilder zeichnete.

»Um sie besser zu verschlucken«*, antwortete er mir. Aber vielleicht hatte ich ihn auch falsch verstanden, und er sagte: »verschicken« oder sogar »verschenken«.

Jetzt sah ich voller Bewunderung zu, wie sich das Papier mit alten Männern und Frauen füllte, die sich in einer Schlange drängten. Sie waren nicht größer als ein Reiskorn, und doch hatte jeder von ihnen Augen, Nase, einen Mund und auf der Brust einen Judenstern. Wie ich so unverwandt auf das Papier blickte, schien mir, als würden die Figürchen hin und her laufen, sie wimmelten auf dem Papier wie Ameisen, begannen vor meinen Augen zu tanzen, bis ich sie schließen mußte.

»Und, was hältst du davon?« Der weißhaarige Meister sah mich bei dieser Frage nicht an.

»Schön«, flüsterte ich. Um nichts in der Welt hätte ich ihm gestanden, daß ich, seinem Vorbild folgend, auch schon versucht hatte, ein Blatt mit winzigen Gestalten zu bevölkern, daß ich mich selbst in sonnigeren Momenten, wenn ich eine Zukunft außerhalb des Ghettos für möglich

---

* Im Original deutsch.

hielt, in der Rolle eines Zeugen sah: als Dichter, Schauspieler oder Maler. Plötzlich hatte ich eine Idee.

»Dürfte ich Ihnen ein wenig Suppe anbieten?«

Erst jetzt drehte der alte Mann sich zu mir um. »Was denn?« fragte er verwundert. »Geben sie etwa schon Nachschub aus? Oder bist du vielleicht krank?«

»Meine Tante hat geheiratet«, erklärte ich.

Herr Speero hob seine ganz sauber ausgekratzte Schüssel vom Boden, und ich goß ihm mehr als die Hälfte meiner Ration Rübenbrühe hinein. Er verbeugte sich leicht und sagte: »Danke, danke für dieses Zeichen der Gewogenheit. Gott wird es dir lohnen.«

Doch wo ist Gott, dachte ich an jenem Abend, als ich auf meiner verwanzten und flohverseuchten Pritsche lag, und wie belohnt er die guten Taten? Ich konnte mir keinen Gott vorstellen, ich konnte mir keine Hoffnung jenseits dieser Welt vorstellen.

Und diese Welt?

Jeden Abend lauschte ich angestrengt in die Dunkelheit. Stampften da nicht Schritte den Gang entlang, zerriß nicht ein verzweifelter Schrei die Stille, öffnete sich nicht vielleicht plötzlich die Tür, und ein Bote erschien mit einem Streifen Papier, auf dem in Schreibmaschinenschrift mein Name stand? Ich hatte Angst davor einzuschlafen, weil ich nicht in vollkommener Hilflosigkeit überfallen werden wollte. Denn dann hätte ich mich nicht verstecken können.

Ich hatte mir ein Versteck im Kartoffelkeller überlegt. Ich wollte mich abends nach der Sperrstunde durch das enge Fensterchen zwängen und mich so tief in den Kartoffelhaufen vergraben, daß mich kein SS-Mann sehen und kein Hund riechen konnte. Ich wollte mich von den Kartoffeln ernähren.

Wie lange konnte ein Mensch sich von rohen Kartoffeln

ernähren? Ich wußte es nicht, doch wie lange konnte dieser Krieg noch dauern? Ja, davon hing alles ab.

Ich wußte, aus der Ecke hinter dem Ofen würde die Angst hervorkriechen. Den ganzen Tag verbarg sie sich dort im Ofenrohr oder im leeren Kohlenkasten, aber jetzt, da alle schliefen, lebte sie auf und kam herüber zu mir, und ihr kalter Atem berührte meine Stirn. Ihr bleicher Mund wisperte: we-wehe d-dir.

Ganz leise stand ich von meiner Pritsche auf und schlich auf Zehenspitzen zum Fenster. Ich kannte den Ausblick sehr gut: die dunklen Kronen der alten Linden vor dem Fenster, das Ziegeltor, hinter dem schwarze Leere klaffte. Und die scharfen Umrisse der Schanzanlagen. Vorsichtig lüftete ich das Verdunklungspapier und erstarrte: Die Krone einer der Linden loderte bläulich. Das Licht, das sie ausstrahlte, war durchsichtig, kalt und blendend zugleich. Ich starrte es einen Augenblick lang an. Ich erkannte jedes Blatt, jeden der flammenden Zweige, und zugleich wurde mir klar, daß diese Zweige und Blätter eine riesige Fratze bildeten, deren glühende Augen mich ansahen.

Dieser Anblick schnürte mir die Kehle zu, und selbst wenn ich es gewagt hätte, ich hätte nicht schreien können. Ich ließ das schwarze Papier sinken, und das Fenster war wieder dunkel. Ich stand noch eine Weile regungslos am Fenster und rang mit der Versuchung, das Papier noch einmal hochzuheben und das Gesicht noch einmal anzuschauen. Doch mir fehlte bereits der Mut dazu. Warum hätte ich das auch tun sollen, ich sah es doch vor mir, wie es durch die Verdunkelung hindurch drang, wie es auf der dunklen Zimmerdecke flackerte, es tanzte vor meinen Augen, auch wenn ich meine Lider fest schloß.

Was hatte das zu bedeuten? Wem gehörte dieses Gesicht? Hatte es eine Botschaft für mich? Und woher sollte ich wissen, ob sie gut oder schlecht war?

Am Morgen war nichts übrig von den gestrigen Freuden oder Ängsten. Ich ging meine Ration bitteren Kaffee holen und schlang zwei Scheiben Brot mit Margarine hinunter. Voller Erleichterung machte ich mir bewußt, daß der Krieg wieder um eine Nacht vorangeschritten war und der unvorstellbare Frieden wieder ein Stück näher gerückt war.

Ich ging hinter die Schmiede zum Volleyballspiel, und eine Stunde vor dem Mittagessen stand ich mit einem großen Blechgeschirr Schlange nach einem Achtelliter Milch für meinen Bruder und mich. Die Schlange führte zu einem engen, gewölbten Raum, dem von Tante Sylva nicht unähnlich. Drinnen stand ein Mädchen mit einer weißen Schürze hinter einem Eisentopf. Sie nahm die Berechtigungsscheine der demütig Wartenden entgegen, schöpfte dann mit einem kleinen Meßbecher ein wenig Magermilch, die sie in die hingehaltenen Gefäße schüttete.

Als ich vor ihr stand, sah sie mich an, ihr Blick verweilte ein wenig auf meinem Gesicht, dann lächelte sie. Selbstverständlich kannte ich sie, aber ich hatte sie noch nie richtig wahrgenommen. Sie hatte schwarzes Haar und ein Gesicht voller Sommersprossen. Sie beugte sich wieder über ihren eisernen Topf, nahm mein Blechgeschirr und den größten der Meßbecher, den sie in das Innere des riesigen Behälters tauchte, und füllte seinen Inhalt in mein Geschirr. Schnell goß sie noch zwei Portionen hinein und lächelte mich wieder an. So, als wolle sie mir mit ihrem Lächeln etwas Wesentliches mitteilen, als wolle sie mich damit berühren. Sie gab mir das bis zum Rand gefüllte Blechgeschirr zurück, und ich murmelte ein Danke. Ich verstand nichts. Ich war es nicht gewöhnt, von Fremden ein Lächeln oder andere Zeichen der Gunst geschenkt zu bekommen. Im Gang lehnte ich mich an die Mauer und begann zu trinken, so als fürchtete ich, sie könnte mir hinterherlaufen, um mir diese unrechtmäßige Portion wieder wegzunehmen. Ich trank fast zwei Drittel der Milch mit dem guten Gewissen, daß mein Bruder auch so nicht um seinen Teil betrogen wäre.

Abends versuchte ich, der Angst zuvorzukommen, versuchte, sie irgendwie aufzuhalten, bevor sie aus der Ecke hervorkroch. Ich dachte an dieses sonderbare Ereignis. Ich hätte gerne eine Erklärung dafür gefunden, hätte es gerne mit dem feierlichen Dank des alten Malers in Zusammenhang gebracht, also mit dem Wirken einer höheren Macht, aber ich konnte mich nicht entschließen, meinem Tun eine solche Bedeutung beizumessen. Und was hatte das gestrige Flammenzeichen zu bedeuten? Plötzlich tauchte es vor meinen Augen auf, sein Schein erfüllte mich mit eisiger Kälte. Konnte dieses Licht etwas Gutes bedeuten?

Ich zwang mich, von meiner Pritsche aufzustehen, und hob mit angehaltenem Atem eine Ecke des Verdunkelungspapiers an.

Draußen herrschte absolute Dunkelheit, die schwarze Krone der Linde bewegte sich im Wind hin und her, über den Himmel zogen Wolken, deren Ränder von lautlosen Blitzen flackernd erleuchtet wurden.

Am nächsten Tag wartete ich, den sauber gewaschenen Topf in der Hand, voller Ungeduld in der Schlange. Es kostete mich große Überwindung, ihr mutig ins Gesicht zu sehen. Ihre Augen waren groß, länglich wie Mandeln und fast so dunkel wie der Ersatzkaffee. Sie lächelte mich an, vielleicht blinzelte sie mir sogar verschwörerisch zu – ich war mir nicht sicher. So als wäre nichts geschehen, füllte sie mir drei ganze Meßbecher in den Topf. Vor dem Eingang zur Ausgabestelle trank ich drei Viertel meiner außerordentlichen Zuteilung und beobachtete dabei, wie die anderen mit Gefäßen herauskamen, deren Boden kaum mit der weißen Flüssigkeit bedeckt war. Ich verstand immer noch nichts. Ich trödelte auf dem langen Gang herum und hielt meine Hand über den Topf. Selbst nachdem ich getrunken hatte, war immer noch ungebührlich viel Milch darin. Und sie hatte mich zweimal angelächelt.

Mich erfaßte eine bebende und selige Erregung.

Abends, kaum daß ich die Augen geschlossen hatte, sah ich das Flammenzeichen, das glühende Gesicht, doch nun hatte es seinen Schrecken verloren und nahm immer vertrautere Züge an. Bald konnte ich die zarten Sommersprossen über der Oberlippe erkennen, dann erkannte ich auch den leicht geöffneten, lächelnden Mund, ihre Mandelaugen, die mich mit einem so eigenartigen Blick ansahen, daß ich erstarrte. Diese Augen sahen mich voller Liebe an.

Plötzlich begriff ich den Sinn des Feuerzeichens und den Sinn dessen, was geschah.

Ich wurde geliebt.

In der Ecke raschelte eine Maus, irgendwo unter uns wurde eine Tür zugeschlagen, aber die Welt trat für mich in den Hintergrund; ich sah in ihr liebliches Gesicht und spürte, wie mein eigenes Gesicht sich entspannte, wie mein Mund lächelte.

Was muß ich tun, um dich zu sehen: lebendig, wirklich, um dich jetzt sofort zu sehen und nicht erst dort, wo zwischen uns ein Holzschemel mit einem riesigen Topf darauf steht?

Aber was täte ich, sollten wir uns tatsächlich treffen?

Als ich am nächsten Tag meine dreifache Milchration erhielt und ein freundlicher und beredter Blick mir versicherte, daß ich mich nicht täuschte, da konnte ich es nicht mehr ertragen, mit meinen Gefühlen allein zu sein. Ich mußte jedem, mit dem ich sprach, von ihr erzählen, und jede dieser Erwähnungen machte mich sentimental. Überdies hatte ich von einem Freund erfahren, daß sie Miriam Deutschová hieß, daß sie auf der gleichen Etage wie ich wohnte, nur am anderen Ende des Flurs. Sogar die Nummer ihres Zimmers hatte ich herausgefunden: zweihundertdrei. Auch ihr Alter hatten wir überschlagen, einige meinten, sie sei sechzehn, andere sogar achtzehn, und irgendwer erzählte, er hätte sie zweimal mit irgendeinem Fred gesehen, was jedoch nichts bedeuten müßte.

Selbstverständlich hatte das nichts zu bedeuten. Ganz sicher gab es keinen Fred, der jeden Tag einen ganzen Topf Milch erhielt, wo sollte meine wunderbare Miriam so viel Milch hernehmen?

Ich wußte jetzt beinahe alles über sie, ich konnte sie sogar irgendwann am Tage besuchen und ihr sagen … Was sollte ich ihr eigentlich sagen? Wie sollte ich begründen, daß ich in ihrem Zimmer auftauchte? Einen Vorwand! Ich könnte mein abgegriffenes Exemplar des ›Trojanischen Krieges‹ mitnehmen.

Ich hab dir dieses Buch für die Milch mitgebracht!

Doch vor anderen könnte ich das nicht sagen. Ich könnte sie bitten, mit mir auf den Flur hinauszukommen. Aber was, wenn sie sagte, daß sie keine Zeit hat? Was, wenn ich sie durch die Erwähnung der Milch beleidigte? Mir schien, als gehörte es sich nicht, über solche Liebesbezeugungen zu sprechen.

Und was, wenn ich mich überhaupt täuschte? Warum sollte dieses hübsche Mädchen mich lieben: Einen dürren, zerzausten und zerlumpten Kerl – der noch nicht einmal einen Bart hatte?

Ganz am Grunde meines Koffers hatte ich ein Hemd, das ich nur an Feiertagen trug. Es war kanariengelb, und im Unterschied zu meinen anderen Hemden waren weder die Manschetten noch der Kragen ausgefranst. Das zog ich an. Es war am Hals ein wenig eng, doch ich war bereit, das zu ertragen. Im Koffer hatte ich auch noch einen Anzug, leider war ich schon aus ihm herausgewachsen. Meine Mutter hatte versucht, die Hosenbeine zu verlängern, aber sie reichten mir trotzdem nur bis zum Knöchel, und es war kein Stoff mehr übrig gewesen, um die Ärmel zu verlängern. Ich zögerte ein bißchen, aber ich hatte nichts Besseres. Dann zog ich das Hemd wieder aus, goß Wasser in meine Waschschüssel und wusch mich gründlich, den Hals sogar mit der Bürste. Als ich mein Feiertagsgewand angezogen hatte, feuchtete ich noch mein Haar an und zog mir sorgfältig einen mustergültigen Scheitel, ich öffnete das Fenster, hielt das Verdunkelungspapier dahinter und betrachtete eine Weile lang mein Bild auf der Fensterscheibe. In einem plötzlichen Anfall von Eigenliebe kam es mir so vor, als stünde mir mein Aufzug.

Dann begab ich mich auf den langen Gang zur anderen Seite der Kaserne. Ich ging an Dutzenden von Türen vorbei, die Nummern über den Türen wurden immer niedriger. Zweihundertachtzehn, zweihundertsiebzehn, zweihundertsechzehn …, mir wurde auf einmal bewußt, wie sehr mein Herz schlug.

Miriam. Mir schien, als hätte ich noch nie einen lieblicheren Namen gehört. Er paßte zu ihr. Zweihundertsieben. Ich wußte immer noch nicht, was ich dort tun wollte. Wenn sie mich liebt – zweihundertsechs, mein Gott, diese Tür ist es schon, ich sehe sie schon, wenn sie mich so liebt wie ich sie, dann tritt sie aus der Tür, und wir begegnen uns, zweihundertfünf – ich ging langsamer, um ihr Zeit zu geben. Die Tür öffnet sich, und sie erscheint darin, sie lächelt mich an: Wo kommst du denn her?

Ach, ich bin zufällig hier vorbeigekommen. Ich gehe zu den Jungs auf die Bastei, normalerweise gehe ich über den Hof.

Ich blieb stehen. Was für ein erbärmlicher Satz. Warum hatte ich mir nichts Intelligenteres ausgedacht?

Hallo, Miriam!

Du weißt, wie ich heiße?

Das muß ich doch wissen, damit ich besser an dich denken kann.

Du denkst an mich?

Den ganzen Tag, Miriam. Und die ganze Nacht. Ich denke fast die ganze Nacht an dich!

Ich auch an dich. Und was machst du hier?

Das weiß ich auch nicht so genau. Mir ist auf einmal eingefallen, daß ich hier entlanggehen könnte, statt über den Hof.

Das gefiel mir schon ein wenig besser. Zweihundertvier.

Ich wohne auch in diesem Stockwerk.

Dann wohnen wir ja nicht weit auseinander. Du könntest immer hier entlanggehen.

Das mache ich. Das mache ich.

Zweihundertdrei. Ich hörte auf zu atmen. Ich sah die Tür so flehentlich an, daß sie im Inneren ihrer hölzernen Seele bestimmt aufseufzte. Und sie, wenn sie mich liebte, dann mußte sie aufstehen, zur Tür gehen und herauskommen.

Offensichtlich war sie nicht da. Warum sollte sie auch an einem schönen Nachmittag zu Hause sitzen? Vielleicht kam sie gerade zurück, ich mußte ihr nur ein wenig Zeit lassen. Zweihundertzwei. Ich näherte mich einem der quer verlaufenden Gänge, der die beiden Flügel der Kaserne miteinander verband. Von dort hörte ich Schritte, die klappernd näher kamen.

Mein Gott, Allmächtiger! Ich blieb stehen und wartete atemlos.

Eine alte Frau in Holzschuhen kam um die Ecke. In den Händen hielt sie eine Schüssel mit ein paar schmutzigen

Kartoffeln. Offenbar wurde schon das Abendessen ausgegeben.

Am nächsten Tag sah ich Miriam hinter dem Schemel
und dem Eisentopf mit der Milch. Sie nahm mein Blechgeschirr, lächelte mich an: ein Meßbecher, ein zweiter, ein
dritter, sie lächelte wieder, reichte mir den Topf; wie ich
dich liebe, Miriam, wahrscheinlich hat noch nie jemand so
gefühlt wie ich. Ich lehnte mich an die Mauer, trank zwei
Drittel der Liebesbotschaft und kehrte zurück ins Reich
meiner Träume.

Ich tauchte darin ein, bis es Abend wurde und die Frau-
en von der Arbeit zurückkehrten. Ich wusch mich, brachte meine Haare in Ordnung, zog meine Festtagskleidung
an, dennoch hatte ich das Gefühl, daß dies nicht aus-
reichte. Mir fehlte ein Vorwand für mein festliches Aussehen, für unsere Begegnung und noch mehr dafür, ihr etwas
von mir zu erzählen.

Da erinnerte ich mich an ein Objekt meines Stolzes, an
einen Beweis meiner Geschicklichkeit. Es lag versteckt
und verpackt in meinem kleinsten Koffer unter der Pritsche: mein Puppentheater. Ich hatte es aus einem alten
Karton gemacht, die Kulissen hatte ich auf kostbares
Schreibpapier aus der Schule gemalt, die Requisiten
bestanden größtenteils aus Holzstückchen, Steinen und
Zweigen, die ich in den Schanzanlagen aufgelesen hatte,
die Puppen hatte ich aus Kastanien, Garnrollen und
Stoffetzen, die ich von meiner Mutter und anderen Mitbe-
wohnern erbettelt hatte, gebastelt.

Ich holte den Karton aus dem Koffer. Er war mit Bindfaden verschnürt. Der Rahmen, die Gestelle und die
Kulissen, die Requisiten und die Puppen – alles war
darin.

Hallo, Miriam!

Hallo, wo kommst du denn her?

Ich bin auf dem Weg zu einem Freund. Wir wollen Theater spielen.

Du spielst Theater?

Nur Puppentheater. Vorläufig.

Was meinst du damit: vorläufig?

Ich will mal Schauspieler werden. Oder Schriftsteller. Ich denke mir auch die Stücke selbst aus.

Das kannst du?

Na klar. Ich nehme die Puppen und fange an zu spielen. Ich weiß selbst oft nicht, wie es ausgeht.

Und spielst du auch vor Publikum?

Vor so vielen Leuten, wie du willst. Ich hab kein Lampenfieber.

Und wo hast du das Theater her?

Das hab ich selbst gebaut.

Auch die Kulissen?

Ja. Ich male. Wenn ich nur genug Papier hätte. Ich habe unsere Kaserne gemalt, die Schmiede und das Tor, wenn gerade ein Transport durchfährt …

Ich verschnürte den Karton noch mit einem zusätzlichen Bindfaden. Er sah ganz gewöhnlich aus, es hätte alles mögliche darin sein können – schmutzige Wäsche zum Beispiel. Also machte ich die Verschnürung wieder auf, holte zwei Puppen hervor, so daß ihre Beinchen mit den Holzschuhen und der Kopf des Königs mit seiner Krone unter dem Deckel hervorschauten, und schnürte den Karton wieder zu. Dann machte ich mich auf den Weg über den vertrauten Flur.

Ich habe auch ein paar Gedichte geschrieben, vertraute ich ihr noch an.

Du schreibst Gedichte? Worüber?

Über verschiedene Dinge. Über die Liebe, über Selbstmord.

Du wolltest dich umbringen?

Nein, ich nicht. Zweihundertzehn. Mein Atem ging immer schneller. Der Mensch darf sich nicht selbst töten.

Warum nicht?

Weil es Sünde ist.

Du glaubst an solche Dinge?

Was für Dinge?

An Gott!

Zweihundertsieben. Mein Gott, wenn es dich gibt, dann mach, daß sie jetzt herauskommt. Daß sie erscheint. Sie muß auch nichts sagen, sie soll nur lächeln.

Du glaubst an Gott?

Ich weiß nicht. Alle sagen, wenn es ihn gäbe, dann dürfte er das alles hier nicht zulassen.

Und du denkst das nicht?

Vielleicht ist es eine Strafe, Miriam.

Eine Strafe wofür?

Das weiß nur er. Zweihundertvier. Ich blieb stehen, nahm den Karton von der linken in die rechte Hand. Was wäre, wenn ich ihn fallen ließe?

Das würde einen ganz schönen Lärm machen, und ich könnte so tun, als ob ich die verstreuten Sachen wieder aufsammeln müßte. Vielleicht könnte ich eine halbe Stunde hier knien und die Sachen einsammeln.

Miriam, komm heraus und lächle mich an. Mehr verlange ich nicht. Ich schwöre, ich verlange sonst nichts.

Am nächsten Tag nahm sie meinen Topf, und ich war mir nicht sicher, ob sie mich noch so liebevoll anlächelte wie am Vortag. Ich erschrak. Was, wenn sie mich nicht mehr liebte? Warum sollte sie mich auch immerzu lieben, wenn ich mich zu nichts entschließen konnte? Sie hatte ihre Zuneigung immer gezeigt, aber ich?

Ein Meßbecher, ein zweiter, ein dritter und doch noch ein Lächeln, sie reichte mir den Topf – wie ich dich liebe. Meine göttliche Aphrodite, ich schäme mich nur, es dir zu sagen, aber niemand wird dich je so lieben wie ich. Weil ich dich bis zum Tode liebe, meine Miriam!

Am Abend begannen sie, Transportbefehle auszugeben. Und dann ging es Tag für Tag so. Noch nie hatte sich eine solche Katastrophe in unserem Ghetto ereignet. Tausende von Leuten schleppten sich mit Zetteln auf der Brust zum Bahnhof.

Und unterdessen erhielt ich jeden Nachmittag drei Meßbecher Verheißung, drei Meßbecher als Zeichen der Liebe, drei Meßbecher Hoffnung. Ich kehrte in mein Zimmer zurück und betete. Aufrichtig für alle, die mir nah und fern waren, aber besonders für sie, für Miriam, daß Gott so gnädig sein möge und ihr Leben nicht forderte, nahezu alle meine Freunde wurden abkommandiert, auch fast alle Leute, die ich vom Sehen kannte, der Koch aus der Küche, der Mann, der das Brot ausgab. Die Gänge und Höfe verstummten, die Straßen leerten sich, die Stadt erstarb. Mit dem letzten Transport fuhren auch Vaters Kusine, die kleine Tante Sylva, und ihr Mann, der in der Proviantur gearbeitet hatte, nicht mehr als drei Wochen waren sie zusammen gewesen, und das sollte jetzt ihre Hochzeitsreise sein. Aber vielleicht, ich versuchte mich an die Worte meines Vaters zu erinnern, war es besser, zu leiden und geliebt zu werden, als ohne Liebe fröhlich zu sein; jetzt erst begann ich den Sinn der Worte zu begreifen, die er zitiert hatte. Noch einige Tage der Bangigkeit, vielleicht erscheinen die Boten von neuem, doch sie kamen nicht, und wir beide waren dageblieben! Jetzt werde ich nicht länger zögern, endlich faßte ich einen Entschluß. In jener Schreckenszeit konnte ich nicht, gehörte es sich nicht, über Liebe zu sprechen, aber jetzt kann ich es, jetzt muß ich, ich werde nicht mehr an ihrer Tür vorbeigehen, ich werde sie genau hier ansprechen, wenn sie mir den Topf zurückgibt.

Heute abend um sechs Uhr im Durchgang des hinteren Tors, komm bitte, Miriam.

Nein!

Ich bitte dich sehr, komm doch, Miriam!

Nein!

Könnte ich dich irgendwann sehen, Miriam? Vielleicht heute abend um sechs Uhr am hinteren Tor. Du kommst doch, oder?

Die Schlange wurde immer kürzer, es waren nicht mehr viele geblieben, die Anspruch auf einen Schluck Milch hatten.

Fast trugen meine Beine mich nicht mehr, hoffentlich bekam ich nicht im letzten Moment Angst vor der eigenen Courage. Sie hielt schon meinen Topf in der Hand, ich öffnete den Mund, ein Meßbecher, nicht der große, der kleinste. Und sie, sie sah mich an, ohne zu lächeln. Erkannte sie mich vielleicht nicht? Ich rang nach Atem, und schließlich lächelte sie mich doch an, ein wenig traurig, so als wollte sie sich entschuldigen. Sie gab mir den Topf zurück. Sein Boden war mit einer ekelhaften bläulichen und wäßrigen Flüssigkeit bedeckt. Aber ich bin es doch Miriam, ich, der, ich …

Ich nahm den Topf aus ihrer Hand und ging über den langen Gang zurück, an dessen Ende vor dem Bogenfenster wieder der berühmte Holländer mit seinem Viertelblatt Papier saß.

Was sollte ich jetzt tun?

Ich ging weiter, doch mir schien, als bewegte ich mich nicht von der Stelle, ich kam dem alten Maler nicht näher, im Gegenteil, alles um mich herum begann sich zu bewegen. Ich sah, wie der alte Mann auf seinem Stuhl schaukelte, als würde er von Wellen hin- und hergeworfen, sah, wie er sich selbst in eine seiner Zeichnungen verwandelte, die auf einer unruhigen Wasseroberfläche schwamm.

Ich wußte nicht, was mit mir geschah, nur das eine verstand ich, daß sie mich nicht mehr liebte. Ich hatte einen widerlich süßen Geschmack im Mund, mein Gesicht wurde plötzlich starr, ebenso wie meine Hände. Dann bemerkte ich, daß ich den leichten, fast leeren Topf nicht mehr in den Händen hielt und hörte das Metall laut auf den steinernen Boden des Gangs aufschlagen.

Als ich wieder zu mir kam, sah ich über mir das alte Gesicht von Meister Speero. Mit einer Hand stützte er mir den Rücken, mit der anderen strich er mir mit einem kalten, feuchten Lappen über die Stirn. »Was ist denn, was ist denn, mein Junge?«

Es dauerte einen Augenblick, bis ich wieder in die unbarmherzige Welt zurückkehrte. Aber konnte ich den wirklichen Grund meines Kummers verraten?

»Sie haben meine Tante fortgebracht«, flüsterte ich. »Sie mußte auf den Transport. Die, die geheiratet hat.«

Herr Speero schüttelte den weißen Kopf. »Gott sei mit ihr«, sagte er leise, »und mit uns allen.«

# In camera caritatis*

Er war klein, untersetzt, dunkel, unter der Nase trug er
einen Schnurrbart, wie ihn der allmächtige Führer noch
kürzlich getragen hatte, und er war ein berüchtigter
Hund. Er betrat unsere Klasse, die halb aus jenen Unge-
bildeten bestand, die (so wie ich) überhaupt nicht zur
Schule gegangen waren, während die anderen auf den
Schulen des Protektorats gewesen waren, und machte uns
darauf aufmerksam, daß Latein eine erhabene, wichtige
und angenehme Sprache sei. In ihr hatten Dichter von
göttlicher Begabung geschrieben – Vergil, Ovid oder
Horaz –, die Begründer der Geschichtsschreibung wie
Livius und Tacitus und der Rechtswissenschaft wie Cice-
ro. Auch unser großer Meister Jan Hus hat einige seiner
Werke auf Lateinisch geschrieben. Kannte vielleicht
wenigstens jemand die Titel?

Keiner von uns hatte die geringste Ahnung.

»Deshalb, meine Damen und Herren«, er sprach mit
einem Ostrauer Akzent und faßte sich kurz, »gibt es keine
wirkliche Bildung ohne Latein, und es wird sie auch nie
geben. Wer das nicht versteht, für den ist kein Platz auf
dieser Schule. Viele haben meinen Hinweis nicht ernst
genommen und es dann bedauert, als es zu spät war. Aber:
suae quisque fortunae faber, wie schon … sagt, weiß vielleicht jemand, wer das gesagt hat? Selbstverständlich keiner, nun Sallust, wiederholen wir mit ihm: Jeder ist seines

* Im Zimmer der Liebe

24

Glückes Schmied!« Er nahm die Kreide und schrieb in Schönschrift die feminine Deklination an die Tafel.

Von der folgenden Woche an begann ein Blutbad. Die Klassenbesten, gerissene Bummler, Streber und zynisch gewordene Sitzenbleiber traten vor die Tafel und wurden gleichermaßen zu Opfern, manche wortlos, andere nach einigen stammelnden Seufzern.

Selbst der Sohn eines weißgardistischen russischen Obristen, Nikita Ivanov, der sich bereits jetzt in der Quarta mit einem schmalen und geckenhaften Schnurrbart brüstete und der einmal im Park neben der Schule einen richtigen Armeerevolver hervorgezogen, ihn vor unseren Augen geladen und dann an die Schläfe gehalten und die erschrockene Pavla Vokounová um einen Kuß gebeten hatte, als Lohn dafür, daß er sich nicht an Ort und Stelle erschoß, selbst Nikita Ivanov, wurde blaß, stand zitternd vor der Tafel und murmelte: servus pulchrus clamat … Wie leicht war es, den Abzug zu drücken, wie einfach, der reizenden Pavla einen Kuß zu rauben. »Servus pulchrus …«

»Ivanov!«

»Servus pulchra …?«

»So setzen Sie sich doch, Ivanov. Ich werde es nicht für Sie lernen. Suae quisque fortunae faber!«

Der größte Raufbold der Klasse, Libor Kalina, schleppte sich so gerade noch bis zum Katheder.

»Kalina, lesen Sie den fünften Satz!«

Wir in den vorderen Reihen sahen, daß der Unglückliche sein Buch falsch herum hielt, aber er merkte es nicht. Seine Augen hatten aufgehört, etwas wahrzunehmen. Er drehte sich mit geöffnetem Mund wie ein erschreckter Fisch zur Klasse und sah sich hilfesuchend um. Aber wer von uns hätte es fertiggebracht, ihm vorzusagen?

»Können Sie nicht lesen, Kalina?«

»Bitte …«

»Worum bitten Sie?«

»Gestern …« Seine Stimme brach, und auch er fiel.

Wir waren verloren. Wir hörten auf zu glauben, daß irgendeiner von uns es fertigbringen könnte, iniurium potentiorum* zu überwinden; gebannt von unserem mächtigen Feind, konnten wir wie alle Verzweifelten, wie alle Verurteilten nur an die Sterne glauben oder auf die Ankunft eines Erlösers warten, der sich direkt vor unseren Peiniger stellen und ihm antworten würde wie Ödipus auf die nicht beantwortbaren Fragen der Sphinx … Dem Ungeheuer würde dann nichts anderes übrigbleiben, als sich von den Felsen zu stürzen. Erst dann würden bessere Zeiten für uns Elende kommen: Forsan miseros meliora sequentur.

Und so kam es auch. Soweit der Erlöser eine Jungfrau sein kann. Noch dazu eine hinkende.

Sie erschien irgendwann zu Beginn des Frühlings in der Tertia. Sie kam aus Uhříněves, was damals noch tiefste Provinz war – fast eine halbe Stunde mit dem Zug von Prag entfernt. Sie humpelte zu dem Platz, den man ihr zuwies. Zufällig war es die Bank neben mir. Vor der Stunde des Grauens zog sie ein Lateinbuch heraus, das nicht in das vorgeschriebene blaue Papier eingebunden war, sondern in irgendeinen geblümten Stoff.

Der Peiniger trat ein, wir standen auf, und in der Stille, die so dicht war, daß nicht einmal das stille Wehklagen der verzweifelnden Seelen sie durchdrang, verlangte er die Feder. Sein durch das Alter ungetrübte Auge flog über die Klasse. Wir wußten, daß er ein Opfer auswählte. Dann sah er sie. »Sie sind neu hier?«

Sie stand auf und sagte, sie hieße Eva Sobotková.

---

* Die Ungerechtigkeit der Mächtigen

»Wahrscheinlich sind Sie nicht auf die Stunde vorbereitet«, sagte er süßlich zu ihr. »Am Anfang hat man immer eine gute Ausrede.« Er verließ das Katheder, nahm das geblümte Lateinbuch und blätterte einen Augenblick darin. Und stellte die verfängliche Frage: »Bis wohin sind Sie im Stoff gekommen?«

Sie antwortete, bis zum Partizip.

Die Hand auf dem Rücken, ging er bis zur letzten Bank. »Welche Note haben Sie in unserem Fach gehabt?« überfiel er sie von hinten.

Sie sagte, sie hätte ein Sehr gut gehabt.

Ich hörte, wie er im Geiste spöttisch auflachte. Eine Eins hatte in unserer Klasse selbstverständlich niemand. Sehr gut, darauf hatte er uns hingewiesen, hatte er in seinem Leben nur dreimal unter ein Zeugnis geschrieben. Mit zweien dieser Musterschüler stand er noch heute im Briefverkehr. Der dritte war leider gestorben. Sicherlich war auf seinem Grabstein eine Inschrift in dieser perversen Sprache eingemeißelt: STAT SUA CUIQUE DIES.* Oder: NIHIL EST TOTO, QUOD PERSET IN ORBE.**

»Würden Sie sich trauen, ein bißchen zu übersetzen?«

Sie antwortete, nichts Böses ahnend, sie hätten jede Stunde übersetzt.

Er blickte nach oben, wo sich über der Zimmerdecke, über dem Dach unseres alten Gebäudes der unsichtbare freie Himmel wölbte, und als ob er ihn dort in den Höhen fände, gab er ihr den Satz vor: »Als der Torhüter die Tür öffnete, traten sie ein, als wollten sie den Schlafenden wecken.«

O Graus! Die Stille wurde greifbar, fünfzig Atemzüge wurden erschrocken angehalten. Und unsere Schaden-

---

*  Einem jedem ist sein Tag festgesetzt.
** Nichts Irdisches ist ewig.

freude, wenn wir denn überhaupt welche verspürten, erstarb ob dieser Ruchlosigkeit. Dann hörten wir, und da wurde ich mir zuerst des Wohlklangs ihrer Stimme bewußt, wie sie locker aufsagte: »Cum ostiarius fores aperuiset, intraverunt, quasi dormientem excituri erant.«

Stille. Keiner von uns wußte, ob das eine fehlerlose und richtige Antwort auf die gestellte Frage war. Ich bemerkte, wie sich die Gesichtszüge unseres Peinigers auf eine eigenartige Weise entspannten. Sogar seine Stimme veränderte sich, als klänge Freude mit oder sogar Freundschaft.

»Als die Feinde sich näherten, befestigten die Soldaten das Lager.«

Es schien, als zögerte sie einen Augenblick, dann sah sie unseren Peiniger arglos an. »Soll ich das mit einem Ablativ übersetzen oder mit cum?«

»Und was würde Ihnen besser gefallen?«

Sie zögerte noch einen Moment. »Hostibus appropinquantibus milites castra muniebant.«

O terque, o quaterque beati! War das denn menschenmöglich? O quae mutatio rerum.*

Auf dem Gesicht des Henkers erschien ein Lächeln. Er ging zu ihrer Bank und legte ihr Lehrbuch zurück. »Die Bücher werden bei uns in blaues Papier eingebunden«, sagte er, »aber in Ihrem Fall machen wir eine Ausnahme. Sie können sich setzen!«

In der nächsten Stunde, ich weiß längst nicht mehr, welches Fach es war, beobachtete ich, statt den Erklärungen zu folgen, meine Nachbarin in der Mädchenreihe.

Sie hatte einen normalen Kopf, wenigstens was die Größe betraf (Turgenjev, so hatte uns vor nicht langer Zeit unsere Tschechischlehrerin mitgeteilt, hätte eines der größten Gehirne gehabt, die je im menschlichen

---

* O ihr dreifach, vierfach Glücklichen! O welche Veränderung der Dinge.

Geschlecht vorgekommen seien, und bestimmt auch eine entsprechende Hülle dafür. Was für Noten hätte dieser Großkopf Turgenjev wohl bekommen, wenn er ohne zu zögern ein *hostibus appropinquantibus* von sich gegeben hätte?), sie hatte dunkles Haar, graublaue Augen und ein rotes Gesicht. Der etwas kurze Hals wurde unten von einem Spitzenkragen gesäumt, an den sich ein blaues Kleid anschloß, unter dem sich ein Mädchenkörper verbarg, doch so weit oder so tief wagte ich nicht zu denken.

In der Pause biß ich auf dem Gang in mein Schulbrot und ging einige Schritte hinter ihr. Sie sah sich um, und einen Augenblick lang ruhte ihr Blick auf mir. Ich errötete und bemühte mich eifrig, mein Pausenbrot zu verzehren. Dann blickte sie ein wenig zur Seite und lächelte. Gleich darauf kam der Oberprimaner und bekannte Schürzenjäger Viktor zu ihr, ein häßlicher Kerl mit einem pickeligen Gesicht und einer roten Knolle als Nase, der ihr irgend etwas erklärte.

Als ich nach Hause kam, bedrückte mich meine eigene Bedeutungslosigkeit. Womit könnte ich die Aufmerksamkeit jenes Wesens, das seine Umgebung so offenkundig überragte, auf mich ziehen? Ich hatte bis zu diesem Zeitpunkt nichts Bedeutendes geschaffen und war ein eher durchschnittlicher Schüler. Nur meine Aufsätze fanden eine gewisse Anerkennung. Und unsere gutherzige Tschechischlehrerin ahnte wahrscheinlich nicht, daß ich in einem schwarzen Oktavheft noch beachtenswertere literarische Erzeugnisse verbarg. In mir keimte Hoffnung auf, ich zog dieses Heft hervor und blätterte darin:

Die Mücke sitzt Dir im Gesicht,
Du fühlst es nicht, sie trinkt Dein Blut,
zum Elefanten die Gazelle spricht,
bevor der Löwe sie verschlingen tut.

Ich war mir der Anziehungskraft meiner Verse nicht ganz sicher, die Anziehungskraft eines Dichterschicksals jedoch schien mir unbezweifelbar.

Ich erinnerte mich an meinen Mitschüler Viktor und die unverschämte Aufdringlichkeit, mit der er versucht hatte, ihre Aufmerksamkeit zu erheischen, und noch an diesem Nachmittag schrieb ich ein Gedicht:

Armes Mädchen,
heute sah ich Dich
gegen Abend inmitten
der Jünglinge, die
jede Sekunde vom strahlenden Amulett
Deiner Augen tranken.
Gott, wie schrecklich gläubig!

Meine eigenen Verse rührten mich. Ich schrieb darüber: Einer Unbekannten! Und weiter unten fügte ich hinzu: Aus der Sammlung Leiden. Und meine Initialen. Dann schrieb ich alles noch einmal auf einen Bogen weißes Papier, den ich in die mathematische Beispielsammlung legte.

Am nächsten Tag während der Geometriestunde brachte ich mein Werk in Umlauf. Ich versuchte, mich unauffällig zu benehmen, auch wenn ich die Wanderung meiner Liebesbotschaft zu *ihr* angespannt verfolgte. Und sie erhielt sie tatsächlich und las sie durch. Wenn sich auf ihrem Gesicht überhaupt etwas erkennen ließ, dann war es eher Erstaunen. Sie faltete das Blatt wieder zusammen, zuckte mit den Schultern und schickte es weiter.

Ungefähr eine halbe Stunde später kehrte mein Werk zurück. Jemand hatte ein weiteres Gedicht hinzugefügt (und mit meinen Initialen gezeichnet):

Meiner Bekannten!
Amálie
haut die Flöhe
unter der Tischplatte
mit der Holzlatte
unter der Truhe
mit dem Handschuhe
auf dem Busen mit der Faust.
(Aus der Sammlung Glück)

Ich wußte, daß ich nicht mehr den Mut finden würde, weitere Verse abzuschicken. Als ich jedoch am Abend zu Hause an meiner Lateinübersetzung herumpfuschte, hatte ich plötzlich eine erregende, verblüffende Idee. Ich legte die verhaßte Übersetzung beiseite, öffnete die Schublade, holte aus ihr ein neues, liniertes Heft hervor und schrieb zuallererst einmal meinen Namen hinein. Darunter plazierte ich den Titel: GROSSES HERZ. Roman. Dann schrieb ich auf eine neue Seite: Erster Band. Ich zögerte einen Augenblick, doch der Dämon, der von mir Besitz ergriffen hatte, trieb mich weiter. Ich wendete die Seite und schrieb: Erster Teil.

Ich ahnte, daß ich ein umfangreiches Werk schreiben würde. Ich hatte keine Vorstellung davon, wieviel Arbeit es ist, einen Roman zu schreiben, der aus vielen Bänden und einer noch größeren Anzahl von Teilen besteht, aber es schien mir, daß ich es zustande bringen würde. Ich schlug eine weitere Seite um und schrieb: Erstes Kapitel. Die Magie der Zahl Eins erregte mich. Ich fügte noch eine Eins in arabischen Ziffern hinzu und schrieb sofort darunter den ersten Satz.

»Es war ein sonniger, heißer Tag, die Sonnenstrahlen drangen durch das jahrhundertealte Astwerk der Fichten und Tannen und zeichneten sonderbare Bilder in den glühenden Staub der Landstraße – eine feierliche Stille herrschte in dieser Kathedrale der Natur.«

Oh!

Ich war berauscht von diesem ersten Satz. Ich stellte mir den warmen Duft des Waldes vor, und die Sonne wärmte mir den Rücken. Und wie einfach es war. Keine Reime und keine Silben oder Betonungen zählen, damit am Ende ein Trochäus oder Daktylus dabei herauskommt. Ich schrieb weiter, und im Laufe des Abends brachte ich zwölf Seiten hervor. Sie hieß Lenka. Sie war Studentin und besuchte ihre kranke Großmutter. (Der Anfang erinnerte ein wenig an Rotkäppchen, aber ich beschloß, darüber hinwegzusehen.) Es war ein heißer Sommertag, müde von der Hitze winkte sie ein Auto herbei, das im Wald an ihr vorbeifuhr. Sofort, als sie sich in das Auto setzte, spürte sie »einen widerlichen Alkoholgeruch« und schaudernd bemerkte sie, daß der Fahrer betrunken war. »O Lenka, wenn du geahnt hättest, wie folgenschwer deine erhobene Hand dort auf dem Waldweg war!« Es folgten eine Höllenfahrt und Lenkas vergebliche Bitten, der Betrunkene möge sie aussteigen lassen; dann ein mit blutrünstiger Farbigkeit geschilderter Schlag. Das besoffene Ungeheuer stirbt. Lenka, dieses nun schon teure und geliebte Wesen, erhielt ich allerdings am Leben, aber auch die aufopfernden Ärzte, die um ihr Leben kämpften, können sie nicht davor bewahren, daß sie ein Leben lang hinken wird.

Am nächsten Tag in der Schule konnte ich mich nur schwer auf den Unterricht konzentrieren. Von Zeit zu Zeit warf ich einen Blick zu *ihr* hin. Wenn sie wüßte!

Nachmittags, kaum daß ich das Mittagessen hinuntergeschlungen hatte, stürzte ich mich auf mein Heft. Ich verweilte ein wenig bei der ersten Zeile, dann zog ich die Buchstaben des Titels nach. Wieder erfaßte mich Begeisterung. Ich las die zwölf Seiten vom gestrigen Tag, und es erschien mir fast unglaublich, daß diese Masse von Sätzen, ja, mehr noch, diese komplizierten Satzgefüge, die tatsächlich einen Sinn und sogar eine richtige Handlung ergaben, von mir verfaßt worden waren. Wenn ich heute auch zwölf Seiten schreibe, dann habe ich in acht Tagen schon hundertzwanzig Seiten. Morgen ist Samstag, ich darf nicht vergessen, mir neue Hefte zu kaufen.

»O arme Lenka! So jung, so unschuldig, und schon hatten dir die unbarmherzigen Parzen dieses harte Los zugedacht. Doch verzweifle nicht, denn auch dir kann noch einmal die Sonne der Hoffnung scheinen. Schließlich sind die Menschen gut, und auch für dich findet sich ein reines Herz, das für dich schlägt. Ein großes Herz, das die Liebe erfüllt.«

Dieses Herz gehört dem Studenten Jiří. Er weiß auf den ersten Blick, daß er Lenka liebt. Er hofft, daß ihre Liebe beiderseitig, erhebend und glücklich enden würde, wenn sie auch über Hindernisse hinweg und im Kampf mit dem Schicksal schwer erkauft werden müßte.

So fuhr ich fort: Tag für Tag, Abend für Abend. Ich quälte mich mit der Verzweiflung überflüssiger Mißverständnisse und Brüche, ich ärgerte mich über die Intrigen und die Unsittlichkeit einer gottlosen Welt, ich klagte über das Elend der Verhältnisse, vor allem aber berauschte ich mich an der Wonne eines jeden neuen Treffens.

Draußen vor dem Fenster spielte währenddessen der Frühling verrückt, die Verliebten gingen im Abenddämmer der Stadt schamlos untergehakt und aneinander gepreßt, und auch ich, der ich während einer Tschechischstunde – unsere Lehrerin hatte uns gerade unsere Vierteljahreshausarbeit aufgegeben. »Ein Buch, das ich mag« war eines der Themen – mit besonderer Ausdauer zu meiner Liebe hingesehen hatte, wartete auf eine Antwort. Sie wandte den Kopf und lächelte mich an. Dieser Blick ließ mein Herz höher schlagen, und ich schlug schnell die Augen nieder.

In der Pause humpelte sie hinter mir her (O meine Teuerste, meine Göttliche!) und klagte, dieser Aufsatz ginge ganz sicher über ihre Kräfte. Sie hätte daran gedacht, mich um Hilfe zu bitten, aber sie wagte es kaum, mich zu fragen.

*O qui res hominumque deumque aeternis regis imperiis et fulmine terres!** Welche Ehre wurde mir da zuteil! Welches Vertrauen! Ahnte sie vielleicht, auf welche Weise ich meine ganze Freizeit verbrachte? Ahnte sie vielleicht etwas von meinen Gefühlen? Oder hatte sie mich nur deshalb gefragt, weil ich den Ruf genoß, ein gewandter Verfasser von Aufsätzen zu sein? Aber was auch immer ihre Beweggründe waren, sie würde erhört werden. Und wenn ich die ganze Nacht dafür opfern mußte! *Amanti nihil difficile!***

Ich fragte also nur, welches Buch sie denn besonders gern mochte, aber sie überließ das ganz mir. Schneller als ich es mir bewußt machen konnte, daß wir tatsächlich unser erstes Treffen vereinbarten, hatten wir abgemacht, daß sie morgen, am Sonntag an der Uhříněvesker Brücke auf mich warten würde.

Ich war kaum zu Hause, da fing ich schon an, meinen nicht besonders zahlreichen Bücherbestand zu durchforsten, um genau das Buch auszuwählen, das als beredter Zeuge meiner Gefühle dienen könnte. Den Autor hatte ich schnell festgelegt – es war jener arme Teufel mit dem riesigen Kopf, Ivan Sergeič Turgenjev. Zum einen bewunderte ich ihn, zum anderen hatte ich einige Bücher von

* O Du, der Du das Schicksal der Menschen und Götter mit gerechter Macht regierst und sie durch Blitze erschreckst!
** Einem Liebenden ist nichts zu schwer!

34

ihm gelesen, und zu guter Letzt und obendrein hatte er viel über unglückliche Liebe geschrieben. Hätte ich nicht unter falschem Namen auftreten müssen, dann hätte ich vielleicht, schon wegen des wunderbar vielsagenden Titels, die Erzählung ›Erste Liebe‹ ausgesucht. (Wie schön hätte ich zitieren können: »Oh, diese sanften Gefühle, weichen Klänge, Güte und Verstummen eines bewegten Herzens, schüchterne Freuden der ersten Liebe, wo seid ihr?«) Sie schilderte so einnehmend die Gefühle eines heranwachsenden Knaben, daß ich, wenn auch ungern, zugab, daß sie unpassend war. Schließlich entschied ich mich für ›Asja‹. Dieses Mädchen war gezeichnet, wenn auch nicht durch einen körperlichen Makel, so doch durch ihre Herkunft. Sie war zart, schön, leidenschaftlich, scheu, und zugleich brannte eine verzehrende Liebe zum Erzähler der Geschichte in ihr. Am allermeisten gefiel mir jedoch, daß die Leidenschaft sie dazu trieb, ihm selbst eine Liebeserklärung zu machen. Die Erzählung war darüber hinaus voll geistreicher Aperçus und Aphorismen:

»Wenn wir beide Vögel wären, wie würden wir uns dann aufschwingen, wie flögen wir davon! … Wie tauchten wir ein in dieses Blau … Doch wir sind keine Vögel … Oh, die Blicke einer Frau, die sich verliebt hat, wer beschreibt sie!«

Ich schrieb fast bis Mitternacht. »Hätten Sie mir nur ein einziges Wort gesagt, als ich gestern weinte, so wäre ich wohl geblieben. Sie sagten es nicht. Vielleicht ist es besser so … Leben Sie wohl!«

Derart sah die Tragödie der Unentschlossenheit, des Mißverständnisses zweier Herzen aus, die sich nacheinander sehnten. Der Fall von Hochmut, die vor Abweisung zurückschreckt. Dort, wo die Liebe ihre warmen Arme ausbreitete, schließen sie sich zur kalten Umarmung der Einsamkeit.

Glänzend! Ich hatte mich selbst übertroffen. Meine Angebetete würde bestimmt verstehen!

Am nächsten Nachmittag steckte ich den sorgfältig abgeschriebenen und eingepackten Aufsatz mit der Hymne auf Turgenjev und die unglückliche Liebe unter mein Hemd auf die nackte Brust und raste auf dem Rad Richtung Uhříněves.

Sie wartete am verabredeten Ort und winkte mir schon von weitem zu. Mein Herz schlug wild, obwohl der Weg ganz eben war. War es möglich, daß ich in einer Sekunde neben ihr stehen würde? Was sollte ich ihr sagen, wie sollte ich sie ansprechen?

Schon sprang ich vom Rad. »Hier, nimm!« Ich sah sie flehend an und angelte den Umschlag unter meinem Hemd hervor.

Sie sagte, ich sei schrecklich, wirklich schrecklich nett, und der Aufsatz sei bestimmt ganz toll geschrieben (sie öffnete nicht einmal den Umschlag, obwohl ich vor Ungeduld bebte) und daß ich mich jetzt sicher ausruhen müßte. Sie führte mich an einem Park entlang, und ich schob mein Rad. Dann gingen wir in einem dunklen und engen Tunnel unter der Bahnstrecke hindurch. Ich ging so dicht neben ihr, daß ich ihre Hüfte berührte, und ich dachte daran, daß ich mein Rad fallen lassen könnte und … Obstipui steteruntque comae et vox faucibus haesit.* Als ich wieder zur Besinnung kam, schloß sie gerade ein Gartentor auf, und ich folgte ihr, ohne zu reden, zum Haus, wo es nach Äpfeln, Knoblauch, Seife und Katzen roch.

Eine bäuerlich aussehende Frau – sicherlich ihre Mutter – bot mir einen Platz am Tisch an, dessen Platte weiß gescheuert war. Ein paar Katzen liefen herbei und rieben

---

* Ich erstarrte, die Haare standen mir zu Berge, und meine Stimme versagte.

sich an meinen Beinen, gleich darauf stand ein Becher Milch und ein Teller mit Setzeiern vor mir.

Dann waren wir wieder allein. Draußen hörte man das Pfeifen eines Zuges, dann war es still. Ich kaute angestrengt. Wie viele Male hatte ich diese Szene schon beschrieben. Kaum war Jiří mit Lenka allein, da schwelgte er schon in Witzen, erzählte interessante Geschichten und verblüffte die schüchterne, geliebte Zuhörerin mit seinen Kenntnissen über Geschichte, das Leben amerikanischer Indianer und mit Zitaten der lateinischen Klassiker. Ein andermal spielte er ihr etwas auf dem Klavier vor oder sprach mit ihr über Arbeit, Schönheit, Treue, Philosophie, Wahrheit, Gott oder über die Liebe; sie hörte ihm bewegt zu und belohnte ihn mit zärtlichen Blicken. Und sie schmiegte sich auch für einen kurzen Augenblick an ihn und ließ es zu, daß ihr Mund mit seinem verschmolz, ja, so weit war ich mit meiner Erzählung schon gekommen. Aber worüber sollte ich jetzt reden? Sollte ich unvermittelt über den Punischen Krieg sprechen? Wenn ich mich wenigstens an einen interessanten Film hätte erinnern können. Aber seit der Zeit, da ich begonnen hatte, mein Werk zu schreiben, war ich nicht ein Mal im Kino gewesen. Warum hatte ich nicht früher daran gedacht? Da fiel mir unvermutet etwas in den Schoß. »Wie viele Katzen habt ihr eigentlich?« stieß ich hervor.

Es seien sechs, sie wollten die Kätzchen nicht ertränken, sagte sie. Dann redete sie über Katzen, über die Katzen kam sie zu Hunden, von den Hunden zu Papageien und darüber schließlich zu den Indianern. Oh, diese sanften Gefühle, die weichen Klänge uferlosen Schwatzens! Mir fiel ein, daß in den Unterhaltungen, die ich bis jetzt zu Papier gebracht hatte, etwas Unnatürliches und unerfreulich Hochtrabendes war, das ich ändern mußte, wenn ich nach Hause kam.

Es dämmerte schon, als wir zur Landstraße zurückkehrten. Sie begleitete mich. Was wäre, wenn ich die Dunkelheit ausnutzte und ihr sagte, daß ich sie liebe? Aber war ich dazu imstande, es so zu sagen, wie ich es geschrieben hatte? Bestand überhaupt Hoffnung, daß sie mich anhörte, wenn sie nicht einmal das Wichtigste über mich wußte, wenn sie keine Ahnung davon hatte, daß in meinem Schreibtisch mein fast fertiges Werk lag – fünf eng beschriebene Hefte, dreihundertzwanzig Seiten voller Bekenntnisse, Zeugnis meiner Liebe und Hoffnungen –, wenn sie nicht ahnte, daß ich einmal ein berühmter, anerkannter Schriftsteller sein würde?

Während wir uns auf der Straße verabschiedeten, blickten mich ihre dunklen Augen irgendwie erwartungsvoll an.

Sie werden es noch erleben, ich werde sie nicht enttäuschen, diese teuren Augen. Und ich schwang mich flott auf mein Rad und fuhr schnell Richtung Prag; in der Kurve drehte ich mich noch einmal um, aber meine Angebetete war schon fort. Noch immer klang mir ihre sanfte und arglose Stimme im Ohr, als umarmte und geleitete sie mich. Oh, diese sanften Gefühle, schüchterne Freuden der ersten Liebe. Ich trat wie verrückt in die Pedale. Heu, furii incensa ferror!*

Zuhause flickte ich geschwind meine Vierteljahreshausarbeit zusammen. Ich weiß nicht mehr, worüber ich schrieb, die einzige Arbeit jedoch, die Anerkennung fand, war der Aufsatz über Turgenjev. Die gewohnten Stützen, ließ sich die Tschechischlehrerin vernehmen, hatten nämlich enttäuscht.

Schnell ging das Schuljahr zu Ende, wir fuhren in den Ferien in ein Dorf in der Vysočina. Ich bekam ein Käm-

---

* Ach, welche Leidenschaften treiben mich!

merchen auf dem Dachboden, mit Dachluken anstelle von Fenstern. Es gab keinen Strom im Haus, dafür drangen schon um vier Uhr morgens die Sonnenstrahlen durch die Dachluken. Ich stand also in der Morgendämmerung auf. Die Eltern und der Bruder schliefen ruhig, und ich schrieb weiter an meinem Werk. Jiří hatte ich nach Amerika geschickt. Nicht, um sich dort vor Lenkas Liebe zu verstecken, wie die Ärmste voller Schrecken dachte, sondern weil er Geld für ihren gemeinsamen Lebensweg verdienen wollte. In Amerika jedoch erwartete ihn der Leidensweg des Einwanderers. Konnte er Lenka schreiben, daß er bloß in einem New Yorker Krankenhaus putzte? Der Unglücklichen wäre doch vor Kummer das Herz zersprungen. Erst als er sich um einen Millionär kümmert, der vor ihm auf einer nächtlichen, menschenleeren Avenue stürzt, ändert sich seine Lage. Der Gerettete revanchiert sich mit einer Stelle als Chirurg in einem führenden Privatsanatorium. Schon in der nächsten Woche erhält die bange Lenka einen zwölfseitigen Brief, in dem sie lesen kann, daß Jiří ohne sie nicht mehr leben will, daß er bereit sei, sie sofort nach seiner Rückkehr zum Altar zu führen, falls sie damit einverstanden sei. »Oh, glückselig das Herz, das im Einklang der Liebe schlägt. Endlich vereint. Für immer zusammen. Du flüsterst die Worte: Ich liebe dich, und diese Worte werden erwidert.«

Ich schrieb achteinhalb Hefte voll, insgesamt fünfhundertneunundvierzig Seiten. Unter den letzten Satz schrieb ich in großen Druckbuchstaben: FINIS.

Exegi monumentum aere perennius …* In diesem Augenblick erfaßte mich der Kummer eines Menschen, der die glücklichen Zeiten für immer hinter sich hat. Dann wurde mir klar, daß ich all diese Mühen nur für ein einzi-

---

* Ein Denkmal habe ich mir gesetzt, dauernder als Erz …

ges, fast vergessenes Ziel auf mich genommen hatte. Meine Teure, meine Liebe trat plötzlich aus dem Nebel hervor, und ich gab mich Liebesträumen hin. Ich sah sie, wie sie umringt von ihren Katzen am sauberen Tisch sitzt und mein Werk liest. Es ist Abend, von draußen dringt Kälte ins Zimmer, doch sie merkt es nicht. Sie liest genau bis zu jener ergreifenden Stelle, an der Jiří Lenka zum erstenmal nach Hause begleitet. Sie liest bis zu dem Satz: »Wie wunderbar ist es, deine Stimme zu hören, Lenička! Ich möchte sie immerzu hören, immerzu, immerzu!«

Hier würde sie das erste Mal erbeben, sie nimmt das Heft, legt es auf das Bett, geht ins Badezimmer, zieht sich aus, und dann, wenn sie schon unter dem weißen, schweren Federbett liegt, greift sie neben sich, tastet nach dem Heft, öffnet es und setzt ihre Lektüre fort. Und Zärtlichkeit erfaßt ihr Herz, mehr und mehr erfüllt Liebe ihr Herz, und es kommt der Augenblick, in dem die Bewunderung sie überwältigt. Dann blickt sie für einen Moment von der noch nicht ganz gelesenen Erzählung auf und fragt sich im Geiste erstaunt: Ist es überhaupt möglich, daß er das geschrieben hat? Und ihr Mund flüstert meinen Namen ins Dunkel.

Im Laufe des August, im Laufe des ganzen schönen, heißen, holden Monats August las ich mein Werk wieder und wieder. Ich verbesserte Sätze, riß Seiten heraus und klebte welche ein, schrieb das ganze fünfte und das halbe siebente Heft um. Am Tag vor Beginn des Schuljahrs entschied ich mich nach langem Zögern zum wichtigsten, wenn nicht entscheidenden Schritt. Ich schrieb in Großbuchstaben auf das Titelblatt: DIR und in Klammern setzte ich hinzu: Der lieben E. S. Der Autor.

Dann machte ich aus allen Heften ein ansehnliches Paket, verschnürte es mit einem Bindfaden und legte es in meine Aktentasche.

Obwohl ich nicht einmal drei Minuten bis zur Schule brauchte, ging ich am nächsten Morgen schon um halb acht Uhr wie ein aufgeregter Sextaner vor der Schule auf und ab. Erst jetzt wurde mir bange. Was ist, wenn sie nicht kommt? Wenn sie unsere Schule genauso plötzlich wieder verlassen hatte, wie sie in ihr erschienen war? Was, wenn sie krank ist? Was, wenn sie kommt, es aber ablehnt, mein Geschenk anzunehmen? Oder, schrecklichste aller Möglichkeiten: Sie kommt, nimmt mein Geschenk an, aber das, was sie liest, kann sie nicht betören, mißfällt ihr nicht nur, sondern verletzt, ja beleidigt sie? Was, wenn ich, statt alles zu gewinnen, alles verlöre? Si tacuisses, philosophus mansisses.* Oh, durch nichts zu verscheuchende Bangigkeit, ewige, bebende Unsicherheit des Schöpfers!

Da kam sie schon, sie näherte sich vom Park her, ich erkannte sie von weitem, doch an ihrer Seite, horribile visu, horribile dictu**, schritt ein hoch aufgeschossener junger Mann, den ich an seiner Knollennase als ehemaligen Primaner Viktor identifizierte. Als sie zu der Stelle kamen, an welcher der kleine Park endete und der Garten unserer Anstalt anfing, o fallacem hominum spem! Animus meminisse horret***, da beugte sich dieser Nichtsnutz zu ihr hinab und küßte sie schnell. Und sie, meine Teuerste, meine Liebe, meine ehemalige Liebe, wehrte sich nicht nur nicht, sie wendete sich ihm sogar zu, als er sich, offensichtlich überwältigt von der Abscheulichkeit seiner eigenen Unverschämtheit, wieder durch den Park entfernte, und winkte ihm nach.

Einen Augenblick lang zog ich in Erwägung, sie, die schamlose Dirne, zum Fluß zu zerren und dort vor ihren

---

* Wenn du geschwiegen hättest, wärest du ein Philosoph geblieben.
** Schrecklich zu sehen, schrecklich zu sagen.
*** O trügerische menschliche Hoffnung! Das Gemüt schaudert vor der Erinnerung.

Augen Heft für Heft mein Werk ins Wasser zu werfen. Aber das hatte keinen Sinn, solange sie nicht wußte, was ich da vernichtete, was und wen sie da so schamlos, so verschwenderisch mißachtete.

In der ersten Lateinstunde verkündete unser Peiniger, kaum daß er den Raum betreten hatte, daß uns eine erhebende Zeit erwartete, in der sich vor uns eine Schatzkammer voll der bemerkenswertesten Juwelen des Geistes öffnen würde. Wir würden jetzt, da wir Scylla und Charybdis der Grammatik gemeistert hätten, nur noch die Werke der Klassiker übersetzen.

Dann rief er sie auf, gab ihr ein abgegriffenes Büchlein in die Hand und forderte sie auf vorzulesen.

Sie stand auf und rezitierte mit ihrer vollen, wohlklingenden Stimme: Gallia est omnis divisa in partes tres, quarum unam incolunt Belgae, aliam Aquitani, tertiam qui ipsorum lingua Celtae, nostra Galli apellantur.

Erst jetzt bemerkte ich in ihrer Stimme, die mich bis vor kurzem so betört hatte, die ich vielleicht gerade in meiner Einfalt vergöttert hatte, Spuren einer widerlichen und scheinheiligen Falschheit. Ich ahnte, daß ich einmal, vielleicht schon bald, einen neuen großen Roman schreiben würde, darüber, wozu ein verräterisches Frauenherz fähig ist.

# Mein Vaterland

Wir stiegen an einem kleinen Bahnhof mitten im Wald aus. Mutter sah müde aus und hatte eine Duldermiene aufgesetzt, Vater schleppte zwei riesige Koffer und versuchte, uns durch sein Lächeln zu beruhigen. Auch mein Bruder und ich trugen je einen Koffer, und wir waren neugierig, was geschehen würde.

Die Landschaft war, so weit das Auge reichte, flach wie ein Bügelbrett. Das sagte mir zu, denn in der Ebene kommt man schneller voran. Ich hatte keine Zeit, auf irgendwelche Berge zu klettern. Denn ich hatte fünf dicke Bände mit Werken der Weltliteratur mitgenommen und gedachte, sie in kürzester Zeit durchzulesen. Außerdem hatte ich mir vorgenommen, das Leben kennenzulernen.

Mein Vater bemerkte, daß vor dem Bahnhof ein rothaariger Kutscher mit seinem Ochsengespann stand. Sofort stellte er Mutter die Koffer vor die Füße, bat uns alle, auf das Gepäck aufzupassen, und lief zu dem Mann, der offenbar über das einzige hier verfügbare Verkehrsmittel herrschte.

Ich befand mich damals gerade in einer wichtigen Phase meines Lebens. Schon seit einigen Wochen wußte ich, was ich wollte: in diesen Ferien und im ganzen Leben.

Um zu erzählen, was vor einigen Wochen passiert war: Ich hatte meiner Tschechischlehrerin einige meiner literarischen Erzeugnisse gebracht (in der Mehrzahl ging es um meine Erlebnisse während des Krieges), und sie hatte diese, sei es aus Verlegenheit, sei es aus unangebrachtem

Stolz, an die Redaktion einer Kulturzeitschrift geschickt. Die Redakteurin dieser Zeitschrift kam dann eines Morgens zu uns in die Schule. Die beiden Damen riefen mich ins Lehrerzimmer und unterhielten sich dort ernsthaft und freundlich mit mir. Die Redakteurin sagte, an dem, was sie gelesen habe, könne sie erkennen, daß ich ein aufmerksamer und empfindsamer Junge sei, der in der Vergangenheit viel durchgemacht hatte und der das Bedürfnis habe, sich mitzuteilen.

Ihre Worte ließen mich vor Wonne erstarren, und meine weißhaarige, altjüngferliche Tschechischlehrerin lächelte mir aufmunternd zu.

Jetzt jedoch, so fuhr die Redakteurin fort, würde sie mir raten, meine Kriegserlebnisse ein wenig zu vergessen und aufmerksam und demütig das Leben zu beobachten und kennenzulernen. Und ich sollte lesen. Aufmerksam und demütig sollte ich die großen Meister der Weltliteratur, wie beispielsweise Balzac, Stendhal, Maupassant, Gorkij oder Scholochov lesen. Und natürlich sollte ich über das nachdenken, was ich gelesen hatte, darauf achten, wie großartig die Meister ihr Handwerk beherrschen. Das würde mich das Schreiben am besten lehren, und vielleicht könnte ich dann in ihre Fußstapfen treten.

Dann erhob sie sich, gab mir feierlich die Hand und sagte, sie sei sich sicher, daß sie noch von mir hören würde. Mir wurde gar nicht bewußt, daß sie soeben meine bisherigen literarischen Versuche verworfen hatte, und ich faßte augenblicklich einen Entschluß: Ich wollte Schriftsteller werden, ich würde ohne Unterlaß das Leben beobachten und in der übrigen Zeit die großen Meister der Weltliteratur lesen.

Vater kam von dem Ochsenkarren zurück, und das fröhliche Lächeln in seinem Gesicht verriet, daß er gute Neuigkeiten hatte.

Der Zufall wolle es, daß dieser Mann genau der Mensch sei, den wir suchten. Er hieß Pavelec, hatte einen Bauernhof, auf dem sich ein Brunnen mit einer durch einen Elektromotor angetriebenen Pumpe befand. Bei dem Wort Elektromotor runzelte Mutter wie gewöhnlich die Stirn, während Vater weiter erklärte, daß der Motor, ein Fabrikat der Marke Darling, letzte Woche kaputtgegangen sei. Vater glaubte, er könnte den Fehler beheben, und er hätte uns sicher noch mehr über diese moderne neue Pumpe erzählt, aber er bemerkte, daß Mutter fast zusammenbrach, und fügte deshalb nur hinzu, daß Herr Pavelec ein wunderbares Zimmer mit drei Betten hätte, das er uns gerne vermieten würde.

»Aber wir sind doch zu viert!« wandte meine Mutter ganz richtig ein.

Vater lächelte und sagte, daß sich schon eine Lösung finden würde. Und außerdem gäbe es im Dorf einen Gasthof mit sehr guter Küche.

»Und wenn es dort Mäuse gibt?« Meine Mutter brachte einen weiteren Einwand gegen das Zimmer auf dem Bauernhof von Herrn Pavelec vor.

Vater versicherte ihr, daß wir dann den Bauernhof sofort verlassen würden, und diese Vorstellung ließ meine Mutter noch grämlicher aussehen. Dann packten wir die Koffer auf den Karren und brachen zu dem Dorf auf, das den poetischen Namen Svatá Maří, Heilige Maria, trug.

Nicht einmal eine Stunde später kniete Vater glücklich vor dem zerlegten Elektromotor; Mutter suchte mißtrauisch unter dem riesigen Bauernbett nach Spuren von Mäusen, während Herr Pavelec mich in das nahe Gasthaus führte, in dem wir alle unsere Mahlzeiten einnehmen sollten und wo sich vielleicht ein freies Bett für mich finden ließe.

Das Gasthaus hieß offenbar nach dem Besitzer

»U Štěrbáků«, das verkündeten zumindest die roten Buchstaben auf einer weißen Tafel. Eine kleinere Tafel gab unter einem grünen Fischmaul bekannt:

> Wer hier eintritt, findet
> Frühstück, Mittag, Abendessen
> alles nicht zu knapp bemessen.
> Aus Bach und See der beste Fisch
> kommt hier fangfrisch auf den Tisch.

Wir traten also ein, und sofort kam ein Mann mit einem Stift hinter dem Ohr auf uns zu, fletschte die Goldzähne und begrüßte Herrn Pavelec. Er trug schwarze Hosen und hatte sich ein blau-weiß kariertes Geschirrtuch um die Hüften gebunden, das seinen gewaltigen Bierbauch aber nicht ganz verbergen konnte.

»Dieser Junge braucht also ein Zimmer?« sagte Herr Štěrbák. »Wir könnten ihm die Fünf neben der Frau Doktor geben.«

Die Treppe, die wir hinaufgingen, war steil und weiß gescheuert. Oben, in einem kurzen Flur, waren fünf Türen zu sehen. Über der Tür, die Herr Štěrbák jetzt öffnete, hing ein hölzernes Kreuz. Im Zimmer roch es nach Quitten und Seife. Die Daunendecke war so dick, daß sie fast einen halben Meter über den Bettrand hinausahing.

Ich war hingerissen. Ich legte meinen Koffer neben einen kleinen Tisch mit einer weißen Tischdecke und wollte mich sofort daranmachen, meine Sachen auszupacken, das heißt vor allem die Bücher, doch dann konnte ich doch nicht widerstehen und ging zum Fenster. Direkt vor mir breitete eine Kastanie die Zweige ihrer Krone aus. Darunter in leuchtendem Rot einige Tische und Klappstühle. Der Bretterzaun war von Gebüsch überwuchert. Durch das hintere Tor gelangte man auf

46

einen Weg, der zum Fluß führte. Er teilte sich, wie ich von oben sehen konnte, in zwei Arme, die eine längliche, grasbewachsene Insel umflossen, die mit unserem Ufer durch einen Steg verbunden waren. Ein Stück weiter, da, wo die Arme sich wieder vereinten, floß das Wasser über ein niedriges Wehr.

Auf der Insel und dem nahen Ufer flitzten kleine bunte Gestalten hin und her. Ein Mädchen in einem dunkelgrünen Badeanzug schwang sich auf einen runden Felsblock, der am Ufer emporragte, und stürzte sich kopfüber ins Wasser.

Im Flur schlug eine Tür, und eine Mädchenstimme rief jemand zu, er solle sich beeilen. Wahrscheinlich hätte ich als genauer Beobachter des Lebens die Tür öffnen und feststellen sollen, wem die Stimme gehörte, aber ich war zu schüchtern.

Statt dessen hob ich den Deckel des Koffers und nahm meine neuen Bücher heraus. Wenn das Wetter nach sechs oder sieben Wochen wolkenlosen Sonnenscheins ein wenig vernünftiger würde und es endlich regnete, dann wäre es überhaupt kein Problem, sie alle durchzulesen.

Ich wählte eines der Bücher aus und versuchte, mich auf dem Bett auszustrecken.

Im Zimmer nebenan lachte jemand mit einer tiefen Altstimme. Dann knirschte etwas, vielleicht die Tür oder ein Schrank, gleich darauf hörte ich, wie links jemand Wasser in die Waschschüssel goß. Das fesselte mich so sehr, daß ich mein Buch beiseite legte und aufmerksam lauschte. Das Wasser plätscherte eine Weile, dann schlug die Tür, und auf dem Gang waren leichte Schritte zu hören, unzweifelhaft die einer Frau.

Verständlicherweise hatte ich für den Fall eines Schaffensrausches auch weißes Papier und einige schwarz gebundene Hefte sowie Bleistifte, einen Füller und eine gewöhnliche Feder mit einem Federhalter und einem Gläschen Tinte mitgebracht; ich redete mir ein, daß ich diese Dinge auspacken wollte, und ging zum Fenster und wartete.

Nach einer Weile tauchte auf dem Weg, der durch die Wiese zum Fluß führte, eine hellblonde, sonnengebräunte Frau in einem kornblumenblauen Kleid auf. In der Hand hielt sie eine Badetasche. Sie ging schnell und blickte sich nicht um, so daß ich ihr Gesicht nicht sehen konnte. Ich wollte meinen Beobachtungsposten schon verlassen, als zwei Mädchen in Kleidern derselben Farbe laut rufend aus unserem Haus herausstürmten und den Weg entlang rannten. Die Frau blieb stehen, drehte sich zu ihnen und somit auch zu mir um, sie war jedoch zu weit entfernt, als daß ich ihr Gesicht hätte erkennen können.

Der große Meister Gorkij schrieb:

»Trink, du gehst sowieso vor die Hunde!« brüllt Petrowskij, aber Ljoska fuchtelt mit den Händen und sagt:

»Ich sage es vor allen, ich habe mich in ihn verliebt, so verliebt, daß mir die Beine zittern ...«

Und einen Augenblick darauf fordern sie unersättlich noch eine Zugabe.

Ich weiß, daß sie nichtsnutzige Menschen sind, aber sie beugen sich in religiöser Inbrunst vor der Schönheit, sie dienen ihr bis zur Selbstvergessenheit, berauschen sich an ihrem Gift und sind imstande, sich um ihretwillen zu töten.

Aus diesem Widerspruch entsteht in mir eine trübe Wolke der Trostlosigkeit, die mich würgt, während bei ihnen die rasende Hingerissenheit ihren Höhepunkt erreicht. Doch alle Lieder sind schon gesungen und alle Tänze schon getanzt.

»Zieh die Weiber aus!« brüllt Petrowskij.

Das Ausziehen besorgte immer Stepachin, und er tat es ohne Hast; er knüpfte akkurat die Schnüre auf und hakte die Haken auf und schichtete geschäftig die Blusen, Röcke und Hemden in der Ecke aufeinander.

Sie bestaunten Ljoskas wunderbaren Körper und berührten vorsichtig ihre aufreizenden Brüste, die schlanken Beine, den prächtigen Bauch; sie umkreisten die Frauen und seufzten vor Verwunderung und priesen ihre Körper begeistert wie das Lied und den Tanz. Dann gingen sie wieder an den Tisch im anderen Zimmer, aßen und tranken und – es begann das Nichtzubeschreibende und Grauenerregende.

Das Abendessen wurde in einem kleinen Speisesaal, in dem sich nur sechs Tische befanden, serviert. Am Nachbartisch bemerkte ich sofort die blonde Frau mit den beiden Mädchen. Man sah auf den ersten Blick, daß sie eine Dame war, jedenfalls insofern als sich Damen von gewöhnlichen Frauen durch den vielen Schmuck, die Seidenkleider, den geschminkten Mund und die vornehme Kopfhaltung unterschieden. Sie hatte einen runden, eher kleinen Kopf, ihre Augen hatten die gleiche Farbe wie das Kleid. An ihrem Tisch saß auch noch ein Kerl mit einem Pferdegesicht. Als unsere Familie sich hinsetzte, stand der Kerl auf, fletschte Zähne, die wunderbar zu seinem Pferdemaul paßten (sie waren gelb, stumpf und gewaltig und schienen sich vorzüglich dazu zu eignen, Heu zu kauen); er streckte dem Vater die Hand hin, sein Mittelfinger war gelb von Teer und Nikotin oder was auch immer die Finger von Rauchern verfärbt und verkündete, er sei Dr. Slavík aus Prag-Dejvice und dies sei seine Familie: seine Frau Pavla und die Zwillinge Miluše und Růžena. Vater teilte im Gegenzug mit, daß er Ingenieur sei und ebenfalls aus Prag käme, ein Schweißgerät konstruiert habe, welches der Doktor bestimmt schon irgendwo gesehen habe, ich sei Primaner (ich hatte gerade die Untersekunda beendet, Vater hatte sich also um ein Jahr geirrt), der zweite seiner Söhne, so Vater über meinen Bruder, sei noch ein Kind. Meine Mutter erwähnte er nicht, denn er wußte, daß Mutter allen fremden Menschen gegenüber mißtrauisch war, Ärzten gegenüber aber ganz besonders, seitdem ihr einmal ein Arzt eine falsche Diagnose gestellt hatte.

Daraufhin teilte der Doktor uns noch mit, daß er schon seit der Vorkriegszeit hierherkomme und daß das Leben hier sogar während der Okkupation erträglich gewesen sei, weil Herr Štěrbák stets wisse, wo man noch etwas auftreiben könne und Frau Štěrbáková es verstehe, aus Nichts eine Mahlzeit zu zaubern, und in den wirklich schlimmen Zeiten, da konnte man einen Döbel aus dem Goldenen Bach holen oder Pilze und Blaubeeren für einen Kuchen aus dem Wald. Außerdem war hier immer etwas los. Gleich nächsten Sonntag fand ganz in der Nähe, in Chlum, das berühmte Kirchweihfest statt, und bei dieser Gelegenheit führte ein Liebhabertheater in ganz unvergeßlicher Weise den ›Strakonitzer Dudelsackpfeifer‹ auf. Der Herr Doktor war überzeugt, daß es uns hier gefallen würde und wir diesem Ort treu bleiben würden wie etwa die Havels, die sich hier vor zwei Jahren kennengelernt hätten und jetzt gerade auf Hochzeitsreise hier waren. Der Doktor zeigte auf einen Tisch in der Ecke, an dem ein junges Paar ins Gespräch versunken saß; oder, er wandte seinen Kopf einem Tisch am Fenster zu, an dem einsam ein bleicher, kränklich aussehender junger Mann mit einem ausdruckslosen Gesicht vor sich hin grübelte, Herr Halama, der schon das vierte Jahr herkomme und sich manchmal hierhin zurückziehe, wenn er eine ruhige Zuflucht

50

brauche. Der Herr Doktor Slavík kicherte bedeutungsvoll, und ich begriff, daß der Aufenthalt des jungen Mannes von einem Geheimnis umgeben war.

Zum Ärger von Mutter fragte der Herr Doktor Vater dann noch, ob er zufällig Schafskopf oder wenigstens angesagte Mariage spielte, dann könnte man nämlich zusammen mit dem Herrn Lehrer Kalous, Herrn Anton, Herrn Sodomka von der Eisenbahn und eventuell auch mit dem Brandstifter, Herrn Feuerstein, eine gute Runde spielen.

Vater bedankte sich und sagte mit einer Höflichkeit, die mich erstaunte, er habe sich leider eine Menge Berechnungen mitgebracht, er arbeite nämlich an einem besonders interessanten Problem eines dreiphasigen Wechselstrommotors mit einem Anker, deshalb fürchte er, hätte er nicht viel Zeit für Vergnügungen.

Währenddessen hatte Herr Štěrbák, der immer noch seine Frauenschürze trug, das Schnitzel gebracht, und der Doktor kehrte zu seinem Tisch zurück, nachdem er uns Guten Appetit gewünscht hatte.

Ich sah, daß Mutter sich nicht nur über die aufdringliche Herzlichkeit dieses Menschen ärgerte und aufregte, sondern auch über die Tatsache, daß wir in einem Raum zu Abend aßen, der sich jederzeit in eine Spielhölle verwandeln konnte. Sie aß schnell, und ich fürchtete, daß sie, sobald wir mit dem Essen fertig wären, zum Aufbruch drängen würde. Im Gegensatz zu ihr und Vater hätte ich gerne zugesehen, wie man Schafskopf oder angesagte Mariage spielt. Außerdem interessierten mich der geheimnisvolle Herr Halama, die beiden Jungverheirateten, der joviale Herr Doktor und am allermeisten seine Tischgenossin.

Weil es ein wirklich heißer Tag war, bekamen mein Bruder und ich nach dem Essen jeder eine Flasche gelbe Zátka-Limonade, und mein Vater bestellte sich ausnahmsweise ein Bier. Langsam füllte sich der Speisesaal mit sonderbaren Gestalten, am meisten faszinierte mich ein sehr großer und dünner Greis mit milchweißen Haaren und einem ungesund rötlichen Gesicht. Im Gegensatz zu den anderen Leuten im Saal, mit Ausnahme der Frau Doktor, war er formell angezogen und trug dunkle Kleider. Sein Hals steckte in einem hohen, gestärkten Kragen, wie ihn mein Großvater trug, aus der Tasche seiner Weste, die eine ungewöhnliche, violette Farbe hatte, hing eine goldene Uhrkette. Unter dem Arm trug er einen Geigenkasten. Als er an unserem Tisch vorbeikam, verbeugte er sich zu meiner Mutter hin, die ihn verwirrt grüßte, woraufhin er sagte: »Küß die Hand, gnädige Frau!« und sich sofort vor dem Doktor und seiner Frau verbeugte. Der Doktor rief: »Ausgezeichnet, Herr Kammerdiener, was sagen Sie zu einer Runde Karten nach dem Abendessen?« Und der Alte antwortete: »Ganz zu Ihren Diensten, Herr Doktor!«

Daraufhin stieß Mutter den Vater an und sagte sehr laut: »Sollten wir nicht gehen?«

Wir machten einen Spaziergang am Fluß entlang, am wolkenlosen Abendhimmel versank die Sonne hinter den Wäldern in der Ferne, auf dem Fluß schwammen träge plätschernd ein paar verspätete Boote, und ab und zu schnellte unerwartet ein Fisch aus der Tiefe empor.

Dann spazierten wir eine Allee hoher Pappeln und Linden entlang, von irgendwoher drang das gedehnte Klagen einer Ziehharmonika zu uns herüber, und meine Mutter machte uns darauf aufmerksam, wie schön dies sei, nahezu unfaßbar, daß wir hier alle so miteinander gingen, daß wir all die jüngst vergangenen Schrecken überlebt hätten und diesen Augenblick erlebten. Sie drängte uns, den Himmel zu betrachten, der sich rosa und rot färbte, und die Sonne, die sich hinter die spitze Masse der Bäume schob, sie fragte uns, ob wir etwas Erhabeneres, etwas

Vollendeteres kannten oder uns vorstellen konnten als diesen Anblick und ob wir uns ein schöneres Land vorstellen konnten als das unsere.

Vater lächelte demütig und geistesabwesend, wahrscheinlich war er in Gedanken bei seinem dreiphasigen Wechselstrommotor mit Anker, und mein Bruder sagte, daß er Durst habe und daß wir einen Kessel zum Kakaokochen hätten mitnehmen sollen. Es war ihm nämlich nicht entgangen, daß wir kurz vor der Abreise in die Ferien ein Päckchen von unserer kanadischen Tante bekommen hatten, in dem auch eine Blechdose mit dem kostbaren braunen Pulver gewesen war, die meine Mutter in den Koffer gepackt hatte. Der Arme! Bestimmt hatte er sich die ganze Zeit, die er staunend die majestätische Natur hätte bewundern sollen, aufgeregt vorgestellt, wie er große Schlucke von dem göttlichen Getränk nahm.

Auch ich hatte meine Gedanken schweifen lassen und daran gedacht, daß ich abends allein im Hotelzimmer ganz Herr meiner Zeit sein würde, und diese Vorstellung begeisterte mich.

Der große Meister Maxim Gorkij fuhr fort:

In jedem von ihnen lebte und rumorte etwas Dunkles und Schreckliches. Die Frauen kreischten vor Schmerz bei ihren Bissen und Kniffen, empfingen aber diese Grausamkeit als etwas Unvermeidbares und sogar Angenehmes, und Ljoska reizte Petrowskij sogar absichtlich mit aufmunternden Zurufen:

»Mehr! Nun kneif doch schon, los!«

Die katzenähnlichen Pupillen ihrer Augen vergrößerten sich, und in diesem Augenblick sah sie der Märtyrerin auf dem Bilde ähnlich. Ich fürchtete, daß Petrowskij sie totschlüge … Jetzt dünkt es mich, als hätte sich damals das schwere Drama des Kampfes

53

zweier Anfänge, des Tierischen und des Menschlichen, vor mir abgespielt: der Mensch müht sich, ein für allemal das Tierische in sich zu befriedigen und sich von seinen unersättlichen Forderungen zu befreien, aber es wächst in ihm und unterjocht ihn immer mehr.

Aber zu jener Zeit weckten diese wilden Bacchanale des Fleisches in mir nur Abscheu und Trostlosigkeit, vermischt mit einem Mitleid mit den Menschen, und besonders leid taten mir die Frauen. Aber obwohl ich vor Trostlosigkeit fast verging, wollte ich mich doch nicht von der Beteiligung an diesem Irrsinn des »Mönchslebens« ausschließen, denn damals litt ich, wenn man es getragen ausdrücken will, am »Fanatismus des Wissens«, und der »Fanatiker des Wissens«, dieser Teufel, lockte mich und zog mich hinter sich her.

Von unten hörte ich eine Stimme. Kaum daß ich sie gehört hatte, wußte ich, daß es das warme Lachen meiner Nachbarin war. Was taten sie dort unten? Worüber lachten sie?

Abends beim Abschied hatte mir meine Mutter eingeschärft, daß ich sofort ins Bett gehen solle. Sie kenne mich und wisse, daß ich mich nicht unten im Lokal herumtreiben würde. Hätte sie es mir doch wenigstens verboten! Das war das Allerschlimmste, wenn der andere einen kannte und einem vertraute.

Zum ersten Mal in meinem Leben übernachtete ich in einem Gasthaus – was würde hier geschehen? Wann gingen die anderen auf ihre Zimmer? Würden sie überhaupt zu Bett gehen oder vergnügten sie sich bis zum Morgen? Und was war mit den beiden frisch Verheirateten? Was taten frisch Verheiratete miteinander, wenn sie alleine waren? Sie konnten doch nicht immer das *eine* tun.

Ich schloß mein Buch und schlich leise zum Fenster. Draußen war schon tiefe Nacht, aber weil fast Vollmond war, verbarg die Dunkelheit nichts, in der dämmrigen Landschaft wand sich der glänzende Fluß.

Auf der Wiese vor dem Wehr waren im Laufe des Abends offensichtlich Zelte aufgebaut worden, zwischen ihnen glühte ein niedriges Feuer, dunkle Gestalten liefen hin und her, ich nahm den schwachen Gesang wahr, der von dort zu mir herüberdrang.

Ganz bestimmt waren sie dort zusammen: Jungs und Mädchen, Männer und Frauen, Geliebte und Geliebter, sie krochen zusammen ins Zelt, sie preßten sich aneinander und dann …

Ich mußte sofort beginnen, über wesentlichere Dinge nachzudenken. Was waren wesentlichere Fragen? Die Existenz Gottes. Die Beobachtung des Lebens. Die Unsterblichkeit der menschlichen Seele. Konnte der Mensch Gott sein und Gott Mensch? Das Wesen der menschlichen Seele. Was geschieht mit der menschlichen Seele im Epizentrum einer Atomexplosion? Welchen Sinn hat das Leben? Krieg. Was konnte ich gegen einen kommenden Krieg tun? Was für meine Unsterblichkeit? Was für die Menschheit? Wie konnte ich die Liebe eines anderen erringen? Was war das überhaupt, Liebe? Die Bücher, die ich einmal …

Im Nebenzimmer knarrte die Tür. Ich erstarrte.

Kaum hörbare Schritte. Wie viele Menschen waren nebenan: einer oder zwei?

Noch ein paar leise Schritte, ein Seufzer – ganz bestimmt war es ein Altoseufzer der bekannten Frauenstimme. Wären diese Wände nur durchsichtig, gäbe es wenigstens eine winzige Ritze.

So leise ich konnte, schlüpfte ich unter meine Decke und preßte das Ohr an die Wand. Sie war kalt und hart, und mir schien, als hörte ich ihr Steingeflüster. Das Blut in ihren kühlen Adern pulsierte dröhnend in meinen Ohren. Ich hörte nichts anderes; erst als ich meinen Kopf auf das Kissen legte, bemerkte ich gleich hinter der Wand das laute Quietschen eines Bettes.

Ich lag ganz still in süßer Furcht. So als könnte sich die Wand zwischen uns jeden Augenblick auflösen. Regungslos lag ich unter meiner Decke und wartete.

Eine Trompete weckte mich. Sie ertönte gleich neben mir. Ich bekam einen solchen Schreck, daß ich meine Decke wegschleuderte und hilflos in die Dunkelheit starrte. Als ich allmählich zu Sinnen kam, gelang es mir, die Quelle dieser Klänge zu lokalisieren, und ich tappte barfuß zum Fenster.

Im Hof unter den Kastanien standen einige Mondanbeter, die zwei Musikanten zusahen. Einer der Musikanten, den ich sofort als Doktor Slavík wiedererkannte, hielt eine Trompete in der Hand, der zweite, den ich aufgrund seiner weißen Haare als den überaus höflichen Herrn Anton identifizierte, hielt eine Geige unterm Kinn. Zusammen mit den anderen da unten sah ich den beiden Musikanten zu und folgte der Melodie, die sich auf dem Weg zu mir so mit der Nacht verband, daß es schien, als enthielte sie den Duft überreifer Blüten und die Wärme aus Liebesumarmungen. Sie war so lieblich, daß sie für einen Augenblick meine kalten Sohlen von den rauhen Dielen löste und sich unter mir ausbreitete wie ein laues, luftiges Kissen. Ich schaukelte hin und her auf diesen Wogen, wie ein Boot auf bewegten Wellenkämmen oder eine Möwe am Rande einer Sturmwolke, und ich sah, wie die den Sternen zugewandte Trompete langsam als goldene Flamme erglühte und die Kastanienzweige voll staunender Vögel von unten her erleuchtete.

Neben mir knarrte jetzt das Fenster, und ich spürte, ohne

dorthin zu blicken, die Nähe eines weiblichen Wesens, das den beiden Musikanten Kußhände zuwarf. In diesem Augenblick wünschte ich mir, an deren Stelle zu sein und meine Sehnsüchte, meine Wünsche, meine Geständnisse in diese Form zu kleiden, meine Visionen so umzusetzen. Einmal würde ich es vielleicht so weit bringen, würde ich vielleicht meine Worte so perfekt verbinden wie sie die Töne, und dann würde ich eine verwandte Seele rufen, würde die Liebe erleben, die mich ganz erfüllte.

Die Melodie erstarb, die Trompete verstummte, die Kastanienzweige versanken wieder im Dunkel, und sachte kehrte ich auf den Dielenboden zurück. Bevor ich zum Bett ging, blickte ich noch einmal zu den zwei Musikanten, die sich tief vor der unsichtbaren Dame verbeugten, gleich darauf verschluckte die kleine Schar der Mondanbeter die beiden und trug sie fröhlich in die Dunkelheit fort, wahrscheinlich zu einem anderen, weiter entfernten Fenster.

Am nächsten Morgen erwachte ich viel zu früh. In der Hoffnung, etwas Interessantes zu hören, wälzte ich mich noch eine Weile im Bett hin und her. Doch dann schämte ich mich, meine Zeit so zu vertun.

Ich trat genau in dem Augenblick aus dem Zimmer, als sich die gegenüberliegende Tür öffnete und ein zerzauster Frauenkopf in ihr erschien. Ich erkannte die junge Frau Havel. Sie hatte einen geblümten Schlafrock an und trug zwei Vasen mit Klatschmohn und Kornblumen in den Händen.

Ich wurde rot, so als hätte sie mich bei etwas Anrüchigem erwischt, und stotterte ein Guten Morgen.

Sie lächelte mich mit ihren großen, blassen Lippen an, preßte die Glasgefäße an sich und sagte, sie ginge, um den Blumen frisches Wasser zu geben.

Im Zimmer sah ich noch mehr Gläser voller Wiesenblu-

men. Vielleicht gehörte das zur Liebe oder zum Frisch-
verheiratetsein, dann schloß sich die Tür von drinnen.

Wir gingen zusammen die Treppe hinunter. Es schien
mir unhöflich zu schweigen, und deshalb fragte ich:
»Pflücken Sie die selbst?«

»Zusammen mit meinem Mann«, stolz sprach sie dieses
Wort aus. »Wir mögen beide Blumen.«

Die Pumpe stand im Hof. Ich erbot mich, ihr beim
Pumpen zu helfen und ergriff die Zugstange.

»Vor kurzem habe ich von einer wunderbaren Blume
geträumt«, erzählte sie, »sie hatte die Form einer Glocke,
sie war feuerrot und das Innere des Kelchs dunkelblau. Sie
war fast so groß wie eine Seerose.«

»Vielleicht finden Sie so eine Blume«, plapperte ich.

»Das wäre wundervoll.« Sie hauchte diese Worte.
»Immer, wenn ich über eine Wiese laufe, stelle ich mir das
vor. Aber wahrscheinlich wachsen solche Blumen nur in
den Tropen.«

Sie nahm die Vasen wieder in ihre dünnen Hände.
»Wenn Sie mögen, dann kann ich auch für Sie welche
pflücken.« Sie ging zur Treppe zurück, während ich mich
auf den Weg zu Herrn Paveleces Hof machte.

Ich fand meine Eltern mitten in einem hitzigen Streit
vor. Nachts war offensichtlich eine Maus durch das Zimmer gerannt, und schlimmer noch, meine Mutter hatte von
Frau Pavelcová erfahren, daß ihr Bruder, Herr Valeš, der
im Nebengebäude lebte, Tuberkulose hatte. Meine Mutter
war immer sehr auf Hygiene bedacht: des Körpers, der
Seele und ihrer Umgebung. Die Vorstellung, daß sie die
gleiche Luft atmete, in die gleich um die Ecke jemand die
todbringenden Keime der Schwindsucht hustete, versetzte sie in Angst. Sie verlangte von meinem Vater, daß
wir sofort die Koffer packen und abreisen sollten.

Vater wollte das offensichtlich nicht. Er war froh, hier

ein Bett und einen Tisch gefunden zu haben, auf denen er seine Papiere, seine Tabellen und seinen Rechenschieber ausbreiten konnte. Doch leider interessierte sich in solchen Situationen niemand für die Wünsche meines Vaters.

Es machte den Eindruck, als würden wir einem Umzug nicht entkommen. Doch da erinnerte sich der Vater in seiner Verzweiflung an unseren Nachbarn im Speisesaal des Gasthofs und schlug vor, ihn zu fragen, ob das Auftreten dieser Krankheit im Nebengebäude einen von uns gefährde.

Mutter wandte zwar empört ein, daß sie auf Ärzte nichts gäbe, aber Vater, der diese rettende Lösung nun ins Auge gefaßt hatte, ließ sich nicht abhalten.

Den Herrn Doktor freute diese Frage ersichtlich. Sofort zog er einen Stuhl an unseren Tisch und versicherte der Mutter, daß sie nur mit Mühe einen gesünderen Ort finden würde als den Hof von Herrn Pavelec. Was die Tuberkelbazillen beträfe, die seien überall anzutreffen und es käme vor allem darauf an, wie der einzelne mit ihnen fertig würde. Dann erzählte er von Herrn Valeš. Der Arme war ein Opfer des Krieges, eigentlich seiner Tapferkeit, aber auch, das sei nicht zu leugnen, seiner Begierden. Franta Valeš, so erzählte der Herr Doktor, war ein wichtiges Mitglied des patriotischen Turnvereins, des Sokol, ein gesunder und schöner Kerl, ein Musiker und Geländeläufer. Später sei er dann vor allem den Röcken nachgelaufen, und dabei hätte er noch mehr Erfolg gehabt.

Der kränkliche Herr Halama betrat den Speisesaal. Als er an unserem Tisch vorüberging, sagte er: »Guten Tag, alle miteinander!« und mir kam es so vor, als klinge die Aussprache dieses Grußes falsch oder zumindest einstudiert. Am Morgen war sein Gesicht noch bleicher und seine grauen Augen ganz trübe. Mißmutig setzte er sich an den Tisch am Fenster. Er merkte, daß ich ihn beobachtete, und drehte sich sofort um. Sein Blick und seine Bewegungen verrieten die Angst des Gehetzten.

Kurz vor dem Krieg, so fuhr der Doktor fort, heiratete Franta, und zwar Mařenka Sodomková, eine der örtlichen Schönheiten und der Star des Amateurtheaters »Tyl«. Gleich darauf gründete er eine Kapelle, die auf den Bällen des Sokol, bei Begräbnissen, Hochzeiten und Tanzabenden aufspielte. Anfangs gefiel es Mařenka nicht, daß Franta abends herumzog, doch dann erkannte sie, daß sie nur an den Abenden, an denen sie alleine war, in Ruhe schlafen konnte. Der Doktor kicherte bedeutungsvoll, meine Mutter gab sich ungehalten, der Vater abwesend (wahrscheinlich löste er im Geiste irgendein schwieriges technisches Problem), und die goldblonde Frau des Doktors legte lasziv eine gebräunte Wade über ihr braungebranntes Knie und blies Rauchwölkchen in die sonnenhelle Luft.

Die Kapelle wurde schnell berühmt, man engagierte sie in der ganzen Umgebung. Die Deutschen ließen sie in Ruhe, weil sie Kmoch und Schnulzen wie ›Anka lief ganz schnelle/denn sie trug 'ne ries'ge Forelle‹ oder ›Mein Vater war ein Fischer und fischte auf dem Meer‹ für die Angler spielten. Die Leute waren von dieser Musik ganz hin und weg, davon könnte der Herr Doktor viel erzählen, weil sie ihn in den Ferien manchmal mitspielen ließen. Aber als Ende vierundvierzig der alte Hamerník in Chlum starb – der ehemalige Vorsteher des Bezirks Hradec Kralové, der sich noch an Turnvater Tyrš erinnern konnte und an allen zehn Sokoltreffen teilgenommen hatte –, kamen die Turner aus dem ganzen Bezirk zu seinem Begräbnis und vier Kapellen. Und da spielte der František nicht nur die Marschhymne des Sokol, ›Mit Löwenkraft‹, sondern auch den wunderbaren Lobgesang aus Smetanas ›Mein Vaterland‹, genauer gesagt aus

›Tabor‹, den er extra für dieses Begräbnis bearbeitet und einstudiert hatte. Und als er so blies – der Herr Doktor war jetzt aufgestanden und sang: »Mit ihm werden wir zum Schluß immer siegen« –, da stimmte plötzlich jemand ein, und einen Augenblick später ertönte das alte Kampflied auf dem ganzen Friedhof, so als würden die berühmten Hussitischen Truppen wirklich zu Hilfe eilen. Die Deutschen konnten diesen Gesang nicht überhören, sie schnappten sich den Urheber, noch bevor er wieder zu Hause war, und steckten ihn in Budějovice zwei Monate ins Gestapogefängnis.

Herr Halama erhielt seinen Morgenkaffee, er trank ihn langsam, und mir schien, als würde er sein Gesicht am liebsten hinter den Händen verbergen. Dieser Mensch versteckte sich vor irgend etwas, das helle Haar, die grauen Augen, die allzu sorgfältige Aussprache, wer konnte wissen, ob er nicht Deutscher war. Angeblich sollte es viele von ihnen geben. Es hieß, sie hätten sich falsche Ausweise besorgt und lebten nun unter uns, niemand könne wissen, was sie auf dem Gewissen hätten oder was sie im Schilde führten.

Als František zurückkam, erklärte der Herr Doktor, war er nur noch ein Schatten seiner selbst, die Zähne waren ihm ausgeschlagen worden, die Hände zitterten, die Seele war traumatisiert und die Lunge war voller Tuberkelbazillen. Nach dem Krieg hatte man ihm zwar die Zähne gerichtet und ihn in ein Sanatorium geschickt, aber er unterschrieb eine Einverständniserklärung und flüchtete sich zu Mařenka. Denn als man diesen Menschen vor die Wahl stellte, allein im Bett zu sterben oder mit einer Frau an seiner Seite, hatte er sich für das zweite entschieden, und er sei nun auf dem besten Weg dazu.

Mutter tat, als sei sie aus Eis, und forderte meinen Vater auf, den Herrn Doktor, um Gottes willen, nicht länger aufzuhalten, dann stand sie sofort auf, und wir gingen zum Wasser.

Weder meine Mutter noch ich schwammen. Meine Mutter, weil ihr vor Jahren einmal ein berühmter Kardiologe gesagt hatte, ihr Herz sei so außergewöhnlich und bemerkenswert schwach, daß die kleinste Anstrengung sie umbringen könnte. Später hatte sich dann zwar gezeigt, daß diese Diagnose offensichtlich daher rührte, daß man ihr Kardiogramm mit dem irgendeiner sterbenden alten Frau vertauscht hatte. Ihr Herz war ganz normal und gesund, aber sie hütete sich zur Sicherheit auch weiterhin vor jeglicher Anstrengung.

Ich schwamm nicht, weil die Berührung mit dem nassen Element mir kein Vergnügen bereitete. Mit dem Aufenthalt am Fluß versöhnten mich nur die vielen Personen weiblichen Geschlechts. Sie liefen herum oder lagen einfach nur da und boten dabei ihre schönen und begehrenswerten Körper der Sonne und meinen Blicken dar. Ich tat so, als würde ich lesen, beobachtete aber die frisch verheirateten Havels, die eng aneinandergeschmiegt auf dem schmalen Streifen einer nur halb ausgebreiteten Decke lagen, und die Frau des Doktors mit ihren Töchtern, wie sie sich einen bunten Ball zuwarfen.

Vater und Bruder kamen aus dem Wasser zurück. Mein Bruder erinnerte sich an den Kakao in Mutters Koffer und quengelte, wir sollten in den Wald gehen, ein Feuer anzünden und uns etwas zu trinken machen. Während ich so getan hatte, als läse ich, war mir aufgefallen, daß einige der Badenden, wenn sie ihre nassen Badesachen ausziehen wollten, mit ihren Kleidern und Taschen über einen Steg auf die Insel liefen und auf der anderen Seite verschwanden. Die Mutter ermahnte meinen Bruder, er solle nicht immerzu ans Essen denken, und führte mich als gutes Beispiel an. Ich war noch nicht im Wasser gewesen, hatte nur, ich armer Wurm, in die Bücher geschaut. Vater trat für den Bruder ein und sagte, daß mir ein bißchen Bewegung auch nicht schaden könnte. Einer plötzlichen Eingebung folgend, verkündete ich, daß ich am Nachmittag spazierengehen wollte.

Tatsächlich begab ich mich gleich nach dem Mittagessen in der größten Sonnenhitze auf die andere Seite des Flusses.

Ich fand einen Platz im hohen Gras, wo ich mich hinlegte – hier konnte mich von der Insel aus keiner sehen, während ich alles sehen konnte.

Ich schämte mich für meine Handlungsweise, die Niedrigkeit und Spießigkeit meiner Absichten, und so machte ich mir einen Augenblick lang vor, ich hätte diesen Platz nur seiner Abgeschiedenheit wegen ausgewählt, weil ich hier ungestört lesen und nachdenken konnte. In Wirklichkeit lag ich auf dem Rücken und beobachtete ein paar vereinzelte, fast stillstehende Wolken über mir. So in die Höhe zu schauen war beruhigend und erbaulich. Ich erinnerte mich an meine Freunde, meine Altersgenossen, die nicht mehr von der Erde in den Himmel schauen konnten, weil sie tot waren, im Gas umgekommen. Schauten sie wenigstens von oben herunter? War der menschlichen Seele die Gabe des Sehens beschieden?

Ich bezweifelte das, ich bezweifelte die Unsterblichkeit der menschlichen Seele oder genauer: ich konnte sie mir nicht vorstellen. Weder die Gestalt, in der die Seele weiter existieren könnte, noch den Raum, in dem sie sich befinden könnte. Selbst wenn das Weltall ausgedehnt genug war, um eine beliebige Anzahl an Seelen aufzunehmen. Im Raum zwischen den Sternen herrschte angeblich eine solche Kälte, daß alles Lebendige mit einem Schlag bewegungslos erstarren würde.

Dieser Gedanke fesselte mich so sehr, daß ich mein

Buch aufschlug, in das ich vorsichtshalber einen Bogen Papier gelegt hatte, und mir mit einem Bleistiftstummel Notizen machte:

Die menschliche Seele hat wahrscheinlich die Wahl zwischen dem Feuer der Hölle und der Eiseskälte des Himmels.

Dann fiel mir noch etwas ein:

Deshalb ist es besser, an die Unsterblichkeit der Liebe zu glauben als an die Unsterblichkeit der Seele!

Ich betrachtete diese beiden Sätze eine Zeitlang in glückseligem Erstaunen. Sie klangen, als stammten sie von einem richtigen Schriftsteller. Also fügte ich noch das Datum hinzu und legte das Blatt wieder ins Buch.

Wenn ich später ein gebildeter, interessanter, geistreicher, geachteter und bekannter Künstler wäre, dann müßte ich mich nicht mehr am Ufer inmitten von Mückenschwärmen verstecken, ich säße vielmehr in meinem Arbeitszimmer oder ginge gegen Abend vors Haus, und die Frauen kämen von selbst. Nicht nur gewöhnliche, uninteressante Frauen, sondern beispielsweise auch berühmte Schauspielerinnen. Ich stellte mir vor, wie ich mit einer berühmten Schauspielerin in einem Nachtklub zu Abend aß, wie ich ihre wunderschönen nackten Arme berührte, als plötzlich zwei Mädchen in Badeanzügen und mit großen Taschen über den Kamm der Insel liefen.

Mein Herz pochte. Im gleichen Moment flog neben mir ein hochgeschreckter Wasservogel aus dem Schilf auf. Als ich voller Mißfallen dorthin sah, entdeckte ich auf dem engen Pfad, der an dieser Stelle das Wasser fast berührte, den bleichen, finsteren und geheimnisvollen Herrn Halama, der langsam spazierenging.

Die beiden Mädchen hatten ihn offensichtlich auch erblickt, und während er sich, ohne sie zu bemerken, entfernte, tauchten sie in das Dickicht auf dieser Seite der Insel ein, so daß ich sie völlig aus den Augen verlor.

Ich lag regungslos in meinem grasigen Versteck. Manchmal hatte ich den Eindruck, im Gewirr der Blätter und Zweige einen Mädchenkörper aufblitzen zu sehen, aber ich war mir dessen nicht sicher.

Als sie wieder auftauchten, trugen sie bunte Kleider. Sie riefen sich etwas zu und kletterten geschwind auf den Inselkamm, um gleich darauf hinter ihm zu verschwinden. Auch Herr Halama verschwand in der Ferne. Wohin ging er? Ich glaubte, daß der Pfad zu den Bahngleisen oder direkt zum Bahnhof führte.

Einen Moment lang unterhielt ich mich mit der Vorstellung, daß Herr Halama, der eigentlich gar nicht Halama hieß, sondern Heindel oder Hoes, auf dem Weg zu einem absolut geheimen Treffen mit einem Agenten des verurteilten, aber bis jetzt noch verschwundenen Martin Bormann war. Der versteckte sich – wer hätte schon da nach ihm gesucht? – in Wäldern an der Grenze zwischen Pařez, Zajíc und Tři facky. Und ich würde derjenige sein, der ihn oder wenigstens sein Versteck entdeckte.

Als ich vor dem Abendessen zu meinem Zimmer zurückkam, öffnete sich die Tür zum Nachbarzimmer, und das gebräunte Gesicht der Doktorsfrau blickte heraus. »Ah, Sie sind das«, sagte sie. »Ich dachte, es wäre der Meine. Haben Sie ihn vielleicht irgendwo gesehen?«

»Leider nicht!« Mir schien, als duftete es aus ihrem Zimmer nach Maiglöckchen. »Ich dachte, er sei Fischen gegangen.«

»Weiß Gott, wo er herumstreift! Und wo waren Sie – ich habe Sie heute nachmittag nicht am Wasser gesehen?«

»Ich habe einen Spaziergang gemacht.«

»Und wohin sind Sie gegangen?« Sie richtete ihre kornblumenblauen Augen auf mich, und ich spürte, wie ich errötete.

»Ich bin nur so am Fluß entlanggegangen. Dann habe ich gelesen.«

»Sie lesen anscheinend viel«, die Frau Doktor warf den Kopf zurück, so daß die blonden Haare flogen. Sie lehnte sich mit der Schulter an den Türpfosten und zeigte auf das Buch, das ich in der Hand hielt.

»Nur in den Ferien!« Vor Aufregung öffnete ich das Buch, so daß das Blatt mit meinem Text herausrutschte und ihr vor die Füße fiel.

Sie bückte sich schneller als ich, hob das Blatt auf und gab es mir. Glücklicherweise war das Papier so gefaltet, daß der Text nicht zu sehen war und man nur das heutige Datum lesen konnte. »Das sind nur Notizen«, ich verspürte das Bedürfnis, die Existenz dieses Blattes Papier zu rechtfertigen, und errötete wieder.

»Ich habe auch gerne gelesen!« Sie tat so, als bemerkte sie meine Verlegenheit nicht. »Als ich jünger war. ›Ewig singen die Wälder‹, ›Vom Winde verweht‹, ›Der große Regen‹ … Ich las und dachte, daß ich im Leben, weiß Gott was erleben würde. Aber das ist alles nur Betrug. Eine Menge schöner Worte über die Liebe, Treue und erfundene Ereignisse. Und Sie spazieren einfach nur so den Fluß entlang?«

Ich nickte.

»Ob das wohl stimmt! Sie haben bestimmt dort am Fluß ein Mädchen, eine, die dort zeltet, und währenddessen wartet Ihr Mädchen zu Hause treu auf einen Brief von Ihnen.« Sie lachte mit ihrer Altstimme, drohte mir mit dem braunen Zeigefinger, und ohne mir die Gelegenheit zu geben, diese furchtbare und unbegründete Anschuldigung zu dementieren, sagte sie: »Ich kenne euch, ihr Kerls!«

Da ertönte plötzlich von unten ein lauter Ruf, alle sollten kommen und schauen; an der Stimme erkannte ich sofort ihren Mann.

Wir gingen zusammen hinunter. Der Herr Doktor stand in seinen Gummistiefeln, eine Angelrute an der Seite und mit einer riesigen, gefüllten Tasche in der Küchentür und rief Frau Štěrbáková zu, sie solle ihre größte Schüssel bringen oder noch besser einen richtigen Trog.

Frau Štěrbáková erschien tatsächlich mit einem riesigen Steintopf, den sie mehr schob als trug. Doktor Slavík öffnete seine durchnäßte Tasche und begann, schlüpfrige Fischleiber hervorzuholen. Dabei jubelte er in voller Lautstärke: »Das sind Riesenkerle, was!« Dann wandte er sich Frau Štěrbáková zu und rezitierte einen reichlich derben Vers, in dem es um einen Topf und einen Rehbock ging.

»Aber Herr Doktor«, die Frau Wirtin war rundlich, rosig und gutmütig, »wo haben Sie nur solche Verse her?«

»Von meinen Patienten, Frau Štěrbáková!« berichtete Herr Doktor Slavík und angelte, die Ärmel hochgekrempelt, Fische aus seiner Tasche. »Kennen Sie den?« Und der Doktor begann zu singen:

Mit kleinen Frau'n hats keinen Zweck,
bei denen hängt es stets im Dreck,
und wenn die Straße matschig ist,
dann sind sie unten vollgespritzt!

Er warf den letzten Fisch in den Steintopf, die Frau Wirtin lachte froh, während die Doktorsfrau mich ansah, als wolle sie mir sagen: Regen Sie sich nicht auf, ich rege mich auch nicht mehr auf, so sieht mein Leben aus! Und ich war froh, daß meine Mutter nicht da war. Wenn sie diese anstößigen Verse gehört hätte, dann hätten wir sicherlich noch am selben Tag die Koffer gepackt.

Die Mutter erschien auch nicht zum Abendessen, angeblich hatte sie Kopfschmerzen von der Sonne, und so kamen nur mein Vater und mein Bruder.

Der Speisesaal war schon voller Gäste: Außer dem geheimnisvollen und alleinstehenden Herrn Halama und dem altertümlich angezogenen Herrn Anton saßen noch zwei Männer in Uniform da, einer war offensichtlich Eisenbahner, der andere wahrscheinlich bei der Feuerwehr. An dem Tisch beim Fenster saß noch ein kleiner Mann, der ›Rudé Právo‹ las und von dem ich nur den grauen Haarschopf, die schwarzbehosten Beine und natürlich die Finger, die die Zeitung hielten, sehen konnte. Wegen der Zeitung oder eher noch wegen dieses unstillbaren Wissensdurstes vermutete ich, daß der Mann hinter der Zeitung Herr Kalous, der Lehrer, sein könnte.

Aus der Küche roch es nach dem ausgelassenen Fett, in dem die Karpfen des Herrn Doktor gebraten wurden, dann erschien der Doktor selbst in hellen Hosen und weißen Leinenschuhen in der Tür; auch seine Frau hatte sich umgezogen und trug nun ein rotgestreiftes Kleid mit einem tiefen Ausschnitt, an den sie eine honiggelbe künstliche Rose geheftet hatte und zwar genau an die Mitte zwischen ihren Brüsten, wo sie, wie ich bemerkte, bei jedem Atemzug ihrer Herrin vor Entzücken erzitterte.

Der Herr Doktor sah sich um, und als er die Gäste bemerkte, jauchzte er sofort auf und rief: »Wen dürfen wir denn da heute bei uns begrüßen! Den Herrn Lehrer und … Frau Štěrbáková, bringen Sie Herrn Feuerstein einen Eimer Wasser, für den Fall, daß hier zufällig ein Feuer ausbricht! Nomen est omen, wie ich immer sage. Bei mir weiß auch jeder sofort, wenn ich mich vorstelle, daß ich ein brauchbarer Sänger bin, denn schließlich kommt Slavík ja vom Wort Nachtigall, genauso wie der

Herr Lehrer* nicht leugnen wird, daß er ein recht mürrischer Weiser ist – wogegen jeder, der Sie ansieht, Herr Feuerstein, jeder, der Ihren Namen hört, einsehen muß, daß Sie der Stein sind, der Funken versprüht in Scheunen und Schobern!«

Erst jetzt sah ich den kleinen Mann in der Feuerwehruniform genauer an und stellte fest, daß seine Haare tatsächlich feuerrot waren, seine kleinen Augen erschienen mir heimtückisch, und die großen Ohren erinnerten mich an einen Verbrecher.

Erstaunlicherweise ärgerte Herr Feuerstein sich nicht über diese Anschuldigungen, er lachte sogar und verkündete, sie hätten gerade vorgestern einen Schober in der Nähe von Chlum gelöscht, die brennenden Strohwische seien höher geflogen als der Chlumer Kirchturm. Der Mann in der Eisenbahneruniform fügte hinzu, sie hätten bei der Eisenbahn ein Schreiben mit der Mitteilung erhalten, daß aufgrund der außerordentlichen Trockenheit erhöhte Feuergefahr in Wäldern und Feldern bestünde, weswegen sie die Gleise ständig kontrollieren sollten, um festzustellen, ob nicht Funken einer Lokomotive ein Feuer verursacht hätten. Also war einer der Wächter mit einem aus dem Rangierwerk die Gleise in Richtung Lomnice abgegangen, natürlich hatten sie nichts dabei, womit sie ein Feuer hätten löschen können, nicht einmal einen Bierkrug, geschweige denn einen Eimer Wasser, und genau an der Stelle, wo die Gleise vom Fischteich wegführten, entdeckten sie brennendes Gras. Zuerst brachen sie Äste ab, um die Flammen damit niederzuschlagen, aber das Feuer brannte dafür schon zu heftig, der Wächter zog jetzt seinen Arbeitskittel aus und versuchte, damit die Flammen zu ersticken, aber der Kittel fing bald an zu

* Kalous = Eule

brennen, sie mußten ihn auf die Erde werfen, um das Feuer auszutreten, aber als sie darauf herumtrampelten, fingen ihre Hosen und Schuhsohlen an zu schwelen. Am Ende mußten sie nach Lomnice laufen, um die Feuerwehr zu holen. Sie kehrten erst in der Nacht zum Bahnhof zurück und waren überall angesengt. »Ich habe beide gemalt, gleich nach ihrer Rückkehr«, berichtete der Mann in der blauen Uniform.

Alle hörten gespannt zu, nur Herr Halama, das sah ich sehr gut, saß unbeteiligt an seinem Tisch und sah durch das Fenster auf den Fluß.

Ich hätte gerne gefragt, wie es mit dem Feuer ausgegangen sei, aber Frau Štěrbáková brachte die Teller und verkündete laut, daß dank Doktor Slavík das heutige Abendessen keine Essensmarken kosten würde und wir nur für die Beilagen zahlen müßten. Der Herr Doktor stand bei diesen Worten auf und verbeugte sich, dann fragte er den Mann in der Eisenbahnuniform, den er Herr Sodomka nannte, ob er das Bild mitgebracht habe. Daraufhin öffnete der Eisenbahner sofort eine längliche Ledertasche und zog bereitwillig eine zusammengerollte Leinwand hervor. Als er sie aufgerollt hatte, sahen wir zwei gemalte Männer in blauen Uniformen, die überall angesengt waren. Die großen Schädel der beiden Eisenbahner rauchten, am Boden sah der Rauch rötlich wie von den Flammen aus, in der Höhe wurde er bläulich, dann fast weiß, und weiß zog er durch zwei Lorbeerkränze, die in der Mitte des strahlendblauen Himmels hingen.

»Das haben Sie wunderbar hingekriegt«, lobte der Herr Doktor das Bild, »Sie haben die beiden wirklich verewigt, Herr Sodomka. Haben Sie uns noch etwas anderes mitgebracht?«

Herr Sodomka holte eilig eine weitere Leinwandrolle hervor, und obwohl die Frau Wirtin gerade einen Teller vor ihn hingestellt hatte, packte er das Bild aus und hielt es so, daß wir es alle betrachten konnten. Auf dem Bild war eine mondbeschienene Wiese zu sehen, auf der ein silberbrauner Rehbock mit einer Hundeschnauze graste. Der Herr Doktor freute sich, daß er zum zweitenmal an diesem Tag den Spruch über den Topf und den Rehbock anbringen konnte. Als er ihn aufsagte, lachten alle, nur die Frau Doktor nicht. Ich sah sie an und sie mich, erst jetzt huschte ein Lächeln über ihr rundes, gebräuntes Gesicht, und dieses Lächeln gehörte mir. Ich verstand, daß sie mir sagte: Da sehen Sie es! Ich habe so viel vom Leben erwartet, und was habe ich bekommen? Schlüpfrige Sprüche!

Ich nahm mir ein Stück Karpfen – ich hatte Fisch nie besonders gerne gemocht, aber dieser Karpfen schmeckte anders als alles, was ich bis dahin an Fischen gegessen hatte – und plötzlich, als ich den ersten Bissen in den Mund gesteckt hatte, erfaßte mich eine eigenartige Fröhlichkeit. Das Leben erschien mir gut, interessant, ja sogar aufregend; ein wunderbares Leben, in dem etwas passierte, und diese Ereignisse umgaben mich, sie trugen mich, so wie die Luft einen Ballon umgibt und trägt, der über der Erde schwebt.

Nach dem Abendessen sprach der Herr Doktor seine goldhaarige Frau schwungvoll mit »Meine Liebe!« an und fragte, ob sie etwas dagegen einzuwenden hätte, wenn er eine Runde angesagte Mariage spielte. Die Frau Doktor sagte, er würde ja doch bei den Karten bleiben, auch wenn sie etwas einwendete, deshalb solle er tun, was er wolle. Sie stand auf, winkte den Zwillingen und verließ mit ihnen den Speisesaal. Daraufhin trat Herr Štěrbák an ihren Tisch, nahm das Tischtuch herunter und legte Bierdeckel und ein Päckchen Karten auf die nackte Holzplatte. Und auf den Plätzen, auf denen eben noch die Familie des Doktors gesessen hatte, ließen sich nun der Herr Lehrer, der Feuerwehrmann, Herr Feuerstein und der malende Eisenbahner Sodomka nieder. Jener erklärte, daß er nur kiebitzen wolle.

Doktor Slavík holte die Karten aus dem Päckchen, sagte, daß der Verlierer gebe, und hob sofort eine Karte ab.

Bei uns zu Hause wurde nie Karten gespielt, ebensowenig benutzte man unanständige Worte, rauchte oder trank. Ich erwartete, daß mein Vater sofort aufstehen und uns von hier verscheuchen würde. Statt dessen rückte er seinen Stuhl etwas näher an den Tisch des Doktors, damit er besser zusehen konnte.

Auf dem Tisch lagen schon ein Haufen Geldscheine und Türme aus Kleingeld, und Herr Feuerstein rief, er habe eine Sieben, worauf der Doktor verkündete, er riskiere einen Hunderter, ja sogar einen Hunderter auf Herz. Und als der Herr Lehrer antwortete: lieber die Hundert, solle er doch die Hundert spielen, da sei er doch neugierig, da nahm der Herr Doktor die letzten beiden Karten, die vergessen auf dem Tisch lagen, und verkündete, daß er bettele.

Rums, rums, und der Herr Doktor zeigte seine Karten, strich die drei Zehnkronenscheine ein und sagte, um die anderen aufzumuntern, der erste Gewinn bringe kein Glück, denn, wer zuletzt lacht, lacht am besten, und begoß seinen Ausspruch mit einem großen Schluck Bier.

Ich begriff überhaupt nichts. Einmal wurde gespielt, dann zeigte jemand einfach nur seine Karten und nahm sofort das Geld, dennoch verfolgte ich die Bewegung der Karten und des Geldes aufmerksam. Ich hielt zum Herrn Doktor und nicht zum Herrn Lehrer, doch der gewann, entweder weil der Herrgott nicht aufpaßte oder aber weil Herr Feuerstein ständig Fehler machte, wie ich den Aussprüchen des Herrn Doktor entnahm. »Und warum haben Sie gerade die grüne genommen?« schrie ihn der Herr Doktor an, »wenn das Ihr schlechtestes Blatt ist?«

»Ich dachte, ich könnte seinen Zehner unterbieten«, verteidigte sich der Feuerwehrmann, während der Herr Lehrer eine Handvoll Kleingeld einstrich.

»Jesusmaria«, ärgerte sich der Herr Doktor, »Herr Feuerstein, wenn Sie nach Hause kommen, dann nehmen Sie Ihr Feuerwehrtomahawk und schlagen sich damit Ihre Birne ab, damit Sie nicht mehr soviel denken!«

Und so ging es immer weiter. Ich verzweifelte fast, als ich sah, wie sich vor dem Herrn Lehrer die grauen Hundertkronenscheine häuften. Ich bemerkte, daß seine schmalen Lippen unmerklich zitterten und er befriedigt sein Gesicht verzog, wann immer er neue Geldscheine zu sich heranholte. Bestimmt verzog er das Gesicht genauso, wenn er, die Hände hinter dem Rücken, der verzweifelten Klasse diktierte: Konstruieren Sie ein Viereck mit gleichen Seiten, dessen Diagonalen sich schneiden und senkrecht zueinander stehen ... Plötzlich sagte er etwas verlegen hundert Eicheln an, und der Ausdruck im Gesicht des Herrn Doktor sagte mir, daß sich das Blatt endlich wendete. Und da warf der Herr Doktor auch schon seine Karten auf den Tisch, daß es wie das Krachen eines Schusses klang, und rief: »Da haben Sie Kontra, Herr Lehrer, und jetzt satteln Sie Ihr Pferd und machen Sie sich davon, nach Třeboň!«

Doch Herr Feuerstein machte sich wieder unbeliebt. Der Lehrer häufte noch eine Handvoll Zehnkronenscheine zusammen, und der Herr Doktor fragte verzweifelt: »Herr Feuerstein, warum haben Sie das grüne As nicht reingeschmiert, wo Sie doch gesehen haben, daß der letzte Zug gerade abfährt, wollten Sie es für Weihnachten aufheben?«

»Mir erschien es ...«, stammelte der rothaarige Feuerwehrmann.

»Ihnen erscheint wohl was im Traum«, schrie der Herr

73

Doktor. »Wenn Sie nach Hause kommen, dann nehmen Sie Ihr Feuerwehrtomahawk und schlagen sich damit gegen die Stirn, damit Sie wenigstens einmal vor dem Schlafengehen aufwachen.«

Im nächsten Spiel rief der Herr Feuerstein mit lauter Stimme »Kontra« und gleich darauf »Doppelt!« als der Herr Lehrer ansagte, daß er sieben Schellen habe. Dieser Versuch, sich beliebt zu machen, kostete ihn und den Herrn Doktor schlappe vierundzwanzig Kronen, und der rothaarige Feuerwehrmann seufzte nur leise, es käme, wie es kommen müsse, während der Herr Doktor verzweifelt stöhnte, Herr Feuerstein müsse verliebt sein, und zu singen begann:

> Kommt eine Möse vom Himmel her,
> fällt auf den Mann von der Feuerwehr,
> der, von Schamhaar bedeckt
> und freudig erschreckt,
> spricht: Seid mir nicht böse –
> mein Pimmel ist schon ganz in der Möse.

Obwohl ich überhaupt nichts von dem begriff, was sich vor meinen Augen abspielte, war ich fasziniert von dem Spiel. Ich wagte kaum zu atmen, und als die Karten von neuem ausgegeben wurden, konnte ich geradezu spüren, wie in der heißen Luft des Lokals die Hoffnung wieder stieg. In diesem Moment vergaß ich alles, was mich sonst beschäftigte: meine Pläne, meine Berufung, die Werke großer Meister, Mutter, Vater und Bruder, ja sogar die schöne Frau Doktor, die in diesem Augenblick wahrscheinlich auf dem Bett an der Wand zwischen ihrem und meinem Zimmer lag, und ich glaubte, alle anderen müßten genauso verzaubert sein wie ich. Dann störte mich ein unstatthaftes Geräusch aus der Ecke des Raumes, einen

Moment lang blickte ich dorthin und sah, wie sich die jungverheirateten Havels, die wohl gar nicht bemerkten, was sich hier gerade abspielte, von den Stühlen erhoben. Als sie sich dem Tisch des Herrn Doktor näherten, blickte die junge Frau voller Verblüffung oder sogar Mitleid auf die Kartenspieler und bedeckte ihr Gesicht mit einem Strauß weißgelber Margeriten. Und jetzt berührte ihr frisch angetrauter Gatte sie zart, schob ihr die Hand unter den Po und hob sie langsam hoch, bis über die Tischplatte und unsere Köpfe, dann ging er langsam mit ihr zwischen uns hindurch, während sie hinter weißen Blütenblättern ein zartes und geistesabwesendes Lächeln ihrer bleichen, von der Hitze oder vom Küssen aufgesprungenen Lippen zu uns hinunterschickte.

Und gerade in dem Augenblick, als sich die beiden Frischverheirateten durch die hohe Gasthaustür drängten, passierte etwas.

Der Herr Lehrer sagte eine Herz Sieben an, die sieben Schellen sticht. Und noch während er das aussprach und ohne die Antwort seiner Gegenspieler abzuwarten, verzog sich sein tyrannischer Mund zu einem Siegerlächeln. Aber der Herr Doktor blinzelte nur in seine Karten und sagte fast zögernd: »Herr Lehrer, bei diesen beiden Siebenern gebe ich Ihnen Kontra!«

Der Herr Lehrer blickte ihn einen Augenblick lang erstaunt an, dann fragte er: »Haben Sie wirklich richtig zusammengezählt, Herr Doktor?«

»Ich hab noch nie besser gezählt«, sagte der Herr Doktor fast im Flüsterton, und es schien, als zittere er vor Angst: »Satteln Sie Ihr Pferd, und machen Sie sich davon, nach Třeboň!«

»Dann den höheren, Herr Doktor?« sagte der Herr Lehrer, »weil ich sie auf Lager habe, ich kann Ihnen das Blatt zeigen!«

»Das können Sie«, freute sich jetzt schon mit lauter Stimme der Herr Doktor, »aber zuvor gebe ich Ihnen noch einmal Kontra, und dann entkommen Sie uns nicht mehr. Weil Sie vergeblich nach der Herz Sieben suchen werden, wenn Sie uns Ihr Blatt zeigen, denn die habe nämlich ich!«

Ich sah, wie der Herr Lehrer erbleichte, sein herrischer Mund verschwand jetzt fast in seinem Gesicht, und er flüsterte nur noch: »Jesusmaria, was bin ich für ein Dummkopf!«

»Das sind Sie ganz sicher«, der Herr Doktor konnte sich nicht zurückhalten. »Sie schreien in die Welt, daß Sie die höchste Sieben haben, und dabei haben Sie bloß einen Dreck!«

Der Herr Lehrer wurde noch bleicher, und mit gepreßter Stimme fragte er: »Was wollen Sie damit sagen, Herr Doktor?«

»Sie haben ganz richtig gehört«, der Herr Doktor sprach zum ganzen Saal. »Sie versprechen, eine Karte zu spielen, die Sie gar nicht haben, und verlassen sich darauf, daß die Leute es nicht merken. Aber uns hier«, er zeigte auf Herrn Feuerstein, »machen Sie mit Ihren Reden nicht betrunken, wir kennen uns aus mit Karten.« Und der rostrote Feuerwehrmann strahlte nur und sagte ruhig zum Herrn Lehrer, er solle sich nicht ärgern, es sei gekommen, wie es kommen mußte.

Der Lehrer stand dennoch auf und stieß mit scharfer, schneidender Stimme hervor: »Das geht zu weit, Herr Doktor!«

»Was denn«, wunderte sich der Herr Doktor, »habe ich vielleicht etwas Ungehöriges gesagt?«

»Alles, was Sie sagen, ist ungehörig«, sagte der Lehrer. »Sie fließen doch über vor Schweinereien. Sie sollten sich wenigstens vor diesen jungen Leuten ein wenig schämen«, er zeigte mit dem Kopf zu unserem Tisch. »Und wenn Sie denken … Ich werde es nicht zulassen, daß Sie so über meine Überzeugungen sprechen. Wir machen niemand mit leeren Versprechungen betrunken«, fuhr der Herr Lehrer fort, und seine Stimme wurde immer schriller, »wir fordern nur, daß die Leute das bekommen, was sie verdient haben. Und die Befreiung von denjenigen, die sie bis heute ungestraft aussaugen. Und Sie, Sie sollten sich das merken und Ihren Platz in der Gesellschaft suchen, bevor es zu spät ist. Wieviel bin ich Ihnen schuldig, meine Herren?«

Ich merkte, daß die Rede des Herrn Lehrer meinem Vater gefallen hatte und daß er sich nur schwer beherrschen konnte, nicht ebenfalls etwas über die Menschenrechte und eine bessere Zukunft zu sagen. Die anderen jedoch sahen den Herrn Lehrer eher verblüfft an, der jetzt ruhig die ganzen Hundertkronenscheine, die er vor sich auf dem Tisch liegen hatte, zählte. Er legte noch drei Scheine aus seiner Brusttasche hinzu und teilte sie dann in zwei Häufchen und schob diese dann mit einer gewichtigen Handbewegung in die Mitte des Tischs.

»Aber Herr Lehrer …«, sagte der rothaarige Feuerwehrmann erschreckt.

Doch der Herr Lehrer beachtete ihn nicht. Er stand auf und sagte eisig in die Luft über unseren Köpfen: »Gute Nacht, meine Herren!« Dann ging er so würdevoll aus dem Raum, als verließe er eine Klasse, die er gerade komplett ins Klassenbuch eingetragen hatte.

»Der Teufel vergnügt sich mit dir«, resümierte Doktor Slavík diesen jähen Abgang, »und dann läßt er dich in der Scheiße sitzen!«

Der große Meister Stendhal hat geschrieben:

Tödlich über seinen Eintritt erschrocken, wurde Frau de Rênal die Beute der entsetzlichsten Angst.

Seine Tränen und seine Verzweiflung verwirrten sie lebhaft.

Selbst als sie ihm nichts mehr zu verweigern hatte, stieß sie ihn in ehrlichem Unwillen weit von sich, und dann warf sie sich in seine Arme. Nichts Planhaftes war in diesem ganzen Verhalten. Sie hielt sich für rettungslos verdammt und floh vor dem Anblick der Hölle in die Arme Juliens, den sie mit den heißesten Liebkosungen überhäufte. Kurzum, nichts würde dem Glück unseres Helden gefehlt haben, nicht einmal das Bewußtsein, eine Frau in Flammen gesetzt zu haben, wenn er verstanden hätte, es zu genießen. Sein Fortgehen machte weder der Entrückung, der sie sich wider Willen überließ, noch dem Kampf, den sie mit ihrem Gewissen führte, ein Ende.

»Mein Gott, ist das alles? Und sie sprechen soviel von glücklich sein und geliebt zu werden!« Das war der erste Gedanke Juliens, als er sein Zimmer betrat.

Als ich am nächsten Morgen aus dem Fenster sah, erblickte ich zu meiner Verblüffung den rothaarigen Herrn Feuerstein, der im Kastanienbaum saß. Noch bevor ich erkennen konnte, was er dort tat, hatte er mich schon bemerkt und winkte mir mit irgendeinem Gegenstand zu, den ich nicht identifizieren konnte, vielleicht war es der vielbeschworene Tomahawk. Da ich mir jedoch nicht sicher war, ob diese Geste freundlich oder drohend gemeint war, ging ich lieber vom Fenster weg. Als ich nach einer Weile wieder Mut gefaßt hatte und nochmals hinaussah, saß er schon nicht mehr im Baum, dafür hingen dort jetzt sonderbare bunte Stoffbänder oder Drähte, deren Zweck ich mir nicht erklären konnte.

Am Wasser traf ich keinen unserer neuen Bekannten an. Ich redete mir ein, daß es der Herr Doktor sei, den ich am meisten vermißte. Wenn ich mich ihm in der Frühe anschloß, dann konnte ich bestimmt eine Menge interessanter oder zumindest amüsanter Geschichten hören. Tatsächlich jedoch war ich enttäuscht, daß seine Frau nicht da war – und mein Blick nichts hatte, woran er sich hätte festhalten können.

Noch vor der Jause (meine Mutter hatte mir ein Brötchen, das sie in eine Serviette gewickelt hatte, in die Tasche gesteckt) verließ ich den Fluß.

Auf einem nahen Feld beackerte ein Bauer mit nacktem Oberkörper sein Feld mit einem Pflug, vor den ein einzelnes Pferd gespannt war. Hinter dem Gespann erhob sich eine hohe, dichte Staubwolke. Über der ganzen trockenen Ebene hing ein grauer Dunst, und die Luft zitterte bebend.

Im Dorf herrschte gähnende Leere, sogar die Hunde hatten sich ermattet in ihre Hütten verzogen und beachteten mich nicht wie sonst.

Ich blieb vor dem Dorfladen stehen und starrte die bunten Tafeln an, die in Purpurrot Velimer Zichorienkaffee, in Himmelblau Dr. Oetkers Backpulver und in Rotweiß Heladaseife priesen. Ein Waschmittel wurde sogar in Versen gerühmt:

OTAMÍR wäscht leicht und sauber
vertreibt den Schmutz, wie durch Zauber.

Herr Anton trat aus der Tür. Er hatte zwar seine Geige nicht dabei, war aber dennoch in dieser vormittäglichen Hitze wie ein Konzertmeister in einen schwarzen Anzug mit Weste gekleidet, seine weißen Haare steckten unter einem altmodischen, runden Hut.

Ich grüßte ihn, und er zog den Hut und fragte mich nach meinem Ziel.

Ich hatte kein Ziel, er hingegen wollte zum Friedhof und lud mich ein, ihn zu begleiten.

Ich hatte Angst vor Friedhöfen. Nicht wegen irgendwelcher Gespenster, sondern weil sie mich zu sehr an meine Vergänglichkeit erinnerten. Ich wagte es jedoch nicht, das Angebot des alten Mannes abzulehnen, und so machte ich mich mit ihm auf den staubigen Weg.

Er fragte mich, was ich studiere, wo ich lebe und wie alt ich sei, dann sagte er, in meinem Alter sei er schon nach Wien gegangen, um als Pikkolo in Kirschners berühmtem Restaurant zu arbeiten.

»War das noch unter dem Kaiser?«

»Vor vierundsechzig Jahren war das«, präzisierte er. »Damals wußte ich nicht viel über Seine Majestät. Aber als ich als Kammerdiener zu Seiner Hoheit, zum Herrn Fürsten kam, da hatte ich die Ehre, Seine Majestät aus der Nähe zu sehen. Dreimal hatte ich die Gelegenheit. Einmal habe ich ihm bei einem Festessen ein Glas Wein gebracht. Ein anderes Mal war ich auf einer Jagd dabei, an der Seine Majestät höchstpersönlich teilnahm.«

Ich hatte nicht geahnt, daß Herr Anton einen so sonderbaren Beruf gehabt hatte. Kammerdiener kannte ich bis dato nur aus Romanen. »Und haben Sie damals auch etwas geschossen?« fragte ich.

»Die Herren haben geschossen«, erklärte er. »Wir haben uns darum gekümmert, daß Erfrischungen für sie bereitstanden, wenn sie von der Jagd zurückkehrten.«

»Aber das ist ungerecht«, wandte ich in Erinnerung an das ein, was ich über Gleichheit, Freiheit und Brüderlichkeit gehört hatte.

»Was wissen wir schon von Gerechtigkeit?«

Hinter einem Streifen gelb gewordener Wiese sah ich bereits eine niedrige Mauer, die von einigen Kreuzen überragt wurde.

»Die Menschen verachten diejenigen, die sich nicht schämen, anderen zu dienen«, sagte Herr Anton. »Aber wer dient denn niemandem? Auch die Herrscher dienen jemandem. Ich sage immer: Der Mensch kann tun, was er will, wenn er es nur mit Liebe tut. Ohne Liebe gibt es keine Zufriedenheit. Und nach unserer Liebe wird uns eines Tages die einzige, die höchste Gerechtigkeit beurteilen. Hat er mich verstanden?«

Ich nickte. Wir waren am Friedhof. Der alte Mann öffnete das schwarz gestrichene Gittertor, und wir gingen hinein.

»Das dritte Mal habe ich Seine Majestät zu einem sehr traurigen Anlaß gesehen – auf dem Begräbnis Ihrer Majestät. Das war am sechzehnten September, sechs Tage nachdem dieser Lump Lucheni ihr heimtückisch ein Messer in die Brust gestoßen hatte.«

Von diesem Ereignis hatte ich natürlich noch nie etwas gehört.

»Damals habe ich viele Herrscher gesehen«, fügte Anton hinzu. »Seine Majestät Kaiser Wilhelm, den serbischen König Alexander und den russischen Großfürsten Alexis. Die Kutschen, die Reiterei und Sechsspänner mit Rappen. Aus allen Fenstern hingen schwarze Flaggen.«

Der Friedhof war klein, es gab nur drei Reihen Gräber. An der gegenüberliegenden Mauer beschirmte eine mächtige Linde das niedrige Gebäude der kleinen Leichenhalle, im Fenster des Türmchens hing dunkel und still eine Glocke.

Rechts neben dem Tor sah ich einen Brunnen mit einer Pumpe, neben der Pumpe stand eine Gießkanne. Herr Anton füllte sie mit Wasser, ich nahm sie auf, und er führte mich zu einem Grab mit einem grauen Kalksteinkreuz mit der Inschrift: Anna Antonová 1871–1908.

Auf dem Grab wuchsen in zwei Reihen weiße und

gelbe Rosen. Wir gossen sie, dann zog Herr Anton seinen weichen Filzhut, legte ihn auf den Weg neben dem Grab und kniete neben dem Kreuz nieder.

Unter dem Namen und den Daten stand ein verblichener Vierzeiler.

> Gott maß Dir Deines Lebens Tage zu.
> Nun liegst Du hier in ew'ger Ruh!
> Schlummere, liebe Frau, in dieser Gruft,
> Bis Gott Dich am jüngsten Tage zu sich ruft.

Herr Anton murmelte halblaut die Worte eines Gebetes. Ich entfernte mich ein wenig, um ihn nicht zu stören.

Die Linden standen in voller Blüte, die Blumen auf den Gräbern blühten, die Luft war erfüllt vom süßen Gemisch dieser Düfte.

»Ich habe dich nie vergessen«, flüsterte Herr Anton, und sein Kopf, der milchweiß war, beugte sich tief zur Friedhofserde, »und ER weiß es. ER wird unseren Seelen ein ewiges Wiedersehen in seinem Königreich der Liebe vergönnen.«

Es war mir peinlich, diese Worte, die nicht für mich bestimmt waren, zu hören, und so ging ich noch ein Stückchen weiter weg, bis ich mit dem Rücken an die heiße Ziegelmauer stieß. In der Krone der Linde summten die Bienen, und eine wilde Taube girrte.

Ich betrachtete die Grabsteine und Kreuze vor mir und verspürte sonderbarerweise keine Angst, eher erfüllte mich Ruhe, als steckte ich schon bis zum Bauch in der Erde, als breitete ein Engel bereits über mir seine Flügel aus.

Und dann sah ich, daß eine rötliche Taube aus der Baumkrone flog und über uns kreiste, sie ließ sich neben dem alten Mann nieder und trippelte zu seinem Hut, sie streckte den Hals über den schwarzen Rand, tauchte ihren

Schnabel in sein Inneres und trank; ganz deutlich sah ich die glänzende Wasserfläche, die den alten weichen Hut bis zum Rand ausfüllte, und ich sah zu, wie andere Vögel auf lautlosen Flügeln aus der Luft herabflogen, um sich zu erfrischen.

Dann bekreuzigte sich der alte Mann, stand auf, bekreuzigte sich noch einmal und segnete mit einer langsamen Bewegung seiner Greisenhände die trinkenden Vögel, hob den Hut auf und sagte zu mir:

»Da sieht er, uns allen reicht das gleiche Maß dieser geweihten Erde. Ich habe sie alle überlebt.«

Er blickte in die Ferne, den davonfliegenden Vögeln hinterher, und in einer plötzlichen Erleuchtung verstand ich, wovon er sprach, verstand, daß die Seelen aller Herrscher, Kaiser, Könige und Fürsten, die er gesehen hatte, denen er wahrscheinlich gut und voller Liebe gedient hatte und die er alle überlebt hatte, zu ihm geflogen kamen.

Nachmittags, als ich zum Hof von Herrn Pavelec schlenderte, rief eine bekannte Stimme nach mir, o Glückseligkeit, und als ich mich umdrehte, erblickte ich tatsächlich die strahlende Doktorsfrau. Sie holte mich ein und sagte, ihr Mann habe sie losgeschickt, um Herrn Valeš, dessen Zustand sich in den letzten Tagen verschlimmert hatte, Medikamente zu bringen.

Wir hatten also einen gemeinsamen Weg, und die wohlriechende Frau Doktor äußerte zufrieden, dies sei schön, denn sie ginge nicht gerne allein.

Mutig sagte ich, auch ich ginge nicht gerne allein.

»Ich habe mich über Sie gewundert«, bekannte sie, »ein junger Mann wie Sie, der immer noch mit seiner Mutter verreist. Warum sind Sie denn nicht statt dessen mit Ihrem Mädchen irgendwohin gefahren?«

Ich errötete und sagte, daß ich gerade kein Mädchen hätte.

»Aber, aber, und was war das gestern für ein Brief? Das ist nicht schön, die Liebe zu verleugnen.«

Sie drohte mir mit dem Finger, lächelte und sagte, ich solle keine Angst haben, sie würde mich nicht verraten. Warum sollte ein junger Mann wie ich kein Mädchen haben? Schlimmer wäre es, wenn verheiratete Männer den Mädchen hinterherliefen – darüber könnte sie mir einiges erzählen, denn Ärzte seien von allen Männern am schlimmsten.

Das Lächeln war jetzt aus ihrem Gesicht verschwunden, und ich ahnte, daß sie nur einen Vorwand suchte, um mit mir über ihre Leiden zu sprechen. Ich hätte sie gerne davon überzeugt, daß ich niemand verleugnete, daß ich noch nie jemand verleugnet oder getäuscht hatte und auch gar nicht dazu fähig war, aber sie sprach die ganze Zeit. Nie hätte sie geglaubt, daß die Welt so voller Lug und Trug war. Sie sei töricht gewesen, habe viel geträumt, sich ganze Nächte lang vorgestellt, was für einen Ehemann sie haben würde, ja sie hatte sogar einmal einen solchen Mann gekannt. Er war ein Mitschüler gewesen, zart und gefühlvoll, mit großen braunen Kinderaugen, so wie die meinen. Er war ein paarmal mit ihr in den Park gegangen, und einmal war sie mit ihm tanzen. Auf dem Weg nach Hause, nie würde sie diesen Abend vergessen, hatten sie in der Ferne große Feuer gesehen. Es waren Kornspeicher, die da brannten, und dieses Feuer war nur ein Vorbote jenes viel größeren Brandes, denn einige Tage später kamen die Deutschen, und der Krieg begann. Offenbar hätte sie jemand auf dem Tanzabend gesehen, es ihrem Vater hinterbracht, und der veranstaltete ein schreckliches Feuerwerk; so war alles zu Ende, noch bevor es begonnen hatte.

»Und so verfehlt man seine große Liebe«, sagte sie traurig und weise, »und merkt es oft nicht einmal. Und das ist vielleicht sogar ein Glück, denn wenn man es wüßte, dann würde man vielleicht irgendwelche Tabletten nehmen, um einzuschlafen und nie wieder aufzuwachen.« In den göttlichen Augen der Doktorsfrau standen Tränen, die ihr gebräuntes Gesicht als feuchte Spur hinunterrannen.

An der Mauer zu Herrn Valeš' Hof prangte eine leicht verblichene Aufschrift: WÄHLT LISTE 3

Die Doktorsfrau zog ein Taschentuch aus der Handtasche, trocknete sich die Augen und sagte: »Wie dieser hier, der es bald hinter sich haben wird!« Und sie fügte hinzu, daß es mit ihm immer sehr lustig gewesen sei, er habe jeden Spaß mitgemacht, aber jetzt, jetzt fürchte sie sich davor, zu ihm zu gehen, doch was bliebe ihr übrig? Er war fast den ganzen Tag allein mit seiner Krankheit, die ihn ganz und gar einnahm. Sie versuchte, ihn ein wenig aufzumuntern; falls ich wollte, könnte ich auf sie warten, lange würde sie es dort doch nicht aushalten. Dann verschwand sie im Tor, und ich setzte mich gehorsam auf das schattige Mäuerchen unter dem geöffneten Fenster.

Ich war merkwürdig aufgeregt und auch ängstlich, weil ich wußte, daß hinter dieser Wand ein schwerkranker Mensch lag, daß hinter dieser Wand der Tod wartete. Was, wenn sein Blick auf mich fiele? Diese Vorstellung verstärkte meine Angst noch, und ich wäre wahrscheinlich aufgestanden und weggegangen, hätte ich nicht plötzlich von drinnen den lieblichen Alt der Doktorsfrau gehört.

»Bald wird alles wieder gut, Franta!« sagte sie. »Bald wirst du wieder an unserem Platz im Wald auf mich warten.«

»Nie wieder«, antwortete eine fremde Männerstimme, »ich würde es nicht bis dorthin schaffen.«

»Ich habe dir eine neue Medizin gebracht«, sagte die Doktorsfrau, »irgendein Schweizer Mittel.«

»Keine Medizin kann mir meine Lungen zurückgeben!« Der Mann hustete. »Und dein Mann, spielt er immer noch Trompete?«

»Sprich lieber nicht«, bat ihn die Doktorsfrau, »du siehst doch, wie es dich anstrengt. Du mußt deine Kräfte sparen!« Von ihrer Stimme ging ein sonderbarer Glanz aus, der den ganzen Raum erfüllte und bis nach draußen drang; ich begriff, daß die beiden durch ein altes Geheimnis miteinander verbunden waren.

»Das ist doch jetzt egal«, entgegnete der Mann, »alles ist jetzt egal. Zumindest hier. Und dort braucht man keine Kraft mehr.«

»Daran darfst du nicht denken.«

»Aber ich denke daran. Wenn es überhaupt ein Dort gibt. Eine Begegnung mit denen, die man geliebt hat.«

»Aber natürlich gibt es das«, hörte ich die Doktorsfrau sagen, »wir werden uns alle dort wiedersehen, aber darüber mußt du noch nicht nachdenken!«

»Unser Geistlicher war bei mir, er hat das gleiche gesagt. Aber ich weiß nicht. Ihr wollt mich doch alle nur trösten.«

»Warte, ich hol dir ein Glas Wasser«, lenkte die Doktorsfrau ab, »und du nimmst diese Medizin. Angeblich soll sie Wunder wirken. Du wirst sehen, bald wirst du wieder laufen.«

»Nein, nein, meine Lungen sind hinüber. Ich brauche keine Medizin. Das lohnt sich nicht mehr. Ob der deine wohl für mich aufspielen wird?«

»Das reicht«, schrie die Doktorsfrau fast, »du wirst sehen, in einem Jahr gehen wir zusammen …«, dann senkte sie ihre Stimme, so daß ich kein Wort mehr verstand. So stand ich von meinem schattigen Platz auf und ging auf die andere Seite des Weges. Ich drehte mich noch einmal um und sah erstaunt, daß am Zaun eine Blechtafel lag, die genauso aussah wie jene, die den Dorfladen einrahmten.

Ein roter Krebs mit riesigen Scheren, die gerade ein Opfer zu packen schienen:

> Ein Leben lang froh
> mit Otta Haarshampoo!

Gleich nach dem Abendessen erschien Herr Štěrbák in der Tür seines Lokals, dieses Mal trug er keine Schürze, sondern schwarze Hosen und ein weißes Hemd mit einer feierlichen Fliege. Er verkündete, er habe eine Überraschung für uns alle, und bat uns, ihm zu folgen.

Tatsächlich erhoben sich alle, die im Speisesaal saßen; sogar mein Vater, der sonst nach dem Essen am liebsten zu seinen Berechnungen eilte, ging die paar Stufen zum Garten hinunter.

Die roten Tische und Stühle waren in einem Halbkreis angeordnet, und wir hatten uns kaum gesetzt, da blickte Herr Štěrbák nach oben in den dunklen Himmel und sagte: »Es werde Licht!« Und wirklich gingen in diesem Augenblick bunte Glühbirnen und Lampions in den Zweigen und über unseren Köpfen an. Vor Überraschung verschlug es uns allen für eine Sekunde den Atem, aber noch bevor wir etwas sagen oder tun konnten, ging ganz oben unter dem Dach in einem Fenster das Licht an, und darin erschien jemand, der offensichtlich nicht nur das Feuer, sondern auch die Höhe liebte, in der Hand hielt er eine Harmonika, und von oben herab spielte er uns ›Warum sollten wir uns nicht freuen‹. Erst als er fertig war, verbeugte Herr Štěrbák sich und verkündete mit feierlicher Stimme, mit diesem Lied sei sein Garten eröffnet. Das gelte auch für den heutigen Abend, und er hoffe, jetzt das Vergnügen zu haben, mit uns allen auf unser Wohl zu trinken! Seine Frau brachte auch schon auf einem runden Tablett Gläser mit frischgezapftem Bier herbei. Herr

87

Doktor Slavík hatte kaum seinen halben Liter ergriffen, da stand er auch schon auf und hielt eine Rede, in der er Herrn Štěrbák und das von ihm gezapfte Bier rühmte; weiterhin pries er die Verträumtheit lauschiger Sommerabende und die südböhmische Ebene und forderte uns alle auf, diesen Augenblick nicht zu vergessen, indem wir hier zusammensitzen und uns unter den Lichtern des Lebens freuen durften.

Währenddessen war Herr Feuerstein mit seiner Harmonika aus der Höhe hinabgestiegen, und der Herr Doktor, offenbar erschöpft vom Ernst seiner Rede, lieh sich die Harmonika und spielte für ihn und für uns ein Lied:

> Gibt's irgendwo 'nen Feuersbrand
> entfacht von Götter- oder Bubenhand,
> dann eilt die brave Feuerwehr hinzu
> und löscht den Brand im Nu,
> dieweil wir Schwachen, Alten noch
> zum Himmel sehen,
> ob dort nicht rettend Regenwolken gehen.

Als er fertig war, beugte seine Frau sich zu dem alten Kammerdiener und bat ihn mit ihrer zarten, tiefen Stimme, etwas aus den alten aristokratischen Zeiten zu erzählen, und weil der alte Mann sich zierte, fügte sie hinzu, seine Erzählungen hätten sie immer aufgemuntert, sei sie auch noch so deprimiert gewesen. Da lächelte Herr Anton sie an und sagte, das komme vielleicht daher, daß man damals anders gelebt habe, er wolle nicht sagen besser, aber ganz gewiß ruhiger. Dann erzählte er, wie vor vierzig Jahren im Teich von Bezdrev gefischt wurde und ein junger Infanterist namens Škédl sich Mut antrank und dann einen kapitalen Hecht mitgehen ließ, den er unter seinem Jagdrock versteckte. Aber die Jacke war kurz, und er merkte nicht, daß der Schwanz des Hechts unter ihr hervorsah. Vom Wehr aus sahen die Herren zu: der Teichmeister, der Fischereiaufseher, der Gutsverwalter und Seine Durchlaucht selbst.

Ich bemerkte, daß mein Vater finster dreinblickte: Er mochte keine Herren, er ertrug keine Kapitalisten, Bankiers, Großhändler und Großbauern, und noch weniger Gefallen fand er an Fürsten und ihren Dienstboten.

Und alle, die zusahen, erbebten, so erzählte Herr Anton, um dessen weißen Kopf rote und blaue Blüten zu segeln schienen, vor Angst davor, was passieren würde, wenn Seine Durchlaucht diesen Hechtschwanz erblickte. Und das geschah dann auch sehr schnell, der Fürst wollte wissen, wer dieser junge Mann war, und rief ihn gleich zu sich. Als der Arme sich nichtsahnend präsentierte, sagte Seine Durchlaucht: »Škédl, das nächste Mal nehmen Sie eine größere Jacke oder einen kleineren Hecht!«

Der Infanterist wurde rot, verlor aber nicht seine Geistesgegenwart und antwortete: »Ja, Durchlaucht, das nächste Mal eine größere Jacke!«

Herr Anton lächelte selbst über seine Anekdote, wenn auch ein wenig traurig, und betrübt fragte er, wo alle diese Menschen jetzt waren, ob man sie wenigstens im ewigen Königreich der Liebe wiedersehen würde. Die Doktorsfrau klatschte in die Hände und sagte, genau so eine Geschichte hätte sie sich gewünscht, aber ich sah, daß mein Vater sich ziemlich ärgerte und drauf und dran war, etwas zu sagen oder einzuwenden, doch da rief Herr Doktor Slavík schon: »Herr Kammerdiener, was würden Sie gerne hören: ein Menuett oder eine Polonaise?« Breitbeinig stellte er sich hin, und die Harmonika in seiner Hand klang mehr wie eine Orgel oder ein Cembalo.

Herr Anton verbeugte sich tatsächlich vor der Doktorsfrau und fragte, ob er um diesen Tanz bitten dürfe. Sie nickte vornehm und gestattete ihm, ihre Schulter zu berühren. Sie gab ihm die Hand, und mit langsamen, aber anmutigen Bewegungen begannen die beiden sich im Halbkreis zwischen unseren Tischen zu drehen; gleich darauf kamen auch die frischverheirateten Havels hinzu, und der Eisenbahner Herr Sodomka kam zu unserem Tisch, verbeugte sich vor meiner Mutter. Mutter jedoch schüttelte den Kopf und sagte mit trauriger Stimme, sie habe leider ein krankes Herz und müsse sich deshalb solche Vergnügungen versagen. Herr Sodomka bedankte sich und ging in die Küche, um Frau Štěrbáková zu holen.

Und so tanzten dann drei Paare diesen altmodischen Tanz, und ich sah, wie bunte Schmetterlinge über den Gesichtern der Tanzenden schwebten, sich auf ihrem Haar niederließen und wieder aufflogen, und wie aus den wundervollen Händen der Doktorsfrau von Zeit zu Zeit goldene Flammen aufblitzten; und als ich ihren Partner beobachtete, der sich wie im Traum bewegte, wurde mir bewußt, daß er nicht hier war, sondern weit weg, daß er über das Parkett eines Schloßsaals glitt und sich bei Kerzenlicht zwischen Fürsten und Fürstinnen, Grafen und Baronen hin- und herdrehte, fortgetragen vom Klang der Schloßkapelle, und auch die Doktorsfrau entfernte sich immer mehr; doch ich wußte nicht, welchen Boden ihre leichten Füße berührten, in welchem Saal sie tanzte, auch wenn ich eine vage Ahnung hatte, wer ihr Tänzer sein könnte. Ich hingegen war hier, genau unter den Zweigen der Kastanie, über meinem Kopf leuchtete ein orangefarbener Lampion, auf dem Dschunken über einen schilfbewachsenen Fluß glitten, und ich wünschte mir, dieser Augenblick werde nie aufhören, damit ich eins mit den Tänzern werden könnte, damit ich den Mut fassen könnte, mich vor der Doktorsfrau zu verbeugen und ihre flammenden Finger zu berühren. Mir schien, als würden die

Zeiten miteinander verschmelzen, als blickte ich in eine große schillernde Seifenblase, in eine Glaskugel, in der alles zusammenfließt: Das lang erloschene Licht der Fackeln und die Welt mit dem Feuer von Kriegen und das stille Leuchten von Lampions und bunten Glühbirnen, ja es schien mir sogar, als könnte ich in diese Glaskugel eintreten und mich davontragen lassen, mit ihr die unsichtbare Grenze überschreiten, die das Unteilbare teilt und das Unvereinbare vereint, ein Luftschiffer in jenem Raum werden, in den nur die Sehnsucht der Seele vordringt.

Die Tänzer hatten ihre Partnerinnen mittlerweile zu den Plätzen zurückgeführt, Doktor Slavík hatte die Harmonika zurückgegeben und Herrn Sodomka die Frage zugerufen, woran er gerade arbeite.

Herr Sodomka antwortete gewichtig, er male die Trockenheit.

Wie stellte er die Trockenheit dar? Der Eisenbahner erläuterte, daß er sie als dürre Alte male, die Ähren aufesse.

Dann begannen alle, über die Trockenheit zu sprechen und über die Mißernte, Herr Štěrbák erzählte, daß die Bauern der Gegend weniger ernteten, als sie gesät hatten. Herr Feuerstein erklärte, daß man heute den ganzen Tag über mit den Tankwagen Wasser geholt hätte, um die Rübenfelder des Gutes damit zu besprengen, aber die Sonnenhitze sei so groß, daß das Wasser verdunste, bevor es die Wurzeln erreiche. Wenn es so weiterginge, prophezeite er, dann würde diese Trockenheit eine größere Hungersnot auslösen, als man sie nach dem Krieg erlebt hätte.

Ich versuchte, ihnen zuzuhören, doch ich war immer noch in meiner Glaskugel. Ich verstand nicht, wie man sich vor Hunger fürchten konnte, wo die Menschen doch schon so viele Katastrophen überlebt hatten, wo ich doch selbst erfahren hatte, wie wenig ein Mensch zum Leben braucht. Ich konnte nicht in den Raum ihrer Ängste treten, weil sich vor mir ein Raum absoluter, grenzenloser Freiheit erstreckte.

Jetzt hielt es mein Vater nicht mehr aus, er mischte sich in das Gespräch und verkündete, es bestünde kein Grund zur Sorge, weil auf den Feldern bestimmt etwas geerntet werden würde und diese Ernte, im Gegensatz zu früheren Zeiten, gerecht verteilt würde.

»Wie meinen Sie das, Herr Ingenieur?« fragte Doktor Slavík nach.

Der Vater erklärte, wir stünden am Beginn einer neuen Ära, in der nicht nur die Fürsten verschwanden, sondern auch die reichen Fabrikanten, die Gutsbesitzer und Großhändler, es würde nur noch arbeitende Menschen geben, welche die erzeugten Güter gerecht unter sich verteilten.

»Und Sie glauben wirklich, daß es allen gleich gut gehen wird?« fragte der Doktor meinen Vater.

»Jedem nach seinen Verdiensten!« antwortete Vater voller Überzeugung. »Niemand wird das Recht haben, sich die Früchte fremder Arbeit anzueignen, keiner wird andere ausbeuten dürfen. Und wer auf diese Weise schon Besitz angehäuft hat, wird sich davon verabschieden müssen!«

»Das ist doch alles nur eine Utopie!« Doktor Slavík schrie beinahe. »Sie können es von den einen nehmen und den anderen geben, aber auf der Erde wird sich nichts ändern. Dann werden einfach andere reich und andere arm sein!«

So begannen sie, sich zu streiten, und der Herr Doktor bewies meinem Vater, daß er den Affen, den man Mensch nennt, überhaupt nicht kannte, denn der würde im Gegensatz zu allen anderen Affen und Tieren überhaupt nie satt und zufrieden. Wer die Fähigkeiten, die Gelegenheit und die Mittel dazu hätte, der finge sofort wieder damit an, auf Kosten anderer Besitz anzuhäufen. Das war das Ende jeder Reform oder Revolution – bloß würde vorher noch eine Menge Blut vergossen. Vater behauptete im Gegenteil, der Mensch sei im Kern gut, lediglich seine Lebensumstände – Besitz oder Armut, mangelhafte Bildung, religiöse Verblendung und eine Menge anderer Vorurteile – hätten ihn verdorben. All das ändere sich jedoch, wenn die Menschen sich von ihren Abhängigkeiten und ihrem Besitz befreiten, wenn sie nur noch das hätten, was sie zum Leben brauchten.

In diesem Moment mischte sich Herr Štěrbák ein, der wissen wollte, ob man ihm dann noch erlauben würde, ein Gasthaus zu besitzen, und der Vater erklärte, wahrscheinlich würde man ihm nicht erlauben, das Gasthaus zu besitzen, aber er könnte sicherlich dort Leiter bleiben. Herr Štěrbák warf den Kopf zurück und sagte, darauf in seinem eigenen Gasthaus den Verwalter zu machen, darauf würde er scheißen, da würde er sich lieber um die Pferde kümmern, der Doktor bemerkte, genauso würde es kommen, die Gastwirte würden als Kutscher arbeiten und die Kutscher als Gastwirte, und, noch schlimmer, die Ärzte würden die Pferde beschlagen und die Hufschmiede die Menschen kurieren.

Es war offensichtlich, daß diese Bemerkung meinen Vater getroffen hatte, aber er beherrschte sich. Er äußerte nur sein Bedauern darüber, daß ein so kluger Kopf wie der Herr Doktor sich derart in die Irre leiten ließ. Genau das Gegenteil sei richtig: Zum ersten Mal in der Geschichte könnte jeder das tun, was er wirklich tun wollte, während man bis heute durch Herkunft oder Stellung gezwungen war, etwas zu tun, was man nie machen wollte. Viele kluge Leute hätten aus Armut das Studium nicht beenden können, so hätte er zum Beispiel nur unter Aufbietung aller

Kräfte sein Ingenieursdiplom gemacht; er hätte nachts Privatunterricht geben müssen, um sich über Wasser zu halten. Aber jetzt und in der nahen Zukunft würden solche Hindernisse aus dem Weg geräumt, viele fähige Individuen bekämen eine Ausbildung und würden sich dann weitere technische Verbesserungen ausdenken, so daß man immer bessere und billigere Waren produzieren könnte, die den Menschen viel Schinderei ersparten und ihnen im Kampf mit der Natur halfen. Jetzt war Vater bei seinem Lieblingsthema. Er schilderte wunderbare Maschinen, die unser Leben völlig verändern würden. Gewaltige Generatoren würden genug Elektrizität erzeugen, um nicht nur alles zu erleuchten, sondern auch um Hunderttausende und später Millionen von Motoren und Automaten anzutreiben, die fast ohne menschliche Beteiligung und vor allem ohne den Einsatz von Körperkraft genug Schuhe, Stoffe und Geschirr, genauso wie Kühlschränke, Waschmaschinen, Autos und Mähdrescher produzieren würden. Und er schilderte, wie Flugzeuge mit Überschallgeschwindigkeit uns innerhalb weniger Stunden von einem Kontinent zum anderen brächten, er sprach über die Maschinen, die Straßen und Häuser bauten und die Erz oder Kohle förderten, über neue Materialien, die Holz, Seide und Metall ersetzten, und weil sie aus Kohle und Erdöl hergestellt wurden, gab es sie in Hülle und Fülle, und deshalb würde der Mangel bald aus der Welt verschwunden sein, und wenn es keinen Mangel mehr gab, – mein Vater sprach mit stetig wachsender Begeisterung –, dann gab es in dieser neuen Gesellschaft, in der das Volk herrschte, keinen Anlaß mehr, sich Besitz zu wünschen; aber auch keinen Anlaß für Haß, Neid oder Feindschaft; es gab keinen Anlaß mehr, um Kriege zu führen, denn schließlich waren bis dato Habgier und der Versuch, den Unterlegenen zu berauben, die eigentliche Ursache der meisten Kriege. Friede und Vertrauen würden dann herrschen, ein kameradschaftliches Zeitalter würde beginnen, und schließlich verschwänden sogar Staaten und die Grenzen zwischen ihnen, die Heimat des Menschen wäre dann einfach die Welt, in der die Menschen ein würdiges und glückliches Leben führten.

Vater sprach mit solchem Feuer, daß ihm jetzt alle aufmerksam zuhörten, und ich war stolz, daß es ihm gelang, das zukünftige Leben so schön und überzeugend darzustellen. Dieses Leben gefiel mir, denn es erschien mir erhaben und rein, ungetrübt durch irgendwelche Niedertracht und Spießigkeit.

Als der Vater geendet hatte, sagte Doktor Slavík nur: »Und wenn sie nicht gestorben sind, dann leben sie noch heute.« Dann wandte er sich zu Vater und fügte noch hinzu: »Sie sind kein böser Mensch, Herr Ingenieur, ich bin sicher, Sie glauben das, was Sie sagen, aber ich wünsche Ihnen nicht, daß Sie es erleben.«

»Was erleben?«

»Dieses Paradies, das Sie uns eben geschildert haben«, sagte der Herr Doktor, »ich hoffe, Sie werden nie darin leben müssen.«

»Wir werden es alle erleben, alle werden wir darin leben«, sagte der Vater prophetisch.

Der große Meister Balzac hat geschrieben:

Das Glück, das Lucien genoß, entsprach den Träumen des mittellosen Dichters, der auf einem Speicher hungerte. Esther als Idealbild einer liebevollen Kurtisane erinnerte Lucien zwar an Coralie, die Schauspielerin, mit der er ein Jahr lang gelebt hatte, verdrängte deren Bild aber völlig. Alle liebenden und ganz ergebenen Frauen erfinden die Eingezogenheit, das Inkognito, das Leben der Perle auf dem Meeresgrund; bei den meisten von ihnen ist das aber eine reizende Laune und ein guter Gesprächsgegenstand, ein Liebesbeweis, den zu erteilen sie träumen, den sie aber niemals liefern. Esther hingegen, die immer wieder ihr erstes Glück vor sich sah und ständig unter dem ersten entflammenden Blick Luciens lebte, wurde vier Jahre lang zu keiner Neugier getrieben … Weit mehr noch! Inmitten der berauschendsten Lust mißbrauchte sie die unumschränkte Gewalt nicht, welche neu erwachende Begier eines Liebhabers den geliebten Frauen verleiht …

Am nächsten Morgen verschlief ich. Als ich zum Frühstück kam, saß dort nur noch der mißmutige Herr Halama. Ich grüßte ihn, und er wandte mir sein aschgraues Gesicht zu, das die Sonne nicht bräunen konnte: »Hatten Sie auch keine Lust aufzustehen?«

Ich wußte nicht, was ich antworten sollte, und sagte also, daß ich am Abend lange gelesen hätte.

»Was bleibt einem auch sonst noch!« fuhr er fort, als hätte er meine Antwort nicht gehört. »Der Mann muß hinaus ins feindliche Leben!«* Sein Deutsch klang einfach perfekt in meinen Ohren. Er achtete mich so gering, er nahm mich so wenig wahr, daß er nicht einmal seine Herkunft vor mir versteckte. Ich erstarrte und wußte nicht, was ich tun sollte, um meine Aufregung zu verbergen. Glücklicherweise erschien in diesem Moment die Frau Wirtin mit einem Glas Milch und richtete mir aus, meine Eltern wären am Wasser, und ich sollte dort hinkommen.

Herr Halama stand auf. Als er an mir vorbeiging, winkte er mir fast unmerklich mit der Hand zu und verließ den Raum.

* Im Original deutsch.

Ich trank meine Milch in großen Schlucken, das Brötchen nahm ich in die Hand und rannte aus dem Gasthaus.

Ich konnte gerade noch einen Blick auf ihn erhaschen, er entfernte sich heute rasch auf dem Weg, der zum Bahnhof führte. Ohne einen Augenblick zu zögern, ging ich in dieselbe Richtung.

Die Sonne brannte bereits glühend auf die fruchtbare Ebene, ich stapfte auf dem staubigen Pfad zwischen den Feldern entlang, der Schweiß lief mir in die Augen, aber ich folgte dennoch der Gestalt vor mir. Erst als er das einstmals rote, jetzt aber rußige Gebäude betrat, konnte ich stehenbleiben. Auf den Bahnhof selbst wagte ich mich nicht, er sollte mich nicht sehen, sollte nicht entdecken, daß ich ihm so unverfroren gefolgt war.

Ich setzte mich also an den heißen, quendelbewachsenen Feldrain und blickte nach oben, in den klaren Himmel. Dort fesselte mich ein sonderbarer schimmernder Ball, der sich in jener Höhe bewegte, in der bei Regen die dunklen Wolken ziehen, und der rasch näher kam. Bald erkannte ich, daß es ein Heißluftballon mit einem gelben Korb war. Er trieb majestätisch, ruhig, fast geschmeidig dahin und war jetzt so nah, daß ich die goldfarbenen Buchstaben auf seiner Hülle erkennen konnte: MORE.

Da flog eine weißliche Strickleiter über den Rand des Korbes, der noch weit vom Boden entfernt war, auch wenn der Ballon jetzt an Höhe verlor, er schwebte direkt über dem rußigen Bahnhofsgebäude. Ich sah, wie die Leiter im Wind schwankte, dann schwang sich eine Gestalt auf das Geländer, die Einzelheiten des Gesichts konnte ich nicht erkennen, doch aufgrund der schmalen Taille und des kurzen silbernen Rocks schloß ich, daß es ein Mädchen war. Sie stand für einen Augenblick in dieser schrecklichen Höhe, bevor sie die Strickleiter ergriff und schnell bis zur untersten Sprosse hinunterkletterte. Zu meinem Schrecken ließ sie sich noch weiter hinunter, ihre nackten Beine baumelten jetzt in der Luft, während sie mit den Händen die letzte Sprosse umklammerte – so hängend begann sie, in dieser Höhe zu turnen, dann steckte sie ihren Kopf zwischen die letzten beiden Sprossen und schnellte in den Handstand, ihr Körper war jetzt gekrümmt wie ein Bogen. Ich begriff, daß sie Akrobatin war und ihre Glanznummer vollführte. Der Ballon sank noch ein wenig tiefer, und ich sah, wie jemand ein Päckchen über den Rand des Korbs warf, es sauste auf die Gleise zu, doch bevor es auf den Boden fiel, teilte es sich plötzlich in zwei Teile: Die obere Hälfte verwandelte sich in einen bunten Fallschirm, der sich über einer dunklen Schachtel bauschte und langsam zu Boden sank.

Ich hätte dorthin laufen können, wo die Schachtel gelandet war, doch ich konnte meine Augen nicht von dem Mädchen am Himmel losreißen. Sie stand immer noch auf ihren Händen, hatte jetzt aber die Beine so ausgebreitet, daß sie ein großes T formten. Dann schlang sie die Knie um eine der Sprossen, löste die Hände und bewegte ihren Körper langsam von der Leiter weg, sie lag mit gestreckten Armen in der Luft, so als würde sie schwimmen. Jetzt schwamm sie genau über meinem Kopf; wenn nun ein Unglück passierte und die Sprosse, die ihren Körper hielt, risse oder sie abrutschte, dann fiele sie mir genau in die Arme. Verzückt stand ich da und sah, wie der Ballon sich wieder entfernte, wie er der glühenden Sonnenscheibe entgegenglitt, bis ich ihn, wahrscheinlich für immer, aus den Augen verlor.

Nur für einen Augenblick fiel mein Blick auf die Erde, um nach dem Bahnhof zu sehen – ich hatte ihn vollkommen vergessen, ich hatte keine Ahnung, ob ein Zug gekommen oder abgefahren war, ob dort irgendwelche Leute aufgetaucht oder verschwunden waren, ich wußte nicht, was geschehen war, während ich in den Himmel geschaut hatte – aber als ich wieder nach oben blickte, war der Himmel leer, nicht einmal ein Wölkchen war zu sehen, und plötzlich hätte ich weinen mögen, solch eine Sehnsucht hatte mich auf diesem weiten, verbrannten, staubigen Feld erfaßt.

Der Bahnhof war leer, als ich dort ankam. Herr Halama war verschwunden, auch von der Schachtel, die herabgeschwebt war, keine Spur mehr.

Als ich zurückging, machte ich einen Umweg. Ich ging zum alten Fluß, wo alte hohle Weiden und mächtige Erlen den Pfad säumten. In ihrem Schatten saßen manchmal still die Angler und starrten flehentlich auf ihre Schwimmer, die sich nicht rührten. Unter ihnen erkannte ich auch Herrn Doktor Slavík.

Kaum hatte er mich gesehen, da rief er schon:

Zwischen Tulpen und Narzissen
hat die kleine Madlenka ge-, geschlafen

Dann fragte er mich, ob ich jemals einem Mädchen an den Rock gegangen wäre. Ich schüttelte den Kopf, während er die Angel aus dem Wasser zog und aus einer Blechdose mit der Aufschrift »Hagenbecks Tee« ein Stückchen Käse hervorholte, mit dem er den Köder erneuerte. »Warum sollten wir uns Märchen erzählen«, sagte er und warf die Angel wieder aus, »ich war auch einmal siebzehn. Kennst du Pilsen?«

Ich kannte Pilsen nicht, und er schwelgte in Erinnerungen an seine Studienzeit dort. Er hätte neben dem Theater gewohnt, von seinem Fenster habe man direkt in die Garderoben hineinsehen können. Wenn eine Oper gegeben wurde, ›Aida‹ oder ›Carmen‹, waren sie voller Chormädchen, die wußten, daß er am Fenster wartete, und die sich so umkleideten, daß er alles sehen konnte.

Der Herr Doktor lehnte an einem Baumstamm, blinzelte zu seinem Schwimmer hin und zündete sich eine Partyzanka an. »Ich sage dir eins, Student. In deinem Alter ist man dumm, und man macht eine Menge Blödsinn, von dem man später nichts mehr wissen will. Aber die größte Dummheit ist zu glauben, die Weiber seien Menschen wie wir. Nein«, er schüttelte den Kopf und blickte zur Sonne, an die Stelle, wo vor kurzem der Ballon mit der schönen Akrobatin zu sehen gewesen war. »Ich sage nicht, daß sie besser oder schlechter sind, aber sie sind anders. Du irrst dich, wenn du glaubst, sie hätten den gleichen Kopf, die gleichen Hände und Füße wie wir, und wenn aus ihren Mündern Worte kommen, wie du sie gebrauchst, und es dir so vorkommt, als könntest du mit ihnen reden, als brütete ihr Hirn ähnliche Gedanken aus, wie du sie hast. Wenn du dann erkennst, daß dem nicht so ist, weil ihre Köpfe einem ganz anderen Zweck dienen, dann ist schon alles zu spät.«

Plötzlich bewegte sich der Schwimmer der Angel, der Herr Doktor verschluckte weitere bittere Gedanken, warf seine Zigarette ins Wasser, ergriff die Angelrute und zog daran. Dann rollte er die Schnur auf, bis ein kleiner zuckender Fisch auftauchte. Der Herr Doktor entfernte den Haken aus seinem Maul, wog ihn in der Hand, sagte, dieser Dickwanst hätte sich offensichtlich von Kriegsrationen ernährt, und warf ihn in den Fluß zurück. Ich erwartete, daß er seinen Vortrag über die absolute Verschiedenheit der Frau wiederaufnehmen würde, aber der Herr Doktor sah noch einmal in den Himmel und erschrak: Es war bald Mittag, und er mußte gleich nach dem Mittagessen in Chlum auf der Generalprobe sein. Schon morgen finde die großartige Vorstellung des ›Strakonitzer Dudelsackpfeifers‹ statt, bei der er die Ehre hätte, im Orchester mitzuspielen. Würden wir uns die Vorstellung ansehen?

Ich wußte nicht, was meine Eltern dazu sagen würden, aber der Herr Doktor meinte, wenn meine übrige Familie sich nicht für die Vorstellung interessierte, so könnte ich doch auch ohne sie hingehen. Er selbst müßte am nächsten Tag schon am Morgen in Chlum sein, so daß ich seine Frau begleiten könnte.

Ich nickte so begeistert, daß ich Angst bekam, meine Gefühle wären zu offensichtlich, und bemerkte hastig, Herr Halama sei heute morgen irgendwohin gefahren. Und daß es mich wundere, daß er die Vorstellung nicht abgewartet habe.

Der Herr Doktor warf sich die Anglertasche über die Schulter, ergriff die Angelrute und sagte: »Machen Sie sich keine Sorgen, er kommt am Abend zurück!«

Ich wartete ungeduldig, daß er irgendeine Erklärung geben würde, doch er begann halblaut zu singen:

Das Wasser läuft aus, der Fischteich wird trocken,
nur mich läßt die Mutter in der Stube hocken.

Wir gingen den Fluß entlang, der sich durch die Wiesen wand, manchmal mußten wir uns den Weg durch Unterholz und Schilf bahnen. Ich wagte es nicht mehr, ein Gespräch zu beginnen, da drehte sich der Herr Doktor unvermutet zu mir um und sagte, daß ich zu Recht den verzweifelten Drogisten erwähnt hätte, denn Herr Halama sei ein gutes Beispiel für das, was eine Frau einem Mann antun konnte. Herr Halama war ein fröhlicher Mensch, er hatte eine schöne Junggesellenwohnung in einer Mansarde in Prag-Žižkov, die Wände voll mit Plakaten und Postkarten schöner Mädchen, überall interessante Bücher, Retorten und Flaschen mit verschiedenen Giften, der Mann war wer in seiner Branche. Jeden Augenblick brachte er etwas Neues in sein Geschäft: irgendein Parkettwachs, eine abwaschbare Wandfarbe oder eine Duftseife namens »clamor amoris«, was, wie ich sicher wüßte, Ruf der Liebe bedeutete. Für die Frauen eine parfümierte rosafarbene und für die Männer eine grüne, und eigenhändig schrieb er ein Flugblatt, in dem er nachwies, daß derjenige, der sich am ganzen Körper mit dieser Seife gewaschen hatte und nach ihr duftete, für das andere Geschlecht unwiderstehlich wurde. Und wahrscheinlich hatte er sein Erzeugnis dann an diese Xanthippe verkauft, denn von dem Augenblick an, da er sie gesehen hatte, war er verloren, und das, obwohl die Frau häßlich war wie die Nacht und acht Jahre älter als er und zwei Köpfe kleiner. Schließlich zog sie in seine gemütliche Wohnung, er ließ sie in den Laden und nicht nur das, er fing an, um sie herumzuspringen und sie zu bedienen, und zu allem Überfluß war sie auch noch eifersüchtig. So eifersüchtig, daß er es eines Tages nicht mehr aushielt und ihr eine Szene wie im Theater machte. Dann nahm er seine abgeschabte Aktentasche und flüchtete aus seiner eigenen Wohnung, an deren Wänden schon seit langem keine Bilder von schönen Mädchen mehr hingen, sondern statt dessen Zierdeckchen, auf denen in Gold gestickt solcher Blödsinn prangte wie: »Fehlt es Dir an Selbstvertrauen, wirst Du nie Dein Glück Dir bauen.« Oder: »Zufriedenheit – Brücke zum Glück!« Deshalb sei er hierher gekommen, um ein wenig zur Besinnung zu kommen und sich zu beruhigen. Aber wie sollte er sich beruhigen, wenn er vom ersten Augenblick an nur darauf wartete, daß diese alte Hexe ihn wieder abholte?

Es sei eigentlich sonderbar, daß sie hier noch nicht aufgetaucht war – normalerweise kam sie drei, höchstens fünf Tage später, aber dieses Mal streikte Herr Halama schon eine Woche lang. Zuerst saß er trotzig auf seinem Zimmer, seit dem vierten Tag schlich er sich durch die Hintertür zum Bahnhof, und heute sei er wahrscheinlich nach Třeboň gefahren, um nach ihr Ausschau zu halten. Weiß Gott, was passiert ist, sagte der Herr Doktor, vielleicht hat diese Zwergin wirklich jemanden aufgegabelt und kommt überhaupt nicht mehr, so daß Herr Halama zu einer ewigen Junggesellenexistenz in Herrn Štěrbáks Gasthaus verdammt ist.

Und der Herr Doktor fing wieder an zu singen, während ich die Enttäuschung über die Alltäglichkeit dieser Geschichte zu verscheuchen suchte.

Der Fischer holt die Netze ein
Warum muß ich so traurig sein
Fischer, Fischer nimm mich mit auf's Meer
Zu trösten mein Herz so schwer.

Am Abend hatte das Warten meines Bruders endlich ein Ende. Mutter hatte von Herrn Pavelec eine Kanne Milch gekauft, ich trug das rußgeschwärzte Feldkochgeschirr, das der Vater in den letzten Kriegstagen irgendwo in Mecklenburg erbeutet hatte, mein Bruder bat darum, die Blechdose mit dem Bild einer hübschen Holländerin in Holzschuhen tragen zu dürfen.

Am Waldrand machten wir ein Feuer und bauten ein kleines Gestell, an das wir das Kochgeschirr hängten. Das Feuer brannte kaum, da packte meine Mutter die Butterbrote aus und schlug vor, daß wir singen sollten. Doch da in unserer Familie niemand musikalisch war außer dem Vater, der nicht gerne sang beziehungsweise der Singen für etwas hielt, was den Menschen von wichtigeren Arbeiten abhielt, verhallte ihr Vorschlag ungehört.

Das Feuer prasselte wunderbar, manchmal schoß eine

Handvoll Funken in die Höhe. Mutter öffnete feierlich die Van-Houten-Dose, nahm mit einem Kaffeelöffel eine Prise des kostbaren Pulvers und schüttete ihn in ein Glas. Meinem Vater schien dies der geeignete Moment für einen Vortrag über die Welt und die Vorgänge in ihr zu sein, er sagte also, jetzt da wieder Frieden herrsche und der Krieg mit einem großen Sieg des größten sozialistischen Staates, jenes Staates, der ein Sechstel der Erde einnahm, zu Ende gegangen sei, ändere sich alles, und auch in unserem Land entstünde eine neue Ordnung.

Wenn er über wichtige Dinge sprach, erwartete Vater von uns, daß wir ihm zuhörten, daß wir an seinen Lippen hingen, aber ich bemerkte, daß mein Bruder seinen Blick nicht von dem Kochgeschirr abwenden konnte, in das Mutter vor einem Augenblick die braune Kakaomischung geschüttet hatte, und auch mein Blick schweifte immer wieder in die Landschaft ab, die sich allmählich in Dunst und Schatten hüllte.

Natürlich würde das nicht leicht sein, fuhr der Vater fort, die Revolution hatte erst begonnen, die Menschen mußten noch die letzten, übriggebliebenen Ausbeuter davonjagen und mit den Neureichen abrechnen, mit all diesen nationalen Verwaltern, Bauern, Großhändlern und sogar Ärzten, der Vater fügte diese Berufsgruppe speziell für die Mutter hinzu.

Plötzlich sah ich, wie in der Ferne vom Dorf her ein weißes Pferd mit schwarzer Mähne auf uns zu galoppierte, die langen Haare seines Reiters flatterten im Wind. Als er sich näherte, kam mir der Reiter bekannt vor, zuerst glaubte ich, meine anmutige Akrobatin wiederzuerkennen, und die Vorstellung, ich könnte vielleicht ihr Gesicht sehen, entzückte mich. Aber dann erschien mir die nach vorn gebeugte Gestalt, die goldenen fliegenden Haare und die stolze Haltung des Kopfes, noch vertrauter, ich glaubte, meine Nachbarin aus dem Gasthof von Herrn Štěrbák zu erkennen.

Doch all das würde vollbracht, sprach der Vater weiter, während sich die Luft, die bis zu diesem Augenblick eher nach Rauch gerochen hatte, langsam mit einem berauschenden Schokoladenduft füllte, nichts würde uns dann mehr davon abhalten, eine ganz andere, bessere und menschlichere Gesellschaft zu errichten.

Das Pferd – es schien einen Halbkreis um uns zu machen – stürmte jetzt über das niedrige, verbrannte Getreidefeld auf das nächste Waldstück zu. Ich fürchtete, daß es in einem Augenblick aus meinen Augen verschwunden sein würde, so wie am Vormittag der leuchtende Ballon davongeflogen war, doch als die Reiterin am Rande des Waldes angekommen war und in seinen nahezu undurchdringlichen Schatten eintauchte, da zügelte sie das Pferd, und ich sah eine graue Gestalt aus dem Wald treten, die Reiterin um die Taille fassen und sie vom Pferd herunterheben.

»Und ich glaube«, sagte mein Vater, »daß ihr diese Gesellschaft erleben werdet, ja nicht nur erleben …«

Die Gestalt schlang jetzt die Arme um die blauen Arme der Reiterin und trug sie in wenigen großen Schritten in das Dunkel des Waldes.

Der Vater nahm das Kochgeschirr, Mutter gab ihm die Tassen, und er goß sorgfältig das Getränk hinein. Dann lobten wir alle laut diese Köstlichkeit, und ich sah immer weiter zum Wald hin. Ich wäre zu gerne dort gewesen, um meine Arme um jene edlen Arme zu schlingen, um meine Lippen auf ihre heißen Lippen zu pressen und nicht an das heiße Metall.

Der große Meister Scholochov hat geschrieben:

Das Licht blendete Grigori. Er schützte die Augen mit der Hand und wandte sich dem Lärm zu, der aus dem dunklen Winkel des Stalles zu ihm drang. Er ging, mit der Hand die Wand abtastend, dorthin. An der Wand und auf den Krippen gegenüber der Stalltür tanzten Sonnenflecke. Grigori kniff die Augen zusammen, die vom grellen Licht geblendet wurden, und tastete sich in den dunklen Winkel. Da kam ihm Sharkow, der Zotenreißer, entgegen. Er knöpfte sich im Gehen die Pluderhosen zu und schüttelte den Kopf.

»Was machst du hier? Was geschieht hier?«

»Geh rasch hin!« flüsterte Sharkow und atmete Grigori den üblen Geruch seines schmutzigen Mundes ins Gesicht. »Dort … dort … herrlich ist's dort! Die Burschen haben Franja hingelockt …« Sharkow kicherte. Sein Gekicher wurde aber jäh durch einen Stoß Grigoris unterbrochen, der ihn mit dem Rücken gegen die Wand stieß. Grigori lief dem Lärm entgegen, in den weit aufgerissenen Augen, die sich schon an das Dunkel gewöhnt hatten, standen Schrecken und Angst. In der Ecke, wo die Pferdedecken lagen, drängten sich die Kosaken, eine ganze Kompanie … Auf dem Boden lag Franja, ihre Beine glänzten hell im Dunkel, ihr Kopf war in eine Pferdedecke eingewickelt, ihr Rock zerrissen und bis über die Brust geschoben. Sie lag da und bewegte sich nicht. Ein Kosak stand auf und ging …

Ich war schließlich der einzige aus unserer Familie, der die Aufführung des ›Strakonitzer Dudelsackpfeifers‹ besuchte. Mutter hatte Kopfschmerzen, und Vater interessierte sich nicht für Theaterstücke. Mein Bruder sagte zwar schüchtern, er habe noch nie eine Amateurvorstellung gesehen, aber die Mutter tat das ab: Er sei doch nicht in die Ferien gefahren, um schlechte Luft in einem Saal mit vollgespucktem Boden zu atmen? Mein Bruder war erst zehn Jahre alt, es blieb ihm also nichts anderes übrig, als sich zu fügen. Und so konnte ich in meinem einzigen Anzug, der dank seines zellstoffartigen Materials an mir hing wie an einer Vogelscheuche, neben der duftenden und edlen Doktorsfrau hergehen. Der Weg nach Chlum führte durch eine alte Allee, und da sich im Westen schon die Sonne neigte, verschmolzen die Schatten der Bäume und umfingen uns wie ein kühles Tuch.

Die Zwillinge Miluše und Růžena, die ich immer noch nicht auseinanderhalten konnte, gingen oder besser gesagt hüpften ein Stück vor uns her, und mir schien, als sei die Doktorsfrau froh darüber, weil sie sich so besser mit mir unterhalten konnte. Sie fragte mich nach den Büchern, die ich immer bei mir hatte, und sie entlockte mir sogar, daß ich schon ein paar Gedichte und Erzählungen geschrieben hatte. Sofort verlangte sie, ich solle ihr einige dieser Gedichte vortragen, aber ich weigerte mich; nicht aus Bescheidenheit, sondern eher aus der Angst heraus, sie nicht ganz auswendig zu können, und ich wollte nicht peinlich herumstottern. Obwohl sie gar nicht die Gelegenheit gehabt hatte, das Ausmaß meines Talents beziehungsweise dessen Mangel zu beurteilen, so äußerte sie doch Begeisterung darüber, Seite an Seite mit einem jungen Poeten gehen zu können. Vielleicht hatte sie die bittere Verurteilung aller Literatur, die sie unlängst ausgedrückt hatte, vergessen, denn sie sagte, jener Student, von dem sie mir erzählte, hätte auch Gedichte verfaßt, und eines dieser Gedichte habe er ihr sogar ins Poesiealbum geschrieben:

Sollt einmal im Leben
Dir an Freude oder Glück es fehlen
dann sag Dir stets dies eine
Nur Zuversicht: alles kommt ins reine!

Sicherlich kämen mir diese Verse gewöhnlich vor, doch damals hätte sie das bewegt, und sie hätte sich oft daran erinnert, wenn ihr schwer ums Herz gewesen sei. Denn ich solle mir keine falschen Vorstellungen machen, fügte sie hinzu, auch wenn sie selbst niemals Gedichte geschrieben habe, so habe sie doch Klavier- und Gesangsstunden genommen, Reiten gelernt und Privatunterricht in Französisch gehabt. Ihr Vater hatte sogar daran gedacht, sie auf das Konservatorium zu schicken, aber dann kam der Krieg. Er war bloß Metzger, ein wenig hitzig, aber ein guter Mensch, der Tiere mochte. Ständig schleppte er streunende Katzen oder Hunde zu Hause an, um die sie sich kümmern mußten, bis jemand kam, um sie abzuholen, und ihm hätte sehr daran gelegen, daß seine Kinder es im Leben zu etwas bringen. Und tatsächlich war einer ihrer Brüder Anwalt geworden und der zweite Chemieingenieur, und ihre jüngere Schwester war auf die Wirtschaftsakademie gegangen. Nur bei ihr sei es anders gekommen, wegen des Krieges und weil sie mit siebzehn den Kopf verloren habe und sich davon beeindrucken ließ, daß ihr ein Doktor nachlief. Wenn sie doch nur gewußt hätte, was sie erwartete!

Jetzt sei sie noch nicht einmal fünfundzwanzig und hätte das Leben schon fast hinter sich. Wenn ihre Mädchen die gleiche Dummheit machten wie sie, dann wäre sie bald Großmutter.

Die Doktorsfrau nahm ein Taschentuch aus der Handtasche und wischte sich die Augen, dann sah sie mich an und fragte, ob ich nicht auch dächte, daß die Allee wunderschön sei und daß wir, wenn wir immer weitergingen, zu einer Stelle kämen, von der aus man in der Ferne die goldenen Türme eines Märchenschlosses sehen könnte. Ich dachte das keineswegs, nickte aber trotzdem. In diesem Moment seufzte sie aus tiefster Brust, blieb stehen und lehnte sich an einen Baumstamm, die Zwillinge liefen immer weiter voraus, aber sie schien sie völlig vergessen zu haben, sie schaute nicht einmal mehr in ihre Richtung, sie sah mich mit ihren großen dunklen Pupillen an.

Dieser Blick verwirrte mich, ich wußte nicht, was ich tun sollte, ob ich etwas Liebevolles sagen sollte oder zu ihr hintreten und sie … Die Vorstellung, ich könnte versuchen, sie zu umarmen oder gar zu küssen, erregte mich so sehr, überwältigte mich geradezu, daß ich die Augen niederschlug und nicht einmal mehr wagte, sie anzusehen. So standen wir regungslos und still, bis die Doktorsfrau sich schließlich rührte und flüsterte: »Wie jung Sie sind. Und wie unerfahren!« Sie streckte die Hand nach mir aus, mit der sie immer noch das Taschentuch umklammerte, aber dann, inmitten der Bewegung überlegte sie es sich anders, zog die Hand wieder zurück, öffnete die Handtasche, und als sie das Taschentuch hineintat, hörte man das Rascheln von Papier. Als ihre Hand wieder auftauchte, hielt sie einen glänzenden Gegenstand. Sie gab ihn mir. Es war ein großes, in goldenes Stanniol eingewickeltes Bonbon.

Die Vorstellung fand im Turnverein statt. Bis zum Beginn der Aufführung dauerte es noch eine Weile, dennoch stellte ich fest, daß die Halle schon voller Menschen war.

Die Doktorsfrau legte ihren Mantel an der Garderobe ab. Erst jetzt begriff ich, warum sie ihn überhaupt mitgenommen hatte – ihr Kleid war ärmellos und an Décolleté und Rücken so tief ausgeschnitten, daß es sie eher entblößte als bedeckte.

Wir gingen schleunigst zur dritten Reihe, wo wir unsere

Plätze hatten. Ich blieb stehen und wußte nicht, wie wir uns hinsetzen sollten, doch die Doktorsfrau setzte die Zwillinge neben sich auf ihre linke Seite und mich auf ihre rechte, dann holte sie eine Puderdose aus der Handtasche, zog die Lippen nach, ordnete ihr blondes Haar und legte das goldene Kleeblatt, das um ihren Hals hing, so, daß es fast zwischen ihren Brüsten verschwand, dann drehte sie sich zu den Zwillingen, bot ihnen Bonbons in Silberpapier an, und erst danach wandte sie sich mir zu und fragte, ob ich mit meinem Platz zufrieden sei, dabei lächelte sie mich so an, daß ich augenblicklich abhob und in den Lüften schwebte wie ein Vogel, wie ein Luftballon im blauen Himmel, wir umarmten uns, und unsere Münder berührten sich.

Da wurden bereits die Lichter gelöscht, der blaue Samtvorhang vibrierte vor Ungeduld, während im Saal das Orchester, das sich auf der linken Seite der Bühne befand, aufgeregt summte. Als die Lichter ganz verloschen waren, sah ich den glänzenden Taktstock in den Händen des unbekannten Kapellmeisters, und einen Augenblick später gelang es mir, unter den Musikern die Gestalt Doktor Slavíks auszumachen. Ich wollte seine Frau darauf aufmerksam machen, aber da begann die Musik zu spielen, die Doktorsfrau lehnte sich, die Augen halb geschlossen, in ihren Stuhl zurück, und ich sah zum Vorhang, der sich langsam und ruckartig öffnete.

Als die ersten Gestalten gaffender Jungs und Mädchen auftauchten, wuchs der Lärm im Saal, und man hörte Begeisterungsrufe. Als der Vorhang dann schließlich ganz geöffnet war und man auch die Kulissen erkennen konnte, war ich, wie alle anderen auch, verblüfft, denn vor uns stand der ganze Gasthof von Herrn Štěrbák, sogar das Schild mit der gereimten Aufschrift, die aus dem Karpfenmaul hervorsprudelt, war da. Die Doktorsfrau beugte sich zu mir herüber, ihr duftender Atem streifte mich, und sie flüsterte mir zu, Herr Sodomka habe die Kulissen gemalt. In diesem Moment sah ich den rothaarigen Feuerwehrmann, Herrn Feuerstein, der heute eine hellblaue Militäruniform trug und von dem schon im voraus begeisterten Publikum mit Applaus begrüßt wurde.

Die Doktorsfrau wandte ihren duftenden Mund wieder der Bühne zu, auch ich sah zur Bühne hin, versuchte aufzunehmen, was dort gesprochen und gespielt wurde, aber ich konnte mich nicht auf die Probleme fremder Liebe konzentrieren. Was sollte ich tun? Ich konnte doch nicht darauf hoffen, daß ich, ein unreifer, unbekannter und armer Oberschüler, eine so erfahrene und schöne Frau für mich gewinnen könnte? Und selbst wenn ein klein wenig Hoffnung bestand, widersprach die Beziehung zu einer verheirateten Frau nicht meinen Moralvorstellungen?

In diesem Moment setzte laut das Orchester ein, Herr Feuerstein stellte sich jetzt ganz an den Rand der Bühne und begann davon zu singen, daß Geld die Welt regiert. Sobald er sein Couplet beendet hatte, klatschte das Publikum so sehr, daß Herr Feuerstein seinen Hut abnahm, sich verbeugte, winkte und sogar jemandem im Zuschauerraum eine Kußhand zuwarf.

Auch die Doktorsfrau applaudierte, und als Herr Feuerstein schließlich die Bühne verließ, rutschte sie ein bißchen auf ihrem Sitz hin und her, und ich spürte, wie ihre Wade meine Wade leicht berührte. Ich rührte mich nicht, ja ich hörte fast auf zu atmen, wie ein Stein verharrte ich in der Felsspalte zwischen den Sitzflächen. Wenn sie ihr Bein nicht sofort wieder zurückzog, dann war sie mir nicht nur zufällig so nahe gekommen, auch wenn sie scheinbar das Geschehen auf der Bühne verfolgte, ja, mehr als das, es aufmerksam und angespannt verfolgte. Es gelang mir, meine Wade, ohne mich zu bewegen, noch fester an die ihre zu pressen, so daß ich das Gefühl hatte, als spüre ich die Wärme ihrer Haut durch den holzigen Stoff meiner Hose. Mein Gott!

Und nun bemerkte ich auch, daß sie ihre rechte Hand, die bis jetzt auf ihrem Knie gelegen hatte, bewegte und sie in die Ritze zwischen den Sitzen schob. Ich begriff, was ich zu tun hatte – langsam, ganz langsam schob ich auch meine Hand dorthin, bis ich jene mir bis dahin unbekannte Berührung spürte, ich merkte, wie ihre Finger über meine wanderten, sich mit den meinen verflochten; unsere Finger verwandelten sich geschwind in einen einzigen Flügel, mit dem wir uns untergefaßt erheben, emporsteigen und über den nächtlichen Kronen der Kastanien und Linden, unter den sommerlichen Sternen schweben konnten, auf dem wir ins Moos sinken und unter denen wir uns verbergen konnten, um unsere vollständige Nacktheit, unsere Sünde, unsere Leidenschaft zu verhüllen.

Ich sah immer noch auf die Bühne, wo irgendwelche Gestalten in bunten Trachten hin- und herliefen, wo an einer bestimmten Stelle des Stücks die Kulisse einstürzte und unter lauten Freudenrufen des Publikums schmatzende Küsse verteilt wurden, aber ich war dafür bereits verloren. Verloren für alles, was geschah, was geschehen würde, für alles, was nicht von dieser warmen Hand berührt worden war.

In der Pause war ich nicht fähig zu sprechen, ich konnte nicht einmal aufstehen, weil meine Sehnsucht sonst zu offensichtlich gewesen wäre. Die Doktorsfrau ging mit den Zwillingen irgendwohin, und ich wartete demütig, bis sie zurückkam, bis es wieder dunkel wurde und unsere Umgebung unter einer Decke aus Worten verschwand, bis sie ihre Hand wieder in meine schob.

Was sollte ich jetzt tun?

Nach der Vorstellung wartete Doktor Slavík auf uns

alle. Er rief schon von weitem, niemand solle weggehen, er habe für den Heimweg Plätze in einer Kutsche reserviert. Und tatsächlich führte er uns hinter die Turnhalle, wo ein fast neuer Rollwagen mit Gummibereifung stand, vor dessen Deichsel zwei Wallache dösten.

Wir kletterten auf das Gefährt, hinter uns kamen noch einige fremde Gäste, und ganz zum Schluß erschien der rothaarige Herr Feuerstein, der mit lauten Freudenrufen begrüßt wurde. Er griff nach den Zügeln, rief den Pferden etwas zu, und der Wagen setzte sich langsam in Bewegung.

Doktor Slavík zog die Trompete aus dem Kasten, legte sie an den Mund und blies den Zapfenstreich; vielleicht war es dieser durchdringende Ton, der die beiden Wallache aufweckte und sie in Galopp fallen ließ.

Als er sein Lied beendet hatte, fragte er uns, ob uns aufgefallen sei, daß im dritten Akt eine ganze Szene ausgelassen worden sei, weil Vocílka plötzlich unauffindbar gewesen wäre. Der rothaarige Herr Feuerstein, der in dieser Aufführung nicht nur den Šavliček, sondern auch den Vocílka gespielt hatte, drehte sich von den Pferden weg uns zu und erklärte, seine Kehle sei am Ende des zweiten Aktes so ausgetrocknet gewesen, daß er überzeugt gewesen sei, er könne keinen Ton mehr herausbringen und nicht auf die Bühne. In der Pause hatte er diesen schrecklichen Durst gestillt, aber dann wurde er mit den Folgen jener Feuerlöschung nicht fertig, und so kam es schließlich, wie es kommen mußte.

Alle lachten, während ich in der nächtlichen Dunkelheit die Doktorsfrau ansah, wie sie an der Seite ihres Gemahls stand, wie sie sich an ihn drückte. Dieses doppelte Spiel, die Notwendigkeit, sich zu verstellen, ließ mich verzweifeln. Ich wäre am liebsten vom Wagen gesprungen und irgendwo weit weg, in den Feldern, die schon vom abendlichen Dunst bedeckt waren, verschwunden, um allein zu sein, um sie nicht zu sehen, nicht zu hören und um nicht mit den beiden zusammen vom Wagen steigen und mich mit kühlen, unbeteiligten Worten verabschieden zu müssen.

Der große Meister Maupassant hat geschrieben:

Sie schwieg ebenfalls und drückte sich unbeweglich in ihre Ecke. Es sah aus, als ob sie schliefe, wenn nicht bei jedem Lichtstrahl, der in den Wagen drang, ihre Augen aufgeblitzt hätten.

Was dachte sie? Er fühlte, daß er schweigen mußte, daß ein Wort, ein einziges Wort, das in das Schweigen fiel, ihm alle Aussichten verderben würde. Zu einer schnellen, gewaltsamen Handlung fehlte ihm aber der Mut.

Plötzlich bemerkte er, daß ihr Fuß sich regte. Sie hatte eine Bewegung gemacht, eine rasche, nervöse Bewegung der Ungeduld oder vielleicht des Verlangens. Diese kaum spürbare Bewegung ließ ihn von Kopf bis Fuß erschauern; er drehte sich heftig ihr zu, warf sich auf sie und suchte mit dem Mund ihre Lippen und mit den Händen ihre nackte Haut.

Sie stieß einen Schrei aus, einen leisen Schrei, wollte sich aufrichten, sich wehren, ihn zurückstoßen; dann gab sie nach, als ob ihr die Kraft fehlte, weiter zu widerstehen.

Da der Wagen bald vor ihrem Hause hielt, wurde der überraschte Duroy der Mühe enthoben, leidenschaftliche Worte zu suchen, um ihr zu danken und ihr seine Ergebenheit auszudrücken. Indessen stand sie nicht auf, bewegte sich nicht, völlig betäubt durch alles, was sich zugetragen hatte. Er befürchtete, der Kutscher könne etwas merken, und stieg als erster aus, um der jungen Frau die Hand zu reichen.

Sie verließ schließlich die Droschke schwankend und ohne ein Wort zu sagen. Er läutete, und als die Tür aufgetan wurde, fragte er zitternd: »Wann sehe ich Sie wieder?«

Sie flüsterte so leise, daß er sie kaum verstand: »Kommen Sie morgen zum Mittagessen.« Dann verschwand sie im Dunkel des Hausflurs und ließ den schweren Türflügel zufallen, so daß es knallte wie Kanonendonner.

Er gab dem Kutscher fünf Francs und ging mit überglücklichem Herzen rasch und siegesbewußt nach Hause. Endlich hatte er eine Frau erobert, eine Frau aus der Gesellschaft, der großen Pariser Gesellschaft!

Am nächsten Morgen sprachen alle im Speisesaal über die Vorstellung. Sogar meine Mutter fragte mich danach. Als ich ihr wie im Traum antwortete, merkte sie, wie blaß ich war und daß ich Ringe unter den Augen hatte, und machte sich sofort Sorgen, ich könnte mir in dem überfüllten Saal eine Krankheit geholt haben, und sie hätte gleich gedacht, ich hätte abends nicht weggehen sollen.

Wenn sie geahnt hätte, an welcher Krankheit ich litt.

Ich hatte den größten Teil der Nacht wachgelegen und hielt es für unwahrscheinlich, daß ich je wieder Erfrischung durch einen ungestörten Schlaf finden würde.

Verstohlen blickte ich zum Nachbartisch. Die Doktorsfrau bestrich gerade ein Brötchen mit Butter. Ihr gebräuntes Gesicht leuchtete vor Gesundheit.

Ihr Mann, ihr nichtsahnender, betrogener Ehemann trank lächelnd seinen Kaffee, offensichtlich amüsierte er sich im Geiste über irgendeines seiner schmutzigen Witzchen.

Während der Nacht hatte ich begriffen, daß meine Lage

unmöglich war, genauso unmöglich wie mein Verhalten, das sich nur schwer entschuldigen ließ. Ihr Verhalten war selbstverständlich verzeihlich. Das Leben an der Seite des Doktors mochte interessant, ja sogar amüsant erscheinen, aber was für eine Qual mußte es für eine so zarte und gefühlvolle Frau sein! Hielt doch der Doktor, wenn ich ihn recht verstanden hatte, Frauen überhaupt nicht für Menschen. Und dann noch diese ständigen Zoten mitanhören zu müssen! Kein Wunder, daß sie Ausschau hielt nach den goldenen Türmen eines Märchenschlosses, daß sie sich nach einem Menschen sehnte, der ihr Zärtlichkeit, Liebe und Halt bot. Doch was hatte ich ihr zu bieten? Das war es, was ich ihr sagen mußte. Daß ich keinen anderen Wunsch hatte, als sie zu lieben, bei ihr zu sein, mit ihr zusammenzusein, doch ich konnte es nicht. Ich hatte nicht das Recht, in ihr Leben zu treten und womöglich das wenige, was ihr noch geblieben war, zu zerstören.

Wieder blickte ich verstohlen zu ihrem Tisch. Sie aß ein Brötchen und erklärte einer ihrer ununterscheidbaren Zwillingstöchter etwas; den ganzen Morgen hatte sie mich noch nicht einmal angesehen, so als wäre ich nicht da, so als hätte es den gestrigen Abend nicht gegeben. Oder war sie schon erschrocken über das, was wir beide gestern Abend begonnen hatten?

Ich versprach den Eltern, daß ich später am Vormittag zum Fluß kommen würde, und ging auf mein Zimmer zurück. Nach der durchwachten Nacht überfiel mich jetzt die Müdigkeit. Ich streckte mich auf dem Bett aus und beschäftigte mich eine Weile mit dem Gedanken, was ich täte, wenn Herr Doktor Slavík mich ansprache oder wenn er mich noch einmal bäte, seine Frau irgendwohin zu begleiten. Von draußen drang einlullend das schwache Geräusch von Wasser und jauchzenden Kindern zu mir herauf.

Ein leises Klopfen weckte mich. Ich sprang vom Bett

auf, und noch bevor ich etwas tun konnte, öffnete sich die Tür sachte.

Sie stand in der Tür: »Sie haben geschlafen?«

Ich sagte, ich hätte auf dem Bett gelegen und nachgedacht.

»Worüber haben Sie nachgedacht?« Ihre blaue Bluse war nur halb zugeknöpft, so daß ich die braune Haut ihres Décolletés sehen konnte.

»Nichts Bestimmtes.«

»Haben Sie wenigstens ein bißchen an mich gedacht?«

Wie erhaben sie dastand, wie edel sie ihren Kopf hielt.

Ihr sei eingefallen, daß ich ihr vielleicht etwas Nettes zum Lesen leihen könnte. Ihr Ehemann sei wie gewöhnlich mit der Angel verschwunden, die Mädchen am Fluß, und ihr sei es zuwider, nur so dazuliegen und in den Himmel zu gucken.

Sie stand immer noch in der Tür, in der Hand hielt sie eine dunkle Sonnenbrille, und ein Maiglöckchenduft wehte langsam zu mir herüber.

Endlich faßte ich mich wieder und bat sie herein. Bücher hatte ich genug.

Welches von ihnen sollte ich ihr empfehlen?

Ich hatte schon fast alle gelesen, alle waren gut, sogar hervorragend, es hing davon ab, was sie in einem Buch suchte. (Was ich in Büchern suchte, hätte ich nicht einmal auf der Folterbank verraten.)

Sie sagte, sie würde gerne etwas über die Liebe lesen, etwas über eine sehr traurige Liebe. Sie stand jetzt so dicht neben mir, daß mich ihre Hüfte leicht berührte.

Ich hätte ihr mehrere Bücher anbieten können, aber wie, um Gottes willen, konnte ich in diesem Augenblick über Bücher sprechen?

»Sie geben mir keinen Rat?« Sie sah mich an und tat so, als würde ihr das wirklich etwas ausmachen. Ihr Gesicht war meinem ganz nah. Noch nie hatte ich das Gesicht einer Frau aus solcher Nähe gesehen.

Sie hob die Brille zu den Augen, als wolle sie sie sich aufsetzen, dann überlegte sie es sich anders.

Wie macht man das, wenn man eine fremde Frau küssen möchte? Sollte ich einfach zu ihr treten und unvermittelt ihren Mund mit meinen Lippen berühren? Was, wenn sie beleidigt wäre? Wenn sie anfängt zu schreien?

Und was, wenn sie nicht beleidigt wäre, wenn sie nicht schrie, was dann?

»Nie will mir jemand einen Rat geben!« Sie streckte die Hand zum Tisch hin, um die Brille hinzulegen, aber sie mußte die Entfernung falsch eingeschätzt haben, denn die Brille fiel klirrend auf den Boden.

Sie bückte sich gleichzeitig mit mir, durch die Bewegung wurden ihre Brüste fast entblößt, und ich sah sie für eine Sekunde: weiß vor ihrem braunen Oberkörper, wunderbar, begehrenswert, rund, diese Brüste, von denen ich geträumt hatte und die ich mir so oft vorgestellt hatte, und mir wurde bewußt, daß ich sie berühren konnte. Sie war zu mir gekommen, deshalb war sie zu mir gekommen, nicht wegen irgendwelcher Bücher. Statt nach ihrer Brille griff ich jetzt nach ihrer Schulter. Die Doktorsfrau sank nun ganz in die Knie, sie umarmte mich, preßte mich für einen Augenblick fest an ihre Brust und küßte mich hastig.

Dann löste sie ihre Umarmung, streckte die Hand nach der Brille aus, rückte ein wenig von mir ab und stand auf: »Jetzt nicht, jetzt nicht, hier ist es viel zu hell«, flüsterte sie, »es könnte jemand kommen!«

Als sei nichts geschehen, ging sie zum Tisch, nahm ein Buch und sagte, sie würde sich dies hier ausleihen. Ich versuchte, sie zurückzuhalten und sie noch einmal zu küssen, aber sie entschlüpfte mir und sagte, ich hätte den Kopf verloren. Das Haus sei voller Leute, und das ginge nicht. Dann verließ sie das Zimmer.

Den Rest des Tages dachte ich nur an das eine. Sie hatte gesagt: Jetzt nicht, jetzt nicht, hier ist es viel zu hell, und es könnte jemand kommen. Daraus konnte man schließen, daß es gehen würde, sobald es dunkel war und alle schliefen. Sie würde auf mich warten, auf dem Bett hinter der Wand würde sie liegen, und ich würde kommen, wie schon so viele Männer zuvor zu ihren Geliebten gekommen waren, ich würde kommen und tun, was sie taten.

Was taten sie eigentlich? Und was würde dann passieren? Während des Abendessens, der Speisesaal war voll, hielt vor dem Gasthof plötzlich ein schwarzer Praga mit der Aufschrift TAXI.

Dieses Auto riß mich für einen Moment aus dem Teufelskreis meiner einseitigen Vorstellungen. Ich verfolgte, wie sich die Autotür öffnete und ein knochiges kleines Weiblein mit schon recht grauen, hochaufgetürmten Haaren heraussprang, in der rechten Hand hielt sie den Saum ihres langen Rocks, so als müßte sie durch ein unsichtbares Gewässer waten. Sie sagte noch etwas zum Fahrer, dann stürzte sie auf den Gasthof zu.

Als sie durch die Tür trat, verstummten alle gehorsam wie auf einen lautlosen Befehl hin und blickten sie an. Nur aus Herrn Halamas Kehle drang ein gedämpfter Schrei oder eher ein Aufstöhnen. Er schob den Stuhl zurück und stand auf.

Die Zwergin rannte zwischen den Tischen hindurch und hielt vor ihm an. In diesem Augenblick, vielleicht stand sie auf Zehenspitzen, wirkte sie größer, gleichzeitig blies sie sich drohend auf, dann holte sie mit der rechten Hand aus, und im Raum erklang das Schallen einer Ohrfeige. »Nichtsnutz, jämmerlicher, widerlicher, schamloser«, brüllte sie Herrn Halama an, »macht man das? Mich

mit dem ganzen Kram allein lassen und den Mädels hinterherlaufen!«

»Aber Liebling«, sagte Herr Halama mit seiner perfek-
ten tschechischen Aussprache. Er rieb sich die linke
Wange und versuchte zu lächeln.

»Die Tasche«, schrie das Weib ihn an, das nun wieder
auf seine winzige Größe geschrumpft war, »und Marsch!«
Sie machte einen Schritt zur Seite, und Herr Halama ging
mit einem starren, aber, wie mir schien, glücklichen
Lächeln zwischen den Tischen hindurch, es gelang ihm
noch, uns allen in der Tür ein Auf Wiedersehen zuzuru-
fen. Dann verließ er, die Zwergin im Schlepptau, den Speisesaal.

Herr Doktor Slavík sah aus dem Fenster, wie die Hexe
auf die schwarze Limousine zuhielt, und verabschiedete
sie mit den Versen:

Ein Mann steckte seinem Weib,
einen Rechen in den Unterleib.
Sie hat ihn gequält die ganze Zeit,
da hat er sich von ihr befreit.

Ich wagte es nicht, zu ihrem Tisch zu blicken, um zu
sehen, was die Doktorsfrau dazu sagte.

Der Herr Doktor rief Frau Štěrbáková und bat sie, uns
allen einen einzuschenken, um auf den armen Ehemann
dieser Hexe und überhaupt auf alle Männer, die von ihren
Frauen geschlagen würden, zu trinken, und erhob seinen
Maßkrug. Betrübt sah ich, daß die Doktorsfrau das Glas,
das vor sie hingestellt wurde, freudig ergriff. Weil ich nicht
trinken wollte, sagte ich den Eltern, ich ginge zu Bett, und
verließ den Saal.

Es war erst neun Uhr. Ich wußte, daß ich geduldig warten mußte, bis das ganze Haus schlief. Wann würde es

soweit sein? Um Mitternacht oder noch später? Und was, wenn sie überhaupt nicht einschliefen? Was, wenn der Herr Doktor des Nachts erwacht, auf den Flur hinausgeht und mich sieht, wie ich gerade in das Zimmer seiner Frau gehe? Was würde er tun?

Wahrscheinlich würde er mich umbringen! Er würde mich am Kragen fassen und mich aus dem Fenster werfen. Oder er würde mich zum Duell fordern. Er sah so aus, als könne er mit Pistolen umgehen oder mindestens mit einem Jagdgewehr. Er könnte mir aber auch eine Spritze mit einem noch unbekannten Gift geben, die mich sofort bewußtlos machen würde, und am Morgen fände man mich dann ganz steif in meinem Bett. Es würde nicht einmal eine Untersuchung geben. Denn wer käme schon darauf, daß ich auf so eine unwahrscheinliche Weise mein Leben gelassen hatte, daß ich eine so abscheuliche Tat begangen hatte? Nur sie. Wenn sie dann noch am Leben wäre.

Warum hatten sie eigentlich kein gemeinsames Zimmer?

Ich streckte mich auf dem Bett aus. Ich war ziemlich erschöpft, aber ich wußte, daß ich nicht einschlafen würde. Ich hörte immer noch fröhliche Stimmen unten aus dem Saal. Dann stieg jemand die Treppe hinauf (vielleicht das Ehepaar Havel), und auf dem Flur schlug eine Tür.

Was würde ich tun, wenn sie kam? Sollte ich warten, bis sie sich auszog und hinlegte? Sollte ich an ihre Tür klopfen? Das Klopfen könnte jemand wecken, es war ungewöhnlich, daß jemand um Mitternacht an die Tür klopfte. Aber ich konnte doch nicht eintreten, ohne zu klopfen!

Ich konnte an die Wand klopfen. Ich konnte an die Wand klopfen, und sie würde mir antworten. Dann würde ich aufstehen und mich leise in ihr Zimmer schleichen.

Und dann? Mit ihr reden? Oder mich einfach so, ohne Worte, neben sie legen? Wir hatten uns doch noch gar nicht gesagt, daß wir uns lieben.

Und ihr nackter Körper würde sich an meinen pressen, ich würde die ersehnte, unvorstellbare Berührung eines nackten Frauenkörpers spüren: seine Wärme, Weichheit und seinen Duft! Und dann könnte geschehen, was geschehen mußte, dann konnte der Boden sich unter meinen Füßen öffnen oder die Tür, dieser Moment wäre es wert: O meine Teuerste, meine Liebe, o unwiderstehliche Versuchung! Ich trete ein, lege mich neben dich, umarme dich so, wie vor mir schon Hunderte von Männern ihre Geliebten umarmt haben. Ich schaffe das, ganz bestimmt schaffe ich das!

Vielleicht hatte ich doch eine Weile gedöst, da ich weder das Knarren der Treppe noch die Schritte auf dem Gang gehört hatte, sondern erst das Quietschen der Nachbartür. Dann klickte der Lichtschalter, und eine Stimme – ihre Stimme – sagte etwas. Dann hörte ich eine andere Stimme, und obwohl ich kein einziges Wort verstand, erkannte ich sofort, daß diese Stimme dem Doktor gehörte. Was wollte er in diesem Zimmer, das er sonst nie betrat?

Regungslos lag ich auf meinem Bett, den Kopf an die Wand gepreßt, und lauschte noch eine Weile den Stimmen, dann ächzten die Federn des Bettes, als sich ein Körper hinlegte, als sich zwei Körper hinlegten, danach hörte ich ein andauerndes rhythmisches Quietschen, ich hörte das Stöhnen zweier Stimmen, ein nie gehörtes und doch so verständliches Stöhnen, das in Gelächter überzugehen schien. Ich vergrub meinen Kopf unter dem Kissen, aber ich konnte diesen Geräuschen nicht entkommen. Wie konnte sie das nur tun, wie konnte sie das zulassen? Sie liebte doch mich, nicht ihn, das wußte ich, das fühlte ich.

Dennoch hatte sie nicht geschrien, nicht um Hilfe gerufen – wie konnte sie mich also lieben? Sie liebte mich nicht. Ich war nur ein Spielzeug für sie.

Endlich war es nebenan sekundenlang still, dann hörte man Wasser aus dem Krug, eine Stimme, ihre Altstimme und das Plätschern des Wassers, ich wollte sie nicht mehr hören, ich wollte sie nicht mehr sehen, ich würde sie nie wieder ansehen, ich wollte überhaupt nicht mehr an diesem Ort bleiben, ich würde den Eltern sagen, daß ich nach Hause fahre, aber was sollte ich zu Hause, ich wollte auch nicht nach Hause, ich wollte nirgendwohin.

Und was würde sie sagen, wenn man mich am Morgen in einer Blutlache fände, leblos, für immer entschlafen? Ich würde auf dem Tisch einen Brief hinterlassen, nein, keinen Brief, nur ein Blatt Papier mit ein paar Worten. Nicht einmal anreden würde ich sie, ich würde einfach schreiben:

Ich kann in dieser verlogenen, treulosen Welt nicht länger leben …

Sie müßte natürlich als erste in das Zimmer kommen. Um mich überhaupt so daliegen zu sehen. Um aufzuschreien und sich über meinen schon fühllosen Körper zu werfen. Um sie verstehen zu lassen, was sie getan hatte. Vielleicht sollte ich den Brief doch an sie richten. Vielleicht wäre der Satz besser: Ich sterbe. Ich werfe Dir nichts vor, ich verzeihe Dir.

Wahrscheinlich würde sie weinen. Schwören, so etwas nie wieder zu tun, neben meinem Körper niedersinken und mich küssen. Zu spät.

Der größte Nachteil an diesem Plan war: Ich fühlte ja bereits nichts mehr, hörte und sah nichts mehr. Wozu waren dann ihre Tränen noch gut?

Mitten in der Nacht wurde ich noch einmal wach, von knallenden Türen, Getrampel auf der Treppe und einem

123

lauten Schrei. Irgend jemand rief dringend nach dem Herrn Doktor. Ich setzte mich in meinem Bett auf und blickte mich verwirrt um. Warum rief man nach ihm? Ich war doch noch gesund. Oder war etwas mit ihr? Hatte die Verzweiflung sie übermannt, hatte sie in die Tat umgesetzt, was ich mir nur vorgestellt hatte?

Ich zog mir rasch ein Hemd und Hosen an und schlich in den Flur.

Frau Štěrbáková stand mit einer fremden Frau und Herrn Havel auf der Treppe, die Tür zu Herrn Doktor Slavíks Zimmer war weit geöffnet, und der Doktor schrie, daß er gleich, daß er sofort käme. Dann rannte er, ebenfalls nur in Hemd und Hosen, mit einer schwarzen Tasche in der Hand die Treppe hinunter. Frau Štěrbáková teilte mir unterdessen bereitwillig mit, Herr Valeš habe angefangen, Blut zu spucken, schrecklich viel Blut, es ginge ihm wohl sehr schlecht.

Erstaunlicherweise machte mir die Vorstellung von fremdem Blut und einem fremden Tod mehr Angst als der Gedanke an meinen eigenen tragischen Tod. Zitternd vor Kälte kehrte ich in mein Zimmer zurück. Sie war nicht herausgekommen. Vielleicht war sie gar nicht aufgewacht, oder sie fürchtete, mir zu begegnen. Dann dachte ich für eine Weile an den unbekannten Herrn Valeš, aus dessen Mund das Leben entwich, während ich hier lebendig und gesund im Bett lag, und mich erfaßte ein kalter Schwindel, so als stünde ich auf dem Gipfel eines himmelhohen Berges vor einem Abgrund.

Ich weiß nicht, wann Doktor Slavík zurückkam, aber es war noch in der Nacht, ich hörte nur seine schweren Schritte auf dem Gang. Jemand fragte ihn etwas, und er sagte: »Der arme Kerl hat es hinter sich.«

Dann wurde es ganz still.

Das Begräbnis fand am Samstag vor dem Mittagessen

statt. Die schwarz gekleidete Frau Štěrbáková hatte eine Mitteilung auf die Tür geschrieben, daß das Mittagessen eine Stunde später serviert werden würde, und war mit ihrem Mann zum Hof von Herrn Valeš aufgebrochen.

Die Totenglocke läutete.

Verlegen zog ich meinen einzigen Anzug an. Ich mußte natürlich nicht zum Begräbnis eines Mannes gehen, den ich nie gesehen hatte, aber mir schien, es gehöre sich so, da alle aus dem Haus hingingen.

Vor einer Minute hatte ich sie sogar gesehen, wie sie in denselben Kleidern, in denen sie an jenem Abend neben mir gesessen hatte, hinter Frau Štěrbáková herlief. Ich hatte diese ganzen Tage bis auf ein Guten Morgen nicht mit ihr gesprochen. Ich war mir nicht sicher, ob sie es überhaupt bemerkt hatte. Sie wirkte vollkommen in sich gekehrt, las das Buch, das sie aus meinem Zimmer mitgenommen hatte. Am Wasser hatte ich sie nur zweimal gesehen; einmal hatte ich während des Frühstücks den Eindruck, als betrachte sie mich staunend oder eher noch wehmütig. Vielleicht hatte ich diesen Blick aber auch nur falsch gedeutet; sie war einfach niedergeschlagen wegen des Todes eines Menschen, den sie gekannt und mit dem sie ein Geheimnis geteilt hatte.

Die Totenglocke bimmelte immer noch, und auf dem Weg unter meinem Fenster zogen schwarz gekleidete Dorfbewohner vorbei. Dann drangen aus der Ferne die gedämpften Töne eines Trauermarsches zu mir herüber.

Ich holte den Trauerzug erst auf dem Friedhof ein. Der schwarze Leichenwagen wurde von vier Pferden mit schwarzen Federn gezogen. Hinter dem Sarg schritt ein Priester mit erhobenem Kreuz, hinter ihm die Ministranten, und erst dann kamen die Trauernden, eine große Zahl Menschen mit sonnenverbrannten Gesichtern – denn in diesem Sommer war die Sonne nur selten hinter einer

Wolke verschwunden –, die von den ungewohnten weißen Kragen abstachen. Ich erkannte Herrn Pavelec, der ganz an der Spitze des Leichenzuges ging, den Herrn Lehrer und Herrn Sodomka in der Ausgehuniform der Eisenbahner und Herrn Feuerstein in der Uniform der freiwilligen Feuerwehr und Herrn Anton, der einen echten Smoking trug, und Herrn Štěrbák mit seiner Frau, und gleich hinter ihnen sah ich sie mit ihren beiden Töchtern. Ich wußte nicht, wem ich mich anschließen sollte, und reihte mich deshalb ganz am Ende des Zuges ein und blieb mit den anderen vor dem geöffneten Friedhofstor stehen, die Kapelle spielte immer weiter, und erst jetzt machte ich unter den Musikanten auch die mächtige Gestalt des Herrn Doktor aus. Währenddessen hoben vier Männer den Sarg vom Leichenwagen auf ihre Schultern und gingen so durch das Friedhofstor, nur der Priester schritt vor ihnen her, der jetzt laut betete: absolve, quaesumus Domine, animam famuli tui …

Ich stellte mich gleich an die Wand hinter dem Tor, unweit des ausgehobenen Grabes, das dann hinter einem Wall von Körpern verschwand.

Die Totenglocke läutete jetzt direkt über mir. Die Menschen stellten sich immer noch zwischen den Gräbern auf, und sie entfernte sich ein wenig von ihren Töchtern und kam auf mich zu. Ich versuchte, sie nicht anzusehen, ich sah auf die Stelle, wo der Sarg in das Grab gelassen würde, aber es gelang mir nicht, sie zu ignorieren. Sie blieb ein Stückchen vor mir stehen, neigte ihren blonden Kopf und faltete die Hände. Ich begriff, daß sie weinte.

Der Priester predigte, seine Stimme drang von weitem zu mir herüber, aber ich konnte mich nicht auf seine Worte konzentrieren, ich dachte daran, daß sie in diesem Moment hierhin gekommen war, daß sie zu mir gekommen war, obwohl sie irgendeinen anderen Platz hätte wählen können, und gleichzeitig spürte ich die beklemmende, schmerzliche Nähe des Todes. Was waren mein Schmerz, meine Qual dagegen?

Und plötzlich erblickte ich etwas nie zuvor Gesehenes, so als durchdringe mich die Größe des Lebens – vor uns erblühte eine riesige Glockenblume, sie war gelb, feurig wie die Sonne, und das Innere des Kelchs war von einem tiefen Blau, und staunend erfaßte mich eine Ahnung: Dies alles war möglich, sie konnte sich nach mir sehnen und einen anderen lieben und wieder um einen anderen weinen; so war es, solche Dinge geschahen.

Der Priester war ans Ende gelangt, und die Trauernden flüsterten das Amen mit ihm, dann sangen alle ein Lied. Ich getraute mich nun, mich in der Menge umzusehen und sah noch mehr Bekanntes: den milchweißen Kopf von Herrn Anton, das strenge Gesicht des Lehrers und die roten Haare, die unter dem feierlichen Hut von Herrn Feuerstein hervorsahen. Der Priester betete noch einmal, und mir fiel ein, daß ich nicht wußte, ja nicht einmal ahnte, woran diese Leute dachten. Der Lehrer überlegte vielleicht, daß man seinen Platz im Leben finden muß, bevor es zu spät ist, die Doktorsfrau flüsterte vor sich hin: wir werden uns alle dort wiedersehen, Herr Feuerstein dachte seufzend, daß es gekommen sei, wie es kommen mußte, und der Greis mit dem milchigen Haar dachte an das Wiedersehen im ewigen Königreich der Liebe, während der Herr Doktor mit seiner breiten Brust schon wieder Atem schöpfte, um seine Trompete erschallen zu lassen, und ich ahnte, ich wußte, was er spielen würde. In diesem Augenblick überkam mich eine sonderbare Erleichterung darüber, daß diese Menschen, diese fremden Seelen, mir nahe gekommen waren. Ich war mit ihnen zusammen hier, und sie befanden sich zusammen mit mir unter ein und demselben Himmelszelt.

127

Der Priester schwieg, die goldenen Instrumente schleuderten Blitze in unsere bangen Augen, und ich wartete starr auf die ersten Töne des erhabenen hussitischen Chorals.

Als sie dann wirklich erklangen, schloß ich meine Augen, doch die feurige Trompete des Doktors brannte durch meine Augenlider hindurch, ihr Strahlen durchdrang mich, und ich spürte, wie sich eine große Erregung meiner bemächtigte. Ich öffnete die Augen und blickte nach oben, dort sah ich ihn wieder, den silbrigen Ballon, er näherte sich uns, ruhig und geschmeidig segelte er auf uns zu, er schwebte herab aus dem azuren Himmelszelt, und unter ihm schaukelte eine Strickleiter. Als der Ballon sich direkt über unseren Köpfen befand, schwang sich die Akrobatin leicht über den Rand des Korbs, dieses Mal war sie ganz in Schwarz gekleidet, sie kletterte langsam und gesetzt bis zur untersten Sprosse der Leiter hinunter und verharrte dort regungslos, so als erwiese sie dem Toten die Ehre, als wollte sie sich in eine Statue aus schwarzem Marmor verwandeln.

Verstohlen blickte ich zu meiner Nachbarin, ob auch sie den Ballon gesehen hatte, aber sie sah zu Boden, und über ihre gebräunten Wangen liefen Tränen. Ich bewegte mich langsam auf sie zu, bis ich Seite an Seite mit ihr stand, dann berührte ich ihren Handrücken mit meinen Fingerspitzen. Ohne aufzusehen, drückte sie mir die Hand, und ich fühlte, wie sich meine Hand in einen Flügel verwandelte, mit dem ich mich in die Luft erheben konnte, der mich trug. Ich konnte wie der Ballon in den Lüften schweben, ich konnte mit ihr davonfliegen, konnte mir irgendeine der vier Himmelsrichtungen aussuchen, aber ich blieb da, ich verharrte auf diesem kleinen, schmerzvollen, gesegneten Stückchen Erde.

# Das Wahrheitsspiel

Ich nahm die Straßenbahn Nummer vier vor der Turnhalle des Sokolvereins in Libeň, in der Hand hielt ich drei Nelken, die in der Mittagshitze schnell welkten. Das Mädchen, mit dem ich schon seit einem Jahr zusammenzusein versuchte und das mich während dieser Zeit schon zweimal verlassen hatte und zweimal zu mir zurückgekehrt war, war nicht zu unserer Verabredung erschienen. Höchstwahrscheinlich hatte sie sich entschlossen, mich ein drittes Mal zu verlassen.

In der letzten Zeit bemühte ich mich vergeblich, mir die Selbstsicherheit zu bewahren.

Als der Krieg zu Ende war, der meine Kindheit wie eine giftige Schlange durchzogen hatte, glaubte ich, ein neues Zeitalter begänne, ein Zeitalter ohne Ungerechtigkeit und Leiden; ohne mir dessen bewußt zu sein, sehnte ich mich danach, den Stand der Unschuld und des Vertrauens in das liebenswerte Wesen einer Welt wiederzuerlangen, einer Welt, in der das Gute das Böse überwand und die Wahrheit immer siegte.

Wer sich von ganzem Herzen nach etwas sehnt, der wird es finden, und ich hatte es gefunden. Ich lebte bereits in jener Welt, ich hatte das gelobte Land schon betreten; allein die simple Gewißheit, daß ich nicht unablässig in Erwartung eines finalen Urteils leben mußte, machte mich glücklich und sorglos. Ich erkannte nicht, daß die Stunde der Verurteilung bereits wieder nahte.

Einige Tage nach dem Tod des gefeierten Generalissimus jedoch kamen sechs Geheimpolizisten und holten meinen Vater ab. Seit jenem Tag hatten wir ihn nicht mehr gesehen. Der unglaublichsten Wirtschaftsverbrechen angeklagt, wartete er schon seit vier Monaten in einem Gefängnis am anderen Ende des Landes auf seinen Prozeß.

Seine Verhaftung hatte mich vollkommen niedergeschmettert. Obwohl ich gerade in jenem Alter war, das man gemeinhin als Höhepunkt der Auflehnung gegen die elterliche Autorität betrachtet, bewunderte ich meinen Vater. Asketisch, bescheiden, gebildet und unermüdlich in seiner Arbeit, glaubte er an die Vernunft und die neue Gesellschaftsordnung. Wie konnte man ihn jetzt verbrecherischer Intrigen gegen diese Gesellschaftsordnung beschuldigen?

Vor einigen Tagen hatte mir ein alter Freund aus der evangelischen Jugendgruppe einige Mappen mit einem zerlesenen Schreibmaschinenmanuskript gebracht. Nach dem, was unserer Familie geschehen sei, sagte er, würde uns dieser Text vielleicht interessieren.

Zu meinem Erstaunen enthielt das Manuskript keinen religiösen Text, sondern die Übersetzung einer Biographie des vor kurzem verstorbenen Generalissimus. Der Verfasser trug einen deutschen Namen. Ich machte mich noch am selben Abend an die Lektüre, und schon nach einigen Seiten erschauderte ich. Bis zu diesem Zeitpunkt hatte ich nur eine offizielle Biographie gelesen. Für mich war der Gigant zudem mit rührseligen Erinnerungen an das Kriegsende verbunden, würdig sah er von vielen Bildern auf mich herab: erhaben und gefeiert. Jetzt erfuhr ich, er sei ein Napoleon, der auf dem Weg zur Macht die Revolution und seine Mitstreiter verraten habe, ein Seminarist, der die Ideale seiner Vorgänger auf ein paar elende und austauschbare Dogmen reduziert hatte, ein grausamer

Despot, der nicht zögerte, jeden, der ihm im Weg stand, in den Tod zu schicken.

Mir kam der Gedanke, daß man einen solch lästerlichen Text sofort vernichten sollte, aber ich wollte nichts zerstören, was mir nicht gehörte. Ich nahm also die Mappen und legte sie nach einigem Zögern in den Schrank mit dem Gaszähler, wo ich sie mit ein paar Lumpen bedeckte. Ich war entschlossen, diese Schmähschrift gleich am nächsten Morgen ihrem Besitzer zurückzugeben. Statt dessen holte ich jedoch das Manuskript am nächsten Abend aus dem Versteck und las weiter.

Am schrecklichsten war, daß alles, was in dem Buch beschrieben wurde, genau belegt schien. Ich mußte das nicht glauben, ich redete mir ein, daß ich es nicht glaubte, aber ich fühlte, wie meine Welt ins Wanken geriet, wie sich die Erde unter mir auftat. Wer täuschte mich? Wer sagte die Wahrheit? Oder war das Gesicht der Welt so unbestimmt, daß es für den einen wie Gorgo aussah und für den anderen wie Venus? Und welches Gesicht würde ich erblicken?

Ich sah auf die welken Blumen und wurde wehmütig. Nichts im Leben würde so sein, wie ich es mir vorgestellt hatte. Ich lebte inmitten von Enttäuschungen, Unbeständigkeit und Verrat. Ich hatte niemand, dem ich glauben konnte, niemand, an den ich mich vertrauensvoll hätte wenden können.

Die Straßenbahn hielt an der Brücke von Libeň. Plötzlich, ich wußte selbst nicht, welche Kraft mich aus meinen trübsinnigen Grübeleien riß, zwang mich etwas, zur Tür zu schauen. Ich sah ein fremdes Mädchen, zweifellos war sie es gewesen, die mich aufgerüttelt hatte. Sie strahlte etwas aus, sie wandte sich mir zu, obgleich sie mich nicht einmal ansah, sie sah überhaupt keinen der Fahrgäste an. Auf ihrem ziemlich breiten und lächelnden Gesicht lag ein abwesender Ausdruck. Sie hielt dem Schaffner eine Hand-voll Kleingeld hin, steckte die Fahrkarte in eine Tasche ihrer blutroten Bluse und setzte sich hin. Mit einer geschmeidigen Bewegung ihrer schlanken Finger strich sie ihren mit Sonnenblumen gemusterten Rock über dem Knie glatt, zog ein Buch aus der Handtasche und begann zu lesen. Ich erkannte das Buch sofort, viele Jahre lang hatte ich all mein Wissen über die tschechische Literatur-geschichte daraus bezogen. Kurz bevor ich das Abitur machte, war es dann verboten worden, angeblich auf-grund seines bürgerlichen Objektivismus – was das bedeuten sollte, hatte keiner von uns verstanden.

Noch nie in meinem Leben hatte ich eine fremde Frau angesprochen. Meine früheren Lieben hatten angefangen, indem ich angesprochen wurde. Dieses Mal jedoch nahm ich meine ganze Entschlossenheit zusammen: »Studieren Sie auch Literatur?« Ich beugte mich zu ihr hinüber, um ihr klarzumachen, daß ich sie meinte.

Sie bewegte nicht einmal den Kopf.

Ihre Mißachtung demütigte mich, und meine Entschlos-senheit verließ mich. »Das ist ein schlechtes Lehrbuch!« Mit leiser Stimme gab ich fremde Meinungen weiter.

Sie schlug eine Seite um und bewegte einige Male stumm ihre Lippen. Zuerst drehte sie sich zum Fenster, als wollte sie herausfinden, wo wir gerade waren, dann sagte sie: »Kennen Sie vielleicht 'n besseres?«

Ich könnte ihr ein paar Lehrbücher bringen, falls es sie interessierte. Ob sie Literatur studierte?

Nein, sie studierte nicht Literatur, sie interessierte sich einfach dafür.

Eine sehr gute Beschäftigung!

Schweigen. Sie las schon wieder. Ihre Lippen bewegten sich. Die Art und Weise, wie sie den Hals hielt, erschien mir erhaben.

Ich schlug ihr als Treffpunkt den Platz vor dem Rieger-Denkmal vor, dorthin würde ich am nächsten Abend um acht Uhr die Lehrbücher bringen.

Schweigen. Besser als eine Zurückweisung.

Sie schlug das Buch zu. Sie hatte es in einen Lederumschlag getan, auf dessen Vorderseite ich einen gestickten Fisch aus blauen und grünen Perlen ausmachte.

Die Straßenbahn bremste an der Haltestelle vor dem Bahnhof.

Sie steckte das Buch in die Handtasche, dann ging sie an mir vorbei, als wäre ich nicht da. Ich holte sie bei der Tür ein. »Sie müssen unbedingt kommen. Ich werde auf Sie warten!« Ich drückte ihr die schlappen Nelken in die Hand.

»Nicht doch!« sagte sie und stieg aus.

Zu Hause las ich weiter in dem Manuskript. Der Autor führte diejenigen an, die wegen Intrigen, konterrevolutionärer Handlungen und Spionage verurteilt und hingerichtet worden waren. Unter ihnen waren einige der höchsten Politiker des Landes: der Ministerpräsident, sein Stellvertreter, der Chef des Generalstabs, führende Militärs, Botschafter, der Vorsitzende der Internationale, der frühere Chef der Geheimpolizei. Wie konnte ein Staat überhaupt existieren, wie konnte er sich nur einen einzigen Tag halten, wenn er von so vielen Verrätern regiert wurde, fragte der Autor? War es wahrscheinlich, daß sich Hunderte, Tausende von führenden Persönlichkeiten des Landes über Jahre hinweg verstellt hatten und Verrat geübt hatten? Oder hatte einer von ihnen die Macht mit Gewalt an sich gerissen, alle anderen unter falschen Anschuldigungen angeklagt und sie in einer blutigen Vorstellung dazu gezwungen, ein Spiel mitzuspielen, bei dem sie sich selbst vor dem Tod entehrten?

Das Papier roch süßlich nach Gas. Wenn das, was hier geschrieben stand, wahr ist, wie konnte man ihn dann an der Macht lassen, da doch in jenem Land das Volk herrschte? Oder war auch das nicht die Wahrheit? Wie hatte er dann die siegreiche Armee führen können? Oder hatte er sie gar nicht geführt? Aber warum hatten ihn dann Millionen von Menschen über Jahre hinweg hochleben lassen?

Würde ich je herausfinden, was wirklich geschehen war? Und dabei handelte es sich nur um Dinge, die während meines Lebens geschehen waren. Welche Hoffnung bestand dann überhaupt herauszufinden, was sich in der Vergangenheit ereignet hatte? Hatte Jesus wirklich gelebt, hatte er seine Wunder vollbracht und war am dritten Tage von den Toten auferstanden? Hatte Moses wirklich mit Gott gesprochen? Wie war die Welt eigentlich entstanden, wo die einen behaupteten, sie sei aus Gottes Willen hervorgegangen, und die anderen meinten, sie habe sich aus irgendwelchen kosmischen Dämpfen entwickelt?

Und welchen Sinn hatte eine Welt, in der es unmöglich war, die Wahrheit herauszufinden?

Ich kam zu früh in den Rieger-Park. Sturmwolken ballten sich am Himmel zusammen, und auf dem nahen Bahnhof quietschten die Eisenbahnwaggons. Ich lehnte mich an den Stamm eines halbexotischen Baumes und wartete. Daheim hatte ich einige passende Bücher gefunden, aber ich hatte nur die ›Grundzüge der Literaturgeschichte‹ dabei. (In einer klassenspezifischen Auffassung unterteilt der Autor das Volk in zwei Klassen. Auf der einen Seite die Bourgeoisie, die auf ihr unweigerliches Ende zustrebt, und auf der anderen Seite die Arbeiterklasse, deren Kraft durch Solidarität wächst und der die Zukunft gehört.)

Ich hatte mich im Geiste auf das Rendezvous vorbereitet. Über das Mädchen, auf das ich wartete, wußte ich nichts, aber gesetzt den Fall, sie kam zu unserem Treffen und schenkte mir einen Teil ihrer Zeit, dann erwartete sie gewiß Hilfe, Ratschläge von mir, wahrscheinlich sogar systematische Erklärungen zu den Fragen, die sie interessierten.

Glücklicherweise kannte ich mich in der Literatur einigermaßen aus, ich hatte, so schien mir, eine Menge Bücher gelesen, aber bis jetzt hatte ich noch nicht die Gelegenheit gehabt, systematisch über sie zu sprechen. Das gleiche galt für mein Leben und meine sonstigen Ansichten. Ich war so voller Worte wie eine überreife Ähre: Ich mußte meinen Kopf nur ein wenig schütteln, und schon rieselten sie leise raschelnd heraus.

Gerade als die ersten Tropfen auf den Weg fielen, sah ich sie. Bunt wie ein amazonischer Papagei schwebte sie zwischen den blühenden Sträuchern.

»Haben Sie die Bücher wirklich mitgebracht?« Sie hüllte mich in einen Veilchenduft, der den Duft eines nahen Rosenbeetes noch überdeckte. Sie habe sich ein wenig verspätet, aber daran sei ihr Chef schuld, der widerliche Zwerg. Zuerst hatte er ihr noch irgendwelches Geschwätz für den Minister diktiert und sie dann genervt, mit ihm zu Abend zu essen. Männer waren schrecklich, sie glaubten immer, daß die Damen sich in ihrer Gesellschaft amüsierten, dabei waren sie so amüsant wie ein Fisch im Aquarium. Und sie dachten immer nur an das eine.

Der Wind blähte ihren Rock auf und fuhr ihr ins Haar, ihre nackten Arme schimmerten feucht. Regen hatte ich bei der Planung des heutigen Abends nicht vorhergesehen. Wohin sollten wir jetzt gehen?

Wir liefen die nasse Straße entlang auf eine Straßenbahnhaltestelle zu. An der Ecke bemerkte ich ein blaues Neonschild. Wie wäre es, wenn wir uns eine Weile in diese Weinstube setzten?

Drinnen war die Luft von einem dunklen Rosa, voller Rauch und ungewohnter Gerüche. Ein Kellner erschien an unserer Seite und führte uns in die schummrigste Ecke des Raums an einen freien Tisch.

Ich zitterte vor Verzweiflung und Unsicherheit – eigentlich lag nur die Mensa im Bereich meiner finanziellen Möglichkeiten. Doch meine Begleiterin wirkte zufrieden. Sie öffnete die Mappe mit der Getränkekarte und bewegte eine Weile lang ihre Lippen, ohne etwas zu sagen.

Ich bestellte einen Wein für sie und ein Mineralwasser für mich. Ging sie öfter in solche Lokale?

Ja. Ihr früherer Mann hätte doch in der Adria-Bar Saxophon gespielt.

Diese einfache Mitteilung verblüffte mich. Ich war in einer Mischung aus protestantischem und revolutionärem Puritanismus erzogen worden. Keiner von beiden hatte Verständnis für geschiedene Frauen.

Zum Glück brachte der Kellner die Getränke, und sie schenkte mir ein Lächeln. Sie umklammerte den Stiel ihres Weinglases und sagte, sie hieße Vlasta, und von dem Schuft, der beinahe ihr Leben ruiniert hätte, sei ihr nur der lächerliche Name geblieben: Slepičková, Huhn.

Während ich mich vorstellte, benetzte sie ihre Lippen mit dem blutroten Getränk und zündete sich eine Zigarette an. Slepička sei der verlogenste und versoffenste Lump gewesen, den sie je kennengelernt hatte. Ein halbes Jahr lang hatte er ihr weisgemacht, daß er samstags auf Hochzeiten und Beerdigungen spiele, und sie hatte deshalb wie eine Witwe zu Hause gesessen; sogar Reste von den Festessen zauberte er ab und zu hervor. Erst nach längerer Zeit fand sie heraus, daß er in die Spelunke »Na Slupi« ging, um Karten zu spielen. Als sie ihn dort entdeckt hatte, in einem kleinen Hinterzimmer des Lokals, da strich einer, der bei der Schuhcremefirma Armada irgend etwas leitete, gerade nicht weniger als fünfzig Tausender ein. Aber sie habe so einen Krach geschlagen, daß dieser

Leiter eine Handvoll von den Scheinchen nahm, sie ihr in die Handtasche stopfte und sie bat: Vlastička, beruhigen Sie sich, schenken Sie uns doch ein Lächeln! Slepička sagte nicht ein einziges Wort zu ihr. Sie hätte sich ja manchmal gefragt, ob er nicht verrückt war, wenn er ihr erklärte, daß er den Nachmittag mit ihrem gemeinsamen Freund Max verbracht habe, während doch sie den ganzen Nachmittag mit Max in Šroubeks Bar gesessen hatte. Mit so einem Menschen konnte man nicht leben, da könnte sie eher einen Blinden oder einen Lahmen ertragen. Deshalb wollte sie mir gleich sagen, daß sie sich alles mögliche gefallen ließ, nur keine Lügen oder Täuschungen.

Ich könnte mir auch nicht vorstellen, sagte ich, mit jemandem zu leben, der lügt. Immer hätte ich mich nach Aufrichtigkeit gesehnt, noch nie hätte ich jemanden betrogen und würde es auch nicht tun.

Sie lächelte. Diesen Quatsch habe sie schon oft gehört. Aber sie wollte mir glauben. Sie hoffte nur, daß ich kein Künstler sei. Was tat ich eigentlich?

Auch wenn ich gerade einen Augenblick zuvor von Aufrichtigkeit geschwärmt hatte, wagte ich es nicht, mein eigentliches Ziel zu gestehen, und sagte, ich studiere tschechische Sprache und Literatur.

Sie hatte mal jemand gekannt, der Architektur studierte, vielleicht kannte ich den auch, er hieß Borek.

Nein, ich kannte keinen Borek, der Architektur studierte.

Er studiere ja auch schon lange nicht mehr. Vor fünf Jahren hätte er sein eigenes Büro eröffnet, dann hätte man ihn eingesperrt, ich könnte mir sicherlich vorstellen, was das für ein Vogel gewesen ist, wo er ein solches Ende genommen hatte. Aber getanzt hätte er wie ein Gott. Genauso wie ein Bergsteiger namens Petr, Petr Hrobař, falls ich ihn zufällig nicht kennen sollte, der Name sei wurscht, aber tanzen konnte der wie der Ballettänzer Saša Machov; er hatte sie immer wieder eingeladen, mit ihm in die Tatra zu fahren, wo er ihr beibringen wollte, wie man klettert, sich abseilt und mit einem Eispickel auf dem Schnee bremst; bloß war sie da schon verheiratet, Slepička hätte Hackfleisch aus ihr gemacht, wenn er gesehen hätte, wie sie mit einem fremden Kerl herumzog. In diesem Fall sei das ein Glück gewesen, weil dieser Hrobař von einer Lawine verschüttet wurde. Als man ihn aus dem Schnee grub, da steckte ihm der Eispickel bis zum Schaft im Bauch, und was für einen Sport trieb ich?

Sie hatte ihr Glas ausgetrunken, und der zuvorkommende Kellner bot ihr sofort ein weiteres an.

Dann erzählte sie mir von ihrem Vater. Er sei Offizier gewesen. Zu Hause hätten sie mindestens zehn Radioempfänger und Funkgeräte gehabt, und das hatte ihn schließlich den Hals gekostet, weil er auch während des Krieges nicht aufgehört hatte zu funken; sie sehe noch vor sich, wie sie eines Morgens noch im Dunkeln bei ihnen eingefallen waren, diese elenden Schweinekerle, aber sie würde mir die Einzelheiten lieber ersparen, da sie den Eindruck habe, ich sei von schwächlicher Konstitution. Nach dem Krieg fand ihre Mutter einen neuen Mann, einen Typ namens Horák, der als staatlicher Verwalter in einer Möbelfabrik in Karlovy Vary gearbeitet habe, vielleicht kannte ich ihn ja. Nach der Heirat hätten sie zwei Jahre in einer Villa mit eigenem Fischteich gelebt, doch dann, das hätte ich sicherlich auch schon mal erlebt, sei die Fabrikleitung gekommen und warf sie eigenhändig raus. Er kriegte dann zwölf Jahre. Da lebten sie schon in Loket, in einer Kammer in einem ehemaligen Stall, und ihre Mutter kümmerte sich um die Kühe. Eines Sonntags warf sie sich in Schale und marschierte los, um zu schauen, wen man eigentlich in ihre Villa einquartiert hatte. Fünf Tage hätte man dann nach ihr gesucht, bis man sie aus dem Fischteich hinter der Villa gefischt hätte. Das sei ein Abschied gewesen, sie würde mir lieber auch nicht erzählen, was sie getan hatte, als man ihr die Mutter gezeigt hatte. So sei sie allein zurückgeblieben. Sie hätte ganz anständig tanzen können, und so überlegte sie sich, in irgendeiner Bar zu arbeiten, doch solche Lokale machten damals gerade dicht, weil sie nicht die richtige Unterhaltung für Aktivisten waren. Nicht mal im Traum war an einen Job zu denken, dann gabelte dieser Slepička sie in Prag auf. Wenn ich den einmal treffen sollte, dann würde ich mich wahrscheinlich wundern. Ein zerlumpter Gauner, fast zwanzig Jahre älter als sie, wenn sie nicht so pleite und allein auf der Welt gewesen wäre, dann hätte sie sich noch nicht einmal an einen Tisch mit ihm gesetzt. Sie hätte es sowieso kaum ein Jahr mit ihm ausgehalten, und den letzten Monat habe sie ihm ganz besonders versüßt. Und als er wieder einmal in seine Bar gegangen sei, habe sie einen ihrer Arbeitskollegen aus der Fabrik eingeladen, sie hätten Slepičkas Zeug in einen Koffer getan, ihn vor die Tür gestellt, und dann hätten sie die Schlösser ausgetauscht. Der Kollege sei dann lieber bei ihr geblieben, für den Fall, daß Slepička gewalttätig würde. Und gewalttätig sei der geworden, doch das wolle sie mir lieber nicht erzählen, weil ich sonst bestimmt Alpträume bekäme.

Als ich die Rechnung bezahlte, blieben mir nur noch zwei Dreikronenscheine und eine Handvoll Kleingeld. Draußen roch die Erde nach Feuchtigkeit und aufgelöstem Ruß. Meine Begleiterin schritt auf hohen Absätzen dahin und winkte schon von weitem allen Passanten zu, an denen wir vorbeigingen.

Sie wohnte oben in Libeň, an der Ecke einer Straße, die nur aus einigen Mietshäusern bestand, sie sagte, hier wohne sie schon, weiter müsse ich nicht mitkommen;

sonst würde uns nur jemand sehen, sie wüßte, wie die Leute sind. Wie lange könne sie mein Buch behalten?

So lange sie wolle. Ja, ich könnte ihr auch noch andere und interessantere Bücher leihen.

Wir machten aus, daß ich sie ihr in einer Woche vorbeibringen würde. Sie gab mir die Hand, ich drückte sie, und dann umarmte ich sie, einer Stimme folgend, die mir zuflüsterte, daß ich nicht zurückgewiesen werden würde.

Sie preßte ihre feuchten und süßen Lippen gegen meine. Doch gleich darauf stieß sie mich von sich: »So nicht! Das war nicht abgemacht!«

Zu Hause fand ich auf meinem Tisch eine vorwurfsvolle Nachricht meiner Mutter (Es ist Mitternacht, und Du treibst Dich immer noch draußen herum!) und darunter einen Brief meines Vaters aus dem Gefängnis. Er hatte auf einem linierten Oktavblatt geschrieben, oben neben der Anrede war ein runder, violetter Stempel.

Meine Lieben,

Ihr könnt Euch sicher vorstellen, daß ich hier genug Zeit habe, um mein ganzes bisheriges Leben zu überdenken, meine Bemühungen und die Fehler, die ich gemacht habe. Mein größter Irrtum war vielleicht, daß ich alles um mich herum nur von außen betrachtet habe. Von außen sieht alles einfacher aus und vielfach auch verlockender, aber wie schrecklich sich der Mensch täuschen kann, das habe ich erst hier verstanden. Ich erinnere mich jetzt oft an meinen Vater. Ich war ungefähr zehn Jahre alt, als er mir zu Weihnachten ein Mikroskop schenkte. Er riet mir, einen Tropfen gefärbtes Wasser auf einen Glasträger zu geben, dann fragte er mich, was ich dort wohl sehen würde. Ich antwortete, daß das Wasser sauber und durchsichtig sein würde. Ich ahnte nicht, daß das saubere Wasser voller Leben war. Bis heute erinnere ich mich an diese Vielzahl von erstaunlichen Bewegungen. Es ist schade, daß mein Vater starb, als ich noch klein war, er konnte nichts von seiner Weisheit an mich weitergeben. Ich mache mir Vorwürfe, daß ich nicht klug genug war, Euch zu erklären, daß die Dinge oft anders aussehen, als sie es wirklich sind, obwohl mir das Schicksal eine viel längere Zeit mit Euch beschieden hat. Im Geiste bitte ich um Vergebung …

Ich stellte mir Vater vor, der irgendwo in einer Zelle lag, während ich mit einer fremden, geschiedenen Frau durch die Weinstuben zog. Mindestens eine Woche lang würde ich nur trockenes Brot essen, das ich mir aus der Mensa mitnehmen würde. Und zu ihr würde ich nicht mehr gehen, ich wollte sie nicht wiedersehen, das war keine Frau für mich.

Als ich mich schließlich hinlegte und die Augen schloß, sah ich das Meer. Vor dem Einschlafen sah ich immer Bilder aus meiner Kindheit. Sie tauchten unvermutet auf, hielten sich eine Weile, so daß ich sie lange betrachten konnte. Manche waren so effektvoll, so bunt oder bizarr, daß sie noch lange nach ihrem Verschwinden in meinem Gedächtnis haften blieben. Meistens dachte ich nicht über ihren Sinn nach, sondern freute mich nur an ihnen. Aber drei Tage, bevor man uns im Krieg von zu Hause verschleppt hatte, sah ich einen langen Zug mit riesigen Rädern. Er fuhr durch eine Ödnis, die tot aussah, reglos lag sie da, voller Steine, trockener Sträucher und strohigem Gras, die riesigen Räder drehten sich, und mir wurde bang. Und an dem Abend, bevor eine Nachbarin in unserem Mietshaus den Gashahn aufdrehte, sah ich eine felsige Landschaft, und unter den Felsbrocken sahen Schlangen hervor. Mitten zwischen den Steinen lag eine Frau, und eine Klapperschlange fraß an ihren Beinen. Ihre Augen waren schwefelgelb, der Kopf rot mit großen Giftzähnen.

Jetzt sah ich das Meer. Von allen Seiten umspülten mich Wellen, ich mußte mich also irgendwo im Wasser befinden, ich lag auf einem runden, sonnenwarmen Felsen, und unter der Wasseroberfläche sah ich einen Fisch, der eigentümlich, fast menschlich aussah. Sein Körper war mit breiten, tafelförmigen Schuppen bedeckt, so daß er das Aussehen eines Drachen hatte. Ich bemerkte, daß aus den glänzenden Augen des Fisches gläserne Tränen flossen, die sich im Wasser schnell auflösten.

In der folgenden Woche brachte ich zu unserem Treffen außer der Übersetzung einer sowjetischen ›Theorie der Literatur‹ (Wir definieren Literatur als eine Form von Ideologie, als eine spezifische Form der Reflexion des Lebens, und dies ist die Grundlage ihrer Bewertung.) auch Engels ›Der Ursprung der Familie, des Privateigentums und des Staates‹, wohl vor allem deshalb, weil ich meine liberale Einstellung zu Frauen beweisen wollte.

Wir gingen zusammen auf einem abgelegenen Weg einen toten Moldauarm entlang, und ich erfuhr, daß Robert, der Bruder ihrer Mutter, mit vierzehn von zu Hause fortgegangen war, nach Amerika, daß er dort Matrose auf der »Präsident Lincoln« wurde und es bis zum ersten Offizier brachte. Im Krieg hatten ihn die Japaner im Pazifik gefangengenommen und ihn gezwungen, die Brücke über den Kwai zu bauen. Nach dem Krieg erhielt er Auszeichnungen, sogar der Präsident selbst empfing ihn und verlieh ihm irgendeinen Löwen- oder Adlerorden, doch im vorigen Jahr war der arme Onkel Robert in Korea über eine Mine gefahren und hatte eine Frau und fünf Kinder hinterlassen.

Ihre Verwandtschaft mit einem Helden von der falschen Seite beunruhigte mich, auch wenn es mich rührte, mit welcher Arglosigkeit sie sich mir anvertraute. Dann gingen wir auf ihren Wunsch hin in eine Kneipe voller Zigeuner und sonderbarer Gestalten, die sie wie alte Freunde begrüßte.

Dieser Zigeuner da, der mit den kranken Augen, ja der, besser nicht hinsehen – sie zeigte ihn mir, während wir ein Bier bestellten –, das sei kein gewöhnlicher Zigeuner, er hatte eine eigene Kapelle, und bei der Währungsreform hätte er einen ganzen Kartoffelsack voller Scheine an den Bankschalter geschleppt, lauter Geld, das ihm die Leute in der Bar auf die Stirn geklebt hatten; als er dann sah, was sie ihm dafür geben wollten, sie erzähle mir jetzt lieber nicht, was er ihnen da gesagt hatte; sie hatten ihn jedenfalls in Handschellen abgeführt, aber nach zwei Monaten hatten sie ihn wieder hinausgeworfen, wahrscheinlich gab es im Knast nicht genug Platz. Seitdem hocke er hier rum.

Meine Begleiterin lächelte den bärtigen, grindigen Kerl mit den blutunterlaufenen Augen jetzt freundlich an und fügte hinzu, daß er sich einmal ihretwegen mit irgendeinem Fuhrmann geschlagen hatte, der Standa Ružička hieß und auf Kirchweihfesten geboxt hatte. Der hatte ihm erst einmal die Nase eingeschlagen und die linke Schulter ausgerenkt, doch dann hatte der Zigeuner sein Klappmesser gezogen, und man hatte Standa im Krankenwagen weggebracht.

Wir bestellten noch ein Gulasch, und sie erlaubte mir, sie zu duzen.

Ich brachte sie bis zu der Straßenecke, an der sie wohnte, und dort begann ich, sie zu küssen. Nach einem Augenblick entwand sie sich mir. »Aber Süßer!« sagte sie tadelnd, »geht das nicht 'n bißchen schnell?«

Es war gegen Mitternacht, als ich zur Straßenbahnhaltestelle kam, meine angeregte Stimmung war noch nicht ganz verflogen, aber unter meiner Zufriedenheit regte sich Unruhe. Irgend etwas war nicht in Ordnung, etwas Wichtigeres, als daß ich Bier getrunken, im Wirtshaus gesessen und Geld verschwendet hatte, das eigentlich dem Lebensunterhalt hätte dienen sollen. Vor einer Weile hatte ich eine Frau geküßt, die ich nicht kannte. Was ich von ihr wußte, waren nur Worte, die kein Bild ihrer Persönlichkeit ergaben. Konnte man jemand näherkommen, der in Worte eingehüllt war wie in Fischschuppen?

Das Manuskript roch immer noch nach Gas. Glücklicherweise hatte ich nur noch wenige Seiten zu lesen.

Die Widersprüchlichkeit von Stalins Charakter und seine Rolle werden deutlicher, wenn wir ihn mit seinem verrufensten Zeitgenossen, mit Hitler vergleichen.

Das war eindeutig zuviel. Ich zögerte. Aber ich war schon jener zitternden Lust verfallen, die einen gewissen Taumel bewirkt.

Die Ähnlichkeiten sind zahlreich und verblüffend. Beide unterdrückten und ermordeten unbarmherzig ihre Gegner. Beide errichteten den Polizeiapparat eines totalitären Staates und setzten die Menschen einem ständigen und mörderischen Druck aus. Beide versuchten, die Denkweise ihres Volkes zu ändern, ihr eine andere Form zu geben, eine, die jede unerwünschte Beeinflussung ausschloß. Beide erklärten sich selbst zu unersetzbaren Herrschern, die im Geiste eines rigiden Führerprinzips herrschten …

Ich schloß die Augen:

Es ist besser, falschen Hoffnungen nachzuhängen, als nur tiefste Finsternis vor sich zu sehen.

Zum nächsten Treffen nahm ich eine Studie über die aktuelle westliche Literatur mit. (Wie eine Horde von Schakalen erklingt unisono das Geheul bourgeoiser Pseudowissenschaftler, Medienbonzen und theoretisierender Raben, die sich mit einem Talar von Professionalität bemänteln. In den USA, der Brutstätte des Imperialismus, wird die Gewalt der Pistolenhelden gegenüber jeglicher Kultur vielleicht am allermeisten aufgepeitscht ...)

Wieder war es ein regnerischer Tag. Dennoch trug sie eine kurzärmelige Bluse und Lacklederschuhe. Sie habe heute keine Lust herumzuziehen, wenn ich nichts dagegen hätte, dann könnten wir zu ihr gehen, aber nur für ein Weilchen, sie sei total kaputt, sie hätte einen höllischen Tag hinter sich, und hätte sie es mir nicht versprochen, dann hätte sie auf alles gepfiffen und wäre sofort zu Bett gegangen.

Sie wohnte im Erdgeschoß. Wir gingen an einer Reihe von Türen vorbei, die weniger wie Wohnungstüren wirkten als wie die Eingänge zu Büros oder Hotelzimmern. Sie schloß die letzte davon auf. Wir gingen durch einen kleinen Flur mit einem abgesprungenen Waschbecken in der Ecke. Das Zimmer war winzig – nur eine Schlafcouch, ein Tischchen mit Stühlen und ein Schrank mit einer Tür standen darin. Über der Couch hing ein Engel, der darüber wachte, daß ein lockenköpfiger Schuljunge nicht von einer schmalen Brücke in das tosende Wasser stürzte. Schmutzige, vergilbte Vorhänge verhüllten ein vergittertes Fenster. Neben einem kleinen Radio standen auf dem Regal einige Bücher. Unter ihnen erkannte ich auch meinen ›Ursprung der Familie‹ und ein Physiklehrbuch für die unteren Klassen der Mittelschule.

Für den heutigen Abend hatte ich sorgfältig einige Fragen vorbereitet, doch jetzt fragte ich sie überrascht, ob sie sich auch für Physik interessiere. Sie antwortete, sie interessiere sich für alles. Sie setzte sich auf die Couch, die blaugrün war wie das Wasser, über dem der Engel schwebte, und fügte hinzu, sie habe das Buch gelesen, das ich zuletzt gebracht hatte, das über die Indianer, die alle zusammen schlafen, ziemlicher Blödsinn, wahrscheinlich hatte sich das irgendein sabbernder alter Mann ausgedacht, der von solchen Dingen nur träumen konnte.

Ein solcher Zugang zu einem der Klassiker, der allgemein verehrt wurde wie ein Gott, verwirrte mich so sehr, daß ich nicht mehr in der Lage war, eine Konversation über das Buch zu beginnen, obwohl einige meiner Fragen sich gerade darauf bezogen. (Was dachte sie eigentlich über Gott, über den Materialismus und die Ehe?)

Also fragte ich sie ohne jeden Zusammenhang, ob sie noch tanze.

Schon lange nicht mehr!

Sie hatte mir im Grunde genommen nie gesagt, was sie machte.

Das hatte sie mir nicht erzählt? Wie erstaunlich. Sie arbeite als Sekretärin bei diesem Zwerg.

Aber ich wußte nicht, wo und wer dieser Zwerg war.

In der letzten Zeit interessierten sich auf einmal eine Menge Leute dafür, was sie machte. Wenn ich es wirklich wissen wollte, was sie bei sich in der Fabrik produzierten, würde sie es mir gern erzählen, aber ich machte nicht den Eindruck, als würde mich das interessieren, wenn ich Bücher darüber las, wen die Kinder von irgendwelchen Wilden Mami und wen sie Tante nennen. Sie wolle mir lieber zeigen, wie sie bei ihrer Hochzeit ausgesehen hatte.

Sie holte aus dem Schrank ein Album hervor, auf dem schwarzen Einband glänzte ein rotes, mit Glitzer bedecktes Herz.

Ich setzte mich neben sie und betrachtete die vielen unbekannten Gestalten und auch ihr erstarrtes, alltägliches Gesicht. Sie saß so dicht neben mir, daß ich alle meine Fragen verschob und sie umarmte.

Eine Weile wälzten wir uns wild auf der blaugrünen Couch unter dem teilnahmslosen Blick des Engels. Dann stand sie auf und räumte das Album weg. Sie wolle mich nicht fortjagen, aber sie sei wirklich müde. Wenn doch morgen wenigstens Sonntag wäre.

Aber bis Samstag waren es noch drei Tage!

Sie gähnte. Gut, ich könne kommen, wann ich wolle.

Am nächsten Tag brachte ich meinem Freund das Manuskript zurück. Ich wollte meine Zweifel über die Unvoreingenommenheit des Autors nachdrücklich formulieren, und im Geiste wünschte ich mir, daß mein Freund – auch wenn er nicht wissen konnte, was sich wirklich zugetragen hatte – mir zustimmen würde.

Er sagte jedoch, daß alles, was geschehen sei, nur eine weitere schreckliche Episode einer Geschichte sei, die sich ständig wiederholte. Die Geschichte wiederhole sich, weil der Mensch unablässig nach Unsterblichkeit, nach schöpferischer Macht strebe. Der Mensch wolle wie Gott sein, dabei sei er doch aus dem Staub der Erde gemacht und auf immer dazu verurteilt, wieder zu Staub zu werden. Wer eine neue Welt schaffen und aus der sterblichen Ordnung ausbrechen wolle, der vergieße für gewöhnlich nur Blut. Je mehr der Mensch sich dagegen empörte, und je mehr er Gott gleichen wollte, um so besessener führte er sein eigenes Verderben herbei. Das sei ein historisches Gesetz. Es sei gut möglich, daß der nächste, der sich selbst zum Gott ernannte, das Todeswerk vollenden und einen leeren Planeten hinterlassen würde.

Niedergeschlagen ging ich heim. Woran konnte man noch wirklich glauben? Und wem?

Bevor ich einschlief, dachte ich an sie. Ich berührte ihre warmen Arme und öffnete ihr Kleid so weit, daß ihre wundervollen Brüste herausglitten und ich sie in meinen Händen wiegen konnte.

Plötzlich sah ich eine Wüste. Über eine endlose Ebene liefen Sandwellen, der Wind erfaßte die feinsten Körnchen und trug sie als durchsichtigen Schleier davon. In der Ferne am Horizont nackte, trockene Felsen, wie brüchige Zähne. Dann sah ich, wie hinter einer nahen Düne das bekannte Gesicht des großen Führers auftauchte. Die Haare waren über der pockennarbigen Stirn nach hinten gekämmt, unter der großen Nase verdeckte ein mächtiger Schnurrbart die ganze Oberlippe. Auf der rechten Schulter trug dieser Mann einen dunklen Gegenstand. Als er noch etwas näher kam, erkannte ich nicht nur die Züge seines Gesichts, sondern auch die Form des Gegenstandes. Es war ein Sarg.

Samstag vormittag wählte ich in einem kleinen Laden in der Marschall-Stalin-Straße ein grünes Seidentuch aus. In jeder Ecke saß eine weiße Taube, die vielleicht den Frieden symbolisieren sollte, aber mich erinnerte sie an die Liebe. Als ich den Preis hörte, zögerte ich, aber die Verkäuferin sagte, daß ich eine gute Wahl getroffen hatte und daß das Fräulein (oder meine Mutter?) ganz bestimmt ihre Freude daran haben würde, und so verließ ich den Laden mit einem hübsch verpackten Päckchen, dazu verurteilt, eine weitere Woche lang trockenes Brot zu frühstücken.

Das Tuch gefiel ihr, und sie verkündete sofort, daß auch sie etwas für mich habe, und holte aus dem Schrank eine Flasche mit einer klaren durchsichtigen Flüssigkeit hervor. Sie brachte zwei Gläser, und ich nahm ihr Geschenk dankbar an, obwohl ich noch nie in meinem Leben etwas Stärkeres als Bier getrunken hatte und wußte, daß Alkohol Gift ist, das einen betäubt und in ein Tier verwandelt.

Das Getränk roch nach Anis und stieg mir schnell zu Kopf, und als ich sie dann ansah, dachte ich, daß es eigentlich nicht wichtig war, ob ich sie kannte oder nicht, ob ich etwas über sie wußte oder nicht, wichtig war nur, daß ich fühlte, wie ich mich nach ihr sehnte.

Ich begann, über mich zu sprechen. Schließlich hatte ich ihr ja über mich nur wenig erzählt, ich hatte ihr nicht einmal von meiner eindrücklichsten Erfahrung berichtet: über die vier, fast vier ganzen Jahre, die ich während des Krieges zwangsweise in einem Ghetto am Ufer der Eger verbracht hatte. Einmal war ich mit Freunden auf die Schanzen geklettert, wo Kirschen reiften. Das Betreten der Schanzanlagen war verboten, doch wir hatten Hunger, und wir hatten schon jahrelang kein Obst mehr gegessen. Wir hatten unsere Beute bereits in die Taschen gestopft und wollten gerade die Anlage hinunterlaufen, als der grausamste aller SS-Männer auf seinem braunen Pferd auftauchte, Heindel hieß er, der Name war eigentlich unwichtig, wir hätten versuchen können wegzurennen, aber was, wenn er auf uns geschossen hätte? Wenn er uns erwischt und unsere Namen festgestellt hätte, dann hätte das den Abtransport nach Polen bedeutet – wir wußten zwar noch nichts von den Gaskammern, aber der Weg dorthin bedeutete etwas Schreckliches, das wußten wir. Zum Weglaufen war es ohnehin eindeutig zu spät, das Pferd galoppierte, und in den wenigen Sekunden, die wir zögerten, hatte es uns schon erreicht. Wir sprangen natürlich zur Seite, aber der Reiter stellte sich in die Steigbügel und schlug dann mehrere Male mit seiner Gerte auf unsere Gesichter. Ich konnte meines noch schützen, aber über das Gesicht eines meiner Freunde lief eine blutige Schramme bis zum Mund. Wir atmeten auf, wir waren dankbar, daß alles mit einem Gertenhieb geendet hatte. Ich könnte ihr viele solcher Geschichten erzählen, aber das wollte ich nicht, ich wollte ihr nur erklären, woher meine Angst um die Welt und die Bangigkeit kam, die ich seitdem verspürte. Bis heute ritten bewaffnete Männer durch meine Träume und sorgten dafür, daß ich meine Hilflosigkeit und Angst nie vergaß. Ich wollte, daß sie begriff, wodurch meine Seele gezeichnet war, auch wenn ich das Wort Seele eigentlich nicht mochte, weil ich nicht an sie glauben konnte, ich wußte nicht, wie das bei ihr war. Ich hatte zu viele Menschen kennengelernt, die keine Seele hatten, obwohl sie doch eine hätten haben können. Da hatten eher ein Hund, ein Pferd oder sogar ein Wolf eine Seele, und deshalb konnte ich jetzt leider nicht mehr an die Unsterblichkeit glauben, daran, daß ich eines Tages alle jene wieder treffen würde, die ich gern gehabt hatte und auch jene, die sie umgebracht haben. Ich glaubte nur an das Leben, an diesen kurzen Aufenthalt auf der Erde, an eine einzige Geburt und einen einzigen Tod, ich glaubte nicht einmal an das, woran meines Wissens nach die Inder glaubten, an eine Belohnung oder Strafe nach dem Tod, und auch nicht an eine Wiedergeburt, an ein irgendwie geartetes Weiterleben. Und genau deshalb wußte ich, daß ich das, was ich wollte, sofort schaffen mußte, während ich lebte und bevor ich starb, damit ich die Ergebnisse noch vor meinem Ende sehen konnte. Vielleicht kam ihr das alles wirr und alltäglich vor, aber ganz entschieden gehörte ich nicht zu jenen, die nur an das eine dachten, mir ging es um mehr, um etwas Tieferes und Höheres, das wußte ich. Aber worum ging es mir eigentlich? Ja, vor allem wollte ich ein guter, nützlicher und ernsthafter Mensch sein, ich wollte etwas für die Menschen, für die Menschheit, also auch für sie, leisten. Deshalb würde ich sie gerne besser verstehen und kennen, ihr näherkommen. Manchmal hätte ich das Gefühl, sie verberge etwas vor mir und erzählte mir

Dinge, um Abstand zu halten, aber das sei nicht gut. Die Rede sollte die Menschen einander näherbringen, die Gabe der Sprache sei doch dazu da, daß wir uns einander durch sie öffneten und nicht verschlossen, daß wir uns durch sie offenbarten und nicht verbargen, die Sprache sei die größte Erfindung; und wenn ich an Gott glaubte, dann hielte ich sie für das größte Geschenk, das er den Menschen gemacht hatte, doch was hatte ich eigentlich sagen wollen? Ja, ich sehnte mich nach Aufrichtigkeit, ich sei auch aufrichtig zu ihr, anders könne ich gar nicht leben, sonst würden wir aneinander vorbeigehen und spurlos verschwinden. Und der Mensch möchte doch immer Spuren hinterlassen. Was ich damit meinte? Hatte sie schon irgendwann einmal diese neuen Flugzeuge gesehen, die in unglaublicher Höhe flogen? Sie flogen vorbei, und dann waren sie verschwunden, aber sie hinterließen einen weißen Streifen am Himmel. Das sei eine Spur. Oder ein Mensch, der über eine Schneefläche geht und verschwindet. Da ist niemand mehr, nur Schnee, eine leere Fläche, aber dann kommt ein verirrter Wanderer, und was sieht er? Ja, genau, eine Spur. Und dieser Spur folgend, kommt er ans Ziel, vielleicht nicht an sein eigenes, aber an das Ziel dessen, der die Spuren hinterlassen hat, und es war doch möglich, daß er genau dort findet, was er sein ganzes Leben lang gesucht hat und schon nicht mehr zu finden gehofft hatte. Vielleicht wartet dort ein Wesen mit traurigen Augen auf ihn, so wie den ihren, oder ein Haus, eine steinerne Unterkunft inmitten einer eisigen Wüste, und diese Unterkunft wird seine Rettung, seine Ruhestätte. Ich weiß, sie mag Künstler nicht, aber ich behauptete auch nicht, ich sei ein Künstler, ich wollte nur, daß sie wisse, was manchmal mit mir geschah: Eine großartige Ahnung bemächtigte sich meiner, eine großartige und eisige Ahnung nicht nur davon, wer ich selbst bin, sondern davon, was die Welt ist, vom Ursprung der Welt, eine Ahnung davon, was Wahrheit ist; eigentlich sei es nur ein Bild, das ich mitteilen wollte. Nur ein Bild, es sei so, als fielen vor meinen Augen die verstreuten Bruchstücke zusammen, ob sie sich das vorstellen könnte? Es seien nur Bruchstücke, ein sinnloses Durcheinander, und plötzlich sähe ich ein Bild vor mir.

Sie stand auf, schob den Stuhl ein wenig beiseite, ging zum Radio und schaltete es an. Ob ich Lust hätte, ein bißchen zu tanzen? Was, ich könnte nicht tanzen? Nicht schlimm, sie würde es mir beibringen, sie tanze für ihr Leben gern. Sie hüpfte um mich herum, dann nahm sie die Flasche und die beiden Gläser, stellte sie auf den Stuhl neben der Couch, rückte den Tisch an die Wand, ich saß auf einmal da wie nackt.

Worauf ich noch wartete? Sie stellte sich vor mich und streckte die Hand aus. Ich stand also auf, legte meine Arme um sie und versuchte, eine Zeitlang im Rhythmus mit den Füßen zu stampfen. Sie sagte, sie würde mir Tanzschritte beibringen, mit Borek sei sie im »Alfa« und überhaupt in den verschiedensten Lokalen zum Tanzen gewesen, den müßte ich mal sehen. Ein gewöhnlicher Tänzer würde nach längerer Zeit auf der Tanzfläche schwere Beine und feuchte Hände bekommen, eins, zwei, drei, während er, je länger er auf dem Parkett war, immer leichtfüßiger zu werden schien, so als würden seine Beine abheben, und wenn alle anderen schon längst aufgegeben hatten, dann hätte er um ein Solo für sie beide gebeten. Und zwar nicht um einen Walzer oder den ›Pfeil, der durch die Savanne fliegt‹, nein, sie hätten Swing getanzt bis zum Umfallen, und die Musiker hätten ihnen immer applaudiert, wenn sie aufgehört hätten, eins, zwei, drei, hörte ich denn das nicht, eins, zwei und drehen, ob ich vielleicht taub sei, wie konnte ich mich nur so gegen den Takt bewegen?

Glücklicherweise wurden die Musiker im Radio durch einen Sprecher abgelöst, und ich zog sie mitten in einem mißlungenen Tanzschritt zu mir heran und küßte sie.

Sie sagte, sie könnte vielleicht auf einem anderen Sender Musik finden. Gut, wie ich wollte. Wenn sie wenigstens den Tisch wieder dahin stellen würde, wo er hingehörte. Gut, wie ich wollte.

Wir lagen auf der Couch, im Radio wurden mit monotoner Stimme in irgendeiner skandinavischen Sprache Nachrichten verlesen; ich ahnte, daß der Moment gekommen war. Ich küßte sie, drückte sie an mich; ich liebte sie, ich liebte sie wirklich, und deshalb war es erlaubt. Sie war kein Fisch, sie war ein Schmetterling – auch Schmetterlinge hatten Schuppen, schönere Schuppen als Fische, und sie waren nicht glitschig, auch wenn sie genauso schwer zu fangen waren. Wir küßten uns immer weiter, sie schloß die Augen und atmete schnell.

Ich flüsterte ihr zu, sie sei schön, bunt wie ein Regenbogen, wie ein Schmetterling vom Orinoko, sie habe die gleichen Augen, Schmetterlingsaugen, Augen wie …

Sie fragte: »Du willst schon schlafen?«

Sie stand auf, mit geübten Handgriffen verwandelte sie die Couch in ein Bett, aus dem Bettkasten holte sie ein weißes Bettlaken und eine saubere, offensichtlich gerade heute frisch bezogene Bettdecke. Sie befahl mir, mich umzudrehen: ich hörte, wie die Vorhänge knirschend zugezogen wurden, unmittelbar danach verstummte die Stimme, die bis jetzt besonnen die Nachrichten verlesen hatte, einige andere Stimmen wechselten sich hastig ab, dann spielte eine Gitarre, und gleichzeitig raschelte Stoff. Jetzt war es an mir, mich auszuziehen. Ich schlüpfte aus der Hose, hinter mir quietschten die Federn der Couch, ich sah mich um. Sie lag schon unter der Bettdecke, die sie bis zum Kinn einhüllte – wie im Film –, und auf dem Stuhl lag ein Haufen Damenwäsche. Unter der Decke erwartete mich Nacktheit, absolute Nacktheit, und ich durfte sie berühren; dieses Wissen raubte mir fast den Atem. Ich hätte noch meine Unterhosen ausziehen sollen, aber ich schämte mich.

»Warum machst du nicht das Licht aus, Süßer?«

Ich tat, worum sie gebeten hatte, und tastete mich zur Couch vor, ich streifte die Reste meiner Bekleidung ab und war bereit für meine erste Liebesnacht – zumindest mein Körper schien dafür bereit zu sein, meine Seele, die ich noch vor einer Weile verleugnet hatte, zitterte hingegen vor Unsicherheit und Verlegenheit. Liebte ich sie auch genug? War ich bereit, sie auch ein ganzes Leben lang zu lieben? Sie nicht nur für einen Abend zu meiner Frau zu machen? Würde ich überhaupt bestehen?

Ich bemerkte, wie ihre Finger langsam meine Schenkel entlang glitten.

»Du zitterst ja am ganzen Körper, Süßer!«

Ausgerechnet an dieser Stelle mußte sie mich berühren! Ich schloß die Augen, hastig vollführte ich, was ich wollte und was sie wohl von mir erwartete.

Auch sie zitterte, wie ich feststellte. Sie preßte sich an mich, als suche sie Schutz bei mir.

Ich nahm den Anisgeruch des Schnapses hinter unseren Köpfen wahr, ebenso wie den aufdringlichen Veilchenduft ihres Parfüms. Plötzlich überfiel mich Trauer. Ich hatte immer geglaubt, daß ich *das* nur aus einer großen und tiefen Liebe heraus tun würde. Warum hatte ich nicht gewartet?

Sie beugte sich über mich und küßte mich. »Ich hoffe, du hast aufgepaßt, Süßer! Ich hab keine Lust darauf, daß mir das noch mal passiert!«

»Noch mal?«

Sie umarmte mich.

»Du hast ein Kind?« fragte ich.

Sie griff nach der Flasche, die hinter ihr stand, und füllte die beiden Gläser. »Was du alles wissen willst!«

»Ich kann doch wohl mal fragen?«

»Zuviel Neugier ist ungesund.«

Ich stieß sie zurück und sprang aus dem Bett.

»Siehst du es manchmal? Oder hörst du von ihm?« Sie zog mich wieder auf die weiß bezogene Couch. »Nein«, sie umarmte mich, »nein, schon lange nicht mehr.«

»Was ist mit ihm passiert?«

Sie hüllte mich mit ihrem Veilchenduft ein. »Na, na, denk doch jetzt nicht daran!« Ein fremder, warmer Körper preßte sich an mich, fremde Finger griffen nach mir, umgarnten mich, verzauberten mich, zogen mich zu sich.

»Siehst du, siehst du, du kannst doch lieb sein, so lieb.« Sie flüsterte und rollte sich über mich, sie ging mit meinem Körper um, als gehöre er schon ihr, und ich bemerkte, wie ich, statt mich zu ärgern, flüsterte, daß ich sie liebe, und wie mich dabei ungekannte Wellen neuer Lust überliefen.

Dieses Mal schloß ich die Augen nicht, ich sah sie an: das zerzauste Haar fiel ihr in die feuchte Stirn, auf der Oberlippe standen ihr kleine Schweißtröpfchen, und ihre Unterlippe blutete am rechten Mundwinkel. Ich sah ihren Mund an und dann ihre Brust, und dann wurde mir klar, daß ich ihre Brust ansehen, daß ich sie berühren durfte, daß ich alles durfte, und ich spürte, wie mir schwindelte. Und plötzlich fiel mir ein, daß es nichts Wichtigeres gab, als daß sie hier neben mir lag und ich sie berühren konnte, daß ich alles konnte, und ich begann zu verstehen, daß das Liebe war, dieses Gefühl, für das Menschen bereit waren zu leiden, zu hassen, Unrecht zu ertragen, sich zu ruinieren, ans Ende der Welt zu gehen und zu sterben.

Sie öffnete die Augen und starrte leblos an die Decke. Dann sagte sie: »Ich hab es getötet.«

»Was?« fragte ich.

»Nichts. Eine Mücke!«

»Du hast das Kind getötet?«

Stille. Von irgendwoher, ich verstand selbst nicht, von wo, flog raschelnd ein Schmetterling herein und flatterte um die gläserne Kugel des Lüsters.

Sie griff nach dem Glas. »Außerdem ist das schon lange her.«

Ich schwieg, mir fehlten die Worte.

»Sei doch nicht so, Süßer. Komm schon. Du hast doch gesagt, daß du mich liebst.«

Es sei bei Kriegsende passiert. Sie hätten sie aus der Schule gejagt, und sie hätte nach Deutschland gehen müssen. Eigentlich war es nicht Deutschland, sondern das Sudetenland, wie man damals sagte. Ursprünglich hatte sie in einer Benzinfabrik arbeiten sollen, aber schließlich schickte man sie, weil sie jung und nicht so kräftig war, zu einer alten Frau auf den Hof. Sechs Pferde, mehr Kühe und Schweine, als man zählen konnte, und eine alte Frau und ein alter Mann mit einem Holzbein, die sich um den Hof kümmerten. Meistens kam sie erst um Mitternacht ins Bett, und schon um vier Uhr früh klopfte der Krüppel wieder an ihre Tür. Nur Sonntag morgen wurde nicht gearbeitet, die Alte zog einen schwarzen Rock an, nahm das Gebetbuch und tappelte in die Kirche. Der Pfarrer wiederum hatte eine Hand aus Holz, und ihm war ein Stück des Kinns weggeschossen worden, so daß er aussah wie der Teufel; er predigte über irgend etwas, sie verstand ihn nicht, aber die Alte heulte dabei, vielleicht erinnerte sie sich an ihre Männer, die Fotos hingen über dem Bett: ein älterer Mann und drei Flegel, bis auf einen hatten alle schwarze Haare. Der einzige, der noch am Leben war, Johann Sebastian, erschien in Uniform, als die Ernte begann, er hatte Urlaub bekommen. Er hatte Schokolade und Rosinen

156

dabei, die er ihr zusteckte, und dann sah er sie so an, daß sie wegrannte. Er schlich ihr immer nach und drängte ihr Zigaretten und eine Salami auf. Abends hatte sie Angst, ins Bett zu gehen, sie schlief in einem Loch neben dem Stall, das man nicht abschließen konnte. Sie wartete, bis er ins Bett ging, doch er kam heran, als sie schlief, sie hätte sich mit ihm geprügelt, aber das sei vergeblich gewesen, er hätte sie seelenruhig abgemurkst. Nach einer Woche sei er wieder weggefahren, und sie hörte nie wieder von ihm, nur ihr Bauch wurde immer dicker. Das Kind wurde im April geboren, es sei noch nicht einmal Zeit gewesen, es zu taufen – nur die Alte und der Einbeinige hockten noch ihretwegen herum. Sie zwangen sie, mit ihnen zu gehen, sie wollten sie auf dem Wagen mitnehmen, aber in der Nacht sei sie entwischt. Sie hätte das Kind dort lassen können, aber das wollte sie nicht, es wäre doch gestorben, und so hatte sie es mitgenommen.

Und dann?

Nichts. Sie hatte ihm ein Kissen auf den Mund gedrückt und hatte *es* dann im Wald gelassen. Dann hatte sie ein paar Blätter und Erde über *es* getan. Damals lagen doch überall Tote herum! Glaubte ich, sie hätte es nicht tun sollen?

Ich dachte überhaupt nichts. In meinem Kopf schwirrte es, ich verfing mich in den klebrigen Fasern ihrer Stimme, meine Füße zitterten vor Schwäche. Ich zog mich an.

»Du willst schon gehen, Süßer?«

Das war das einzige, was ich wollte.

»Ich hätte das nicht ausplaudern müssen, aber ich wollte, daß du es weißt. Wo wir es doch miteinander gemacht haben.«

Draußen war eine trübe, kalte Nacht. Vom schwarzen Himmel nieselte es herbstlich. Als ich mich schon der Straßenbahnhaltestelle näherte, hörte ich, wie jemand meinen Namen rief. Ich erstarrte, gerade so, als spreche mich eine Stimme aus dem Jenseits an, als riefe mich der Tod. Sie lief hinter mir her, sie trug nur einen Unterrock, und an den Beinen hatte sie hauchdünne Strümpfe – nichts weiter.

»Du hast mir nicht mal gesagt«, flüsterte sie atemlos, »ob du wiederkommst. Ob du überhaupt wiederkommst!«

»Aber ich weiß doch, wo du wohnst.«

»Du kannst nicht einfach kommen, wann es dir einfällt.«

»Ich kann nicht?«

»Nein!«

»Warum?«

»Es geht nicht. Da sind Dinge. Ich kann dir das nicht alles sagen.« Sie stand vor mir und zitterte.

»Was kannst du nicht sagen?«

»Es geht nicht. Er würde mich … Es geht nicht! Wenn du das nächste Mal kommst.«

Warum hatte ich überhaupt etwas über sie wissen wollen? »Du hast noch jemand, der dich besucht?« Eine leichte Eifersucht befiel mich.

Sie legte ihren Kopf an meine Schulter.

»Soll ich morgen kommen?«

»Nein, da gerade nicht.«

»Übermorgen?«

»Ich weiß nicht, besser nicht!«

Ich versprach, Mittwoch abend zu kommen. Sie begleitete mich bis zur Straßenbahnhaltestelle, obwohl ich ihr sagte, daß sie in diesem Aufzug nicht auf der Straße sein sollte. Sie küßte mich noch einmal, dann lief sie zurück. Mit ihrem weißen Unterrock und dem zerzausten Haar, das ihr um den Kopf flog, sah sie aus wie ein Gespenst.

Als die Straßenbahn kam, stieg ich in einen leeren

Wagen. Ich lehnte meine Stirn an die vibrierende, kühle Fensterscheibe, mir war zum Heulen zumute.

Zu Hause suchte ich nach einem in blaues Schulpapier eingebundenen Buch. (Das neue Strafgesetz ist der Ausdruck des politischen Willens der arbeitenden Massen, der Ausdruck sozialistischer Gesetzgebung.) Seit der Verhaftung meines Vaters kannte ich mich darin recht gut aus. Ich wurde schnell fündig. Tötung eines neugeborenen Kindes durch die Mutter. Falls dieser relativ gnädige Paragraph auf ihre Tat angewendet werden konnte.

Ich mußte dem Vater schreiben:

Lieber Papa,

ich danke Dir zuallererst für Deinen schönen Brief. Ich versichere Dir, daß Du Dich täuschst, wenn Du glaubst, Du hättest Dein Wissen nicht an uns weitergegeben oder Du hättest uns nicht gelehrt, unter die Oberfläche der Dinge und Erscheinungen zu schauen. Im Gegenteil, ich habe den Eindruck, daß Du immer versuchst, die Wurzel aller Dinge zu ergründen (genauso wie Du mich gelehrt hast, die Wurzel von Gleichungen zu ziehen), die lösbar scheinen, was eigentlich nur eine Umschreibung für das ist, was ich Suche nach Wahrheit nenne.

Meine Worte gefielen mir, sie schienen mir erhaben und aufmunternd.

Auch ich strebe danach und habe das, was ich sein möchte, vor allem deshalb gewählt, um möglichst tief zu den Wurzeln vordringen zu können, und ich versichere Dir, daß ich alles, was uns geschehen ist, als Anlaß begreife, um über unser bisheriges Leben nachzudenken.

Ich überlegte einen Moment, wie ich einen Bericht über meine aktuellen Erfahrungen in den Brief einbauen könnte, dann fügte ich hinzu:

> Außerdem erlebe ich heute etwas, worüber ich nichts Näheres sagen kann, weil ich es selbst nicht verstehe, doch es erscheint mir wie eine Berührung mit dem richtigen Leben.

Ich zögerte ein bißchen wegen des letzten Satzes, ob ich nicht jenen, die diesen Brief noch vor dem Vater lesen würde, zu viel verraten hatte, aber es schien mir wahrscheinlicher, daß nicht einmal mein Vater verstehen würde, was ich im Sinn hatte. Vielleicht war es besser so.

Am Mittwoch klingelte ich schon vor sechs an ihrer Tür. Vergeblich. Erst jetzt fiel mir auf, daß an ihrer Tür kein Name stand. Hatte ich mich vielleicht getäuscht? Ich klingelte noch einmal. Am anderen Ende des Flurs kam ein dickes Weib mit Lockenwicklern heraus. »Suchen Sie jemand?«

Ich ging zu ihr hinüber. »Fräulein – Frau Slepičková.«

»Die kenne ich nicht.« Sie starrte mich einen Augenblick lang an, so als erwarte sie eine Erklärung, dann fügte sie hinzu: »Die wohnt hier nicht!« Sie warf den Kopf zurück, der wie das Innere eines aufgerissenen Elektrogerätes aussah, und verschwand wieder hinter der Tür.

Wir trafen uns am Eingang des Mietshauses. Ihre Kleider leuchteten wie immer in auffallenden Farben, in der Hand hielt sie einen Strauß. »Haste lange gewartet, Liebling?« Sie küßte mich und hauchte mich dabei mit ihrem Weinatem an. »Ich dachte, du kommst nicht und pfeifst auf mich.«

»Ich habe dir doch versprochen …«

Sie küßte mich wieder. Dann erklärte sie, sie hätten auf der Arbeit eine kleine Feier gehabt und sie hätte auch einen gezwitschert, aber nur einen Tropfen, sie hatte an mich gedacht und daß sie rechtzeitig zu Hause sein mußte. Falls ich doch kam, hätte sie mir ein paar Reste mitgebracht, neulich hatte sie überhaupt nicht ans Essen gedacht, ich, armer Kerl, mußte doch hungrig sein.

Das Bett in ihrem Zimmer war ungemacht, auf dem Tisch stand eine halbvolle Flasche Wein, und zwei Gläser, was mir einen Stich ins Herz versetzte.

Gestern sei eine Freundin hier gewesen, sie machte das Radio an, sie hätten hier bis Mitternacht gesessen, dann war sie gleich ins Bett gefallen, morgens hatte sie verschlafen, so daß sie keine Zeit mehr zum Bettenmachen hatte. Aus der Handtasche holte sie Brote, die in eine Serviette eingewickelt waren. Sie sagte, ich solle essen, und ging mit den Blumen in den Flur. Ich hörte Wasser rauschen und ihre Stimme, die zufrieden vor sich hin sang. Alles, was mir diese Stimme neulich erzählt hatte, war irgendwie aus meinem Kopf verschwunden.

Als sie wieder hereinkam, war sie schon ausgezogen und in ein Badetuch gehüllt. »Warum futterst du nicht?« Sie zog die Vorhänge zu, und dann liebten wir uns.

Es war schön, so selbstverständlich und fein, daß ich fast alles vergaß, was ich von ihr hatte wissen wollen, aber dann fragte ich doch: »Du wolltest mir neulich etwas erzählen!«

Ja, aber jetzt wüßte sie nicht, ob sie es wirklich tun sollte. Sie habe sich gestern mit ihrer Freundin beraten, und die denke, sie sollte es niemand erzählen.

Was war das für eine Freundin?

Sie hätten zusammen im Kabarett gesungen.

Ich hatte keine Ahnung, daß sie in einem Kabarett gesungen hatte.

Das sei lange her, da sei ich noch gar nicht auf der Welt gewesen. Slepička hatte das für sie organisiert. Im »Adria«.

Und warum hatte sie damit aufgehört?

Das sei eine lange Geschichte, Max sei schuld daran gewesen.

Ich kannte keinen Max.

Max sei ein Freund von Horák gewesen, ein Supertyp, während des Krieges hatte er in England gekämpft, ich sollte ihn einmal in seiner Ausgehuniform sehen, mit dem goldenen RAF-Abzeichen am Aufschlag. Er besitze eine Konservenfabrik, dort stellte man Pasteten und Gulasch her, aber ich sollte bloß nicht glauben, er sei ein Metzger, ja, er konnte nicht einmal Blut sehen, und als man ihm einmal ein Kaninchen gebracht hatte, das er schlachten sollte, da mußte man ihm ein Gewehr bringen, damit er es aus der Ferne erschießen konnte. Deshalb war er im Krieg auch bei den Fliegern.

Und was hatte dieser Max mit ihrem Gesang zu tun?

Ja, damals habe sie zusammen mit diesem Zigeuner, der, den sie mir gezeigt habe, in der Esplanade-Bar gesungen, und Max, dessen Fabrik bereits verstaatlicht worden war und der auf gepackten Koffern saß, um zu seiner RAF abzuhauen, kam, klebte dem Zigeuner einen Tausendkronenschein auf die Stirn und bat um einen Abschiedswalzer. Aber der Zigeuner hätte sich geweigert, solche Lieder durfte man nicht spielen, statt dessen hätte er ihm das russische ›Proščaj ljubimyj gorod‹ angeboten, Max hätte ihm noch einen Tausender an die Stirn geklebt, und sie hätte dem Zigeuner zugeflüstert, daß Max ein Freund von ihr sei und daß er während des Krieges …

In diesem Moment klingelte es im Flur, sie verstummte und setzte sich auf, und mir schien, als würden ihre Augen weit und still.

»Das ist er!« flüsterte sie.

162

»Wer?«

»Still!« Sie starrte mit aufgerissenen Augen auf die Tür. »Glaubst du, er hat uns gehört?« Auf Zehenspitzen schlich sie zum Lichtschalter. Dunkelheit! Nur das grüne Auge des Radios leuchtete.

Es klingelte erneut. »Du meinst, daß es der Mensch ist, über den du mir etwas erzählen wolltest?« fragte ich flüsternd.

Der Boden bebte schwach unter ihren Schritten, dann erlosch auch die Anzeige des Radios. Ich sah überhaupt nichts mehr. Ich bekam einen Schreck, als sie mich plötzlich berührte. Sie preßte sich an mich. »Er könnte ans Fenster gehen.«

Das Fenster war geschlossen, und der Vorhang war zugezogen.

»Wer ist das?«

Sie legte mir die Hand auf den Mund. In der Stille hörte ich meinen und ihren Atem; von Ferne, vielleicht mehrere Häuser weiter, erklang ein Akkordeon. »Vielleicht war es eine Nachbarin«, schlug ich vor.

»Nein, er war's.«

»Wer?«

Sie zitterte. Dann stand sie auf und sah in den Flur. Vielleicht war er schon weg. Er war gegangen. Sie hatte ihm gesagt, daß sie heute bei einer Freundin schlafen würde. Dennoch, wenn ich nach Hause ging, sollte ich sehr vorsichtig sein und ihm schon von weitem aus dem Weg gehen. Weil er zu allem fähig ist.

Wie sollte ich ihm aus dem Weg gehen, wenn ich nicht wußte, wie er aussah?

Na, er war doch so ein magerer Blonder, auf der rechten Backe hatte er eine Narbe. Und fast zwei Meter groß war er, ich würde ihn ganz sicher erkennen.

Wie hieß er?

Das war doch egal, wie er hieß.

Warum wollte sie es mir dann nicht sagen?

Weil er es ihr verboten hatte. Er würde sie erschlagen, wenn er wüßte, daß sie ihn verpfiffen hatte. Aber ich könne ihn Karel nennen.

Wer war dieser Karel?

Wenn sie das wüßte.

Wie hatte sie ihn kennengelernt?

Sie hätte ihn in einer Gastwirtschaft getroffen. Ungefähr einen Monat, bevor sie mich kennengelernt hätte. Er sei nett zu ihr gewesen, hätte Wein für sie bestellt, eine ganze Flasche, dann hatte er sie mit dem Taxi nach Hause gebracht.

Ob sie mit ihm gegangen wäre?

Sie hätte doch nicht wissen können, daß sie mich treffen würde.

Ging sie immer noch mit ihm?

Sie wollte nicht mit ihm gehen, aber ich könne mir nicht vorstellen, welche Angst sie vor ihm hatte.

Warum hatte sie solche Angst vor ihm?

Er sei doch ein Mörder. Während des Krieges – das konnte sie mir wirklich nicht sagen.

Was sei während des Krieges passiert?

Er war bei der SS.

Wie kam sie darauf?

Er hätte es ihr gesagt. Und sie hätte auch seine Tätowierung gesehen.

Ich merkte, wie ich vor Furcht erstarrte. Oder eher vor Abscheu. Wie hatte sie mit ihm reden können, wenn sie kein Deutsch sprach?

Na, tschechisch. Er sprach so gut, daß sie überhaupt nicht bemerkt hatte, was er für einer war. Und er konnte sich so gut benehmen. Wenn er zu ihr kam, brachte er immer Tulpen mit.

Und später, als sie wußte, was er für einer war, da hatte sie ihn trotzdem weiterhin zu sich eingeladen?

Sie hatte ihn nicht eingeladen, er kam von selbst. Er sagte ihr nur, wann sie auf ihn warten solle.

»Und du wartest auf ihn?«

»Einmal bin ich abgehauen, aber er ist mir hinterhergekommen. Dann hat er mich geschlagen. Er sagte, wenn ich das noch einmal tue, dann machen sie Hackfleisch aus mir.«

»Wer?«

»Es sind mehrere!« Sie zitterte am ganzen Leibe.

Ich umarmte sie, und sie küßte mich auf den Mund.

»Warte, sag mir noch: Will er irgend etwas von dir?«

»Woher weißt du das?«

»Was will er?«

»Ich kann nicht, ich kann es wirklich nicht …«

»Du mußt mir alles sagen.«

»Nein, ich kann nicht.« Sie fing an zu weinen.

Es habe keinen Sinn zu weinen. Sie solle keine Angst haben, wir würden uns schon etwas ausdenken, aber ich mußte die Wahrheit wissen, über das, was er von ihr wollte.

Sie schluchzte immer noch.

Sie würde es mir also erzählen?

Gut. Aber ich müßte schwören, daß ich niemand ein Wort sagen würde.

Ich würde nicht vorher schwören. Aber ich würde nichts tun, was ihr schaden könnte.

Wenn ich sie verpfiff, würden sie mich doch finden. Sie warne mich. Es wäre besser für mich, wenn ich überhaupt nichts wüßte.

Ja. Aber dafür sei es nun zu spät.

Sie begann, mich zu küssen.

»Du erzählst es mir also?«

Sie erstarrte. Blickte mich eine Weile lang unverwandt an, dann sagte sie so, als würde sie mir erzählen, daß man sie zum Zigarettenholen geschickt habe: »Er will, daß ich ihm einen Plan von der Werkshalle zeichne, wo ich maloche.«

»Hat er das wirklich gewollt?«

»Er will das«, korrigierte sie mich.

»Ich dachte, du arbeitest im Büro beim Chef.«

»Du hast ein gutes Gedächtnis, Süßer. Aber ihm habe ich gesagt, daß ich in der Werkshalle arbeite. Als Kranführerin.« Sie lächelte mich kokett an.

»Warum hast du ihm das erzählt?«

»Ich hab es ihm eben gesagt. Vielleicht, weil er mir nicht gefallen hat.«

»Du hast doch gesagt, daß er dir gefallen hat. Wenigstens am Anfang.«

Es war immer das gleiche. Wenn ich eine Schuppe zu fassen bekam, dann tauchten darunter neue auf. Am liebsten hätte ich sie angeschrien oder angefleht. Mich vor sie hingekniet und sie angefleht, mir zu sagen, was wirklich geschehen war.

Ja, er habe ihr gefallen. Und ihr Tulpen gebracht. Aber er hatte kalte Augen wie eine Krähe. Und wenn sie ihm eine Weile in die Augen schaute, dann schlotterten ihr die Haxen.

Und was hatte sie ihm gesagt, als er das von ihr verlangt hatte?

Was hätte sie schon sagen sollen, wo er sie so angesehen hatte? Daß sie nicht wüßte, ob sie das könne. Aber er hatte gesagt, daß er am übernächsten Tag wiederkommen würde. Und war schon heute gekommen. Vielleicht hatte er herausbekommen, daß ich hier war.

Wie hätte er denn darauf kommen können, oder hatte sie ihm etwas von mir erzählt?

Ob ich sie für bescheuert hielte?

Ich dächte überhaupt nichts Schlechtes von ihr. Aber sie hatte mir doch auch von ihm erzählt.

Das sei doch etwas anderes, oder nicht?

Sicher. Sie solle nicht böse sein, aber ich sei ein bißchen ... ich hätte noch nie etwas Ähnliches erlebt.

Ob ich dächte, sie hätte so was schon mal erlebt?

Wie sollte er also darauf kommen, daß ich hier war?

Sie könnten sie bespitzeln. Sie könnten wissen wollen, ob sie sich nicht entschieden hatte, sie zu verpfeifen.

Das sei nicht nett von ihr gewesen, daß sie mir nichts von all dem erzählt hatte und auch ihn nicht erwähnt hatte.

Sie wollte nicht, daß ich mir Sorgen mache.

Vielen Dank auch dafür. Was wollte sie jetzt tun? Sie konnte doch diesen Plan nicht zeichnen!

Und was sollte sie tun? Ich kannte ihn ja nicht, ich konnte mir gar nicht vorstellen, was für ein Tier er sei. Mich hätte er nicht geschlagen. Mir hätte er nicht erzählt, wie er Juden erschossen hat.

Das hatte er ihr erzählt?

Er hatte mehrere hundert erschossen.

Solche Sachen erzählte man doch heute nicht.

Vielleicht wollte er ihr nur Angst einjagen, sie sei nicht dabei gewesen. Aber eins wisse sie, wenn sie ihn verpfiff, dann würde er nicht sehr nett zu ihr sein.

Aber sie könne doch nicht mit so einem Menschen ...

Ja, jetzt sei ihr auch klar, daß sie es nicht könne. Aber sollte sie vielleicht zu denen gehen, die ihre Mutter und ihren Stiefvater umgebracht hatten? Sie umarmte mich. Sie sei unglücklich. Sie hätte das Gefühl, nicht mehr genug Kraft zum Leben zu haben. Jetzt könnte sie ihre Mutter verstehen. Die war glücklich, die hatte ihre Ruhe.

Ich versprach, mir bis zum nächsten Tag etwas zu über-

legen. Wir verabredeten ein Treffen für den nächsten Nachmittag vor der Turnhalle des Sokol, dann fuhr ich heim.

Zu Hause holte ich, wie nach der letzten Nacht mit ihr,
das blau eingebundene Buch hervor und blätterte so lange
darin, bis ich den Paragraphen gefunden hatte.

> Wer auf glaubhafte Art und Weise erfährt, daß ein
> anderer Hochverrat (§ 78), Konspiration gegen die
> Republik (§§ 79 und 80), Sabotage (§§ 84 und 85),
> Spionage (§§ 86 und 87), Gefährdung eines Staatsge-
> heimnisses vorbereitet oder begangen hat … vorsätz-
> lich diese Straftat nicht unverzüglich der Staatsan-
> waltschaft oder einem Organ der Staatssicherheit
> meldet, wird mit einer Freiheitsstrafe zwischen ei-
> nem und fünf Jahren bestraft.

In diesem Augenblick verdankte ich es nur dem guten
Willen des Schicksals, nur dem Umstand, daß wir noch
nicht entdeckt worden waren, daß ich noch auf freiem Fuß
war. Wer würde an meine Unschuld glauben?

Verzweifelt suchte ich Zuflucht bei den Meereswogen.
Sie legten sich zwischen mich und das Festland, zwischen
mich und alle Gesetze, alle Worte und Taten. Auf einem
warmen Felsen hielt ich Ausschau nach den glänzenden
Augen meines Fischs. Sie tauchten aus der Tiefe auf, stie-
ßen durch die Wasseroberfläche, und dann erschien auch
der runde, geschuppte Körper, und erstaunt sah ich, wie
die Schuppen in alle Regenbogenfarben zerliefen, wie sie
sich in zarte Federn verwandelten. Der Fisch erhob sich
über die dunkle Wasserwüste, war schon kein Fisch mehr,
sondern ein Paradiesvogel mit einem sanften Gesicht, das
sich langsam entfernte, in seinem Schnabel glitzerte ein
goldener Reifen. Ich blickte zu ihm auf, und als er sich in
einen fernen, verschwommenen Punkt verwandelt hatte,

sah ich, wie er den glitzernden Gegenstand fallen ließ, und ich konnte meine Hände gerade noch rechtzeitig hinhalten, um ihn zu fangen. Ich legte mir den Ring auf die Stirn und nahm seinen Honigduft wahr. So lag ich inmitten des plätschernden Wassers, der Fisch war verschwunden, und den Vogel hatte der Himmel verschluckt, geblieben waren nur Stille, Wärme und der Duft. Erst nach einer Weile setzte ich mich auf, nahm eine goldene Löwenzahnblüte von meiner Stirn, pustete sie an und sah zu, wie der silbrige Flaum über den Wellen schwebte. In diesem Augenblick erkannte ich hellsichtig, daß nichts von dem, was mich mit Angst erfüllt hatte, real war, daß nichts davon mich betraf, daß ich mich nicht ängstigen mußte, sondern mich auf den nächsten Tag freuen konnte.

Am Nachmittag leuchteten mir vor der Sokolhalle schon von weitem die bunten Farben entgegen, und sie lächelte mich an. Wie konnte sie so sorglos lächeln, wenn das, was ich vor kurzem von ihr gehört hatte, die Wahrheit war.

Hatte der Mann sich gemeldet?

Welcher Mann?

Der, von dem sie mir erzählt hatte!

Ach, der sollte doch erst morgen kommen!

Wieder stürzte alles über mir zusammen. Ob sie den Plan für ihn gezeichnet hatte?

Bis jetzt nicht. Ich hätte doch gesagt, sie sollte ihm nichts geben, oder hatte ich es mir anders überlegt?

Ich hatte mir nichts anders überlegt. Ich würde nur gerne … Mir fiel etwas ein.

Ob ich gerne etwas essen würde?

Nein, das hatte nichts mit Essen zu tun. Ob wir zu ihr gehen könnten?

Wir kauften Kartoffelsalat, Frikadellen und vier Flaschen Bier.

Das Zimmer war stickig und ungelüftet. Sie machte das

Radio an, öffnete das Fenster und fing an, das Essen auf den Tisch zu stellen. Ich lehnte mich zum Radio herüber und stellte den Ton leiser. »Wollen wir ein Spiel spielen?«

»Ein Spiel?« Sie kippte den Salat aus dem Papier auf die Teller, und ihre Stimme klang mißtrauisch. »Slepička hat versucht, mir Skat beizubringen, aber ich war zu dumm dafür.«

»Das ist ein anderes Spiel.«

Sie öffnete eine Flasche und goß das Bier in zwei Gläser. »Du willst schon ins Bett?«

»Warte! Dieses Spiel – ich erkläre es dir.«

»Aber ich hab gar keine Spielkarten hier. Slepička hat sie alle mitgenommen.«

»Dazu braucht man keine Karten.«

»Einmal haben wir mit Streichholzschachteln gespielt. Aber es hat mit ordinären Sprüchen geendet.«

»Man braucht gar nichts dazu. Man redet nur. Der Witz dabei ist, daß man die Wahrheit sagen muß. Jeder darf dem anderen zehn Fragen stellen.«

»Was für Fragen?«

»Alle möglichen. Du kannst mich fragen, was du willst. Und ich muß dir ehrlich antworten.«

»Ich weiß nicht, ob ich das spielen kann.«

»Warum?«

»Na, ob ich alle diese Fragen lernen kann!«

»Du kannst fragen, was dir einfällt.«

»Und wer gewinnt?«

»Keiner. Das ist kein Spiel zum Gewinnen.«

»Und warum spielt man es dann?«

»Weil es Spaß macht.«

»Zehn Fragen ist viel!« wandte sie ein. »Und man muß keine Pfänder geben?«

Ich sagte, daß man keine Pfänder geben müsse und daß zehn Fragen eine angemessene Zahl sei.

»Na gut!« Sie trank ihr Glas aus und knöpfte die Bluse auf, so daß ich fast ihre Brüste sehen konnte. Sie setzte sich mir gegenüber und schlug die Beine übereinander. Ich sagte, sie solle anfangen, aber sie wandte ein, daß ich ihr erst zeigen müßte, wie man es spielt.

»Wann bist du nach Deutschland gegangen?« fragte ich sie.

»Im Frühling vierundvierzig.« Sie tat, als konzentriere sie sich. So, als erwarte sie etwas Hinterhältiges. Einen Schlag.

»Jetzt du.«

»Was ich?«

»Stell eine Frage!«

»Das war alles?«

»Im Moment ja.«

»Das kapier ich nicht. Ich glaub, ich hab dieses Spiel noch nicht verstanden.«

»Dann frag doch!«

»Wie heißt die Hauptstadt der Türkei?«

»Ankara. Aber du mußt etwas fragen, was mit mir zu tun hat.«

»Du siehst aus wie ein Türke«, erklärte sie.

»Wie hieß das Dorf, wo du auf dem Hof gearbeitet hast?«

»Warte!« Sie runzelte die Stirn. »Armsdorf. Ich hatte schon Angst, daß ich mich nicht mehr daran erinnere. Ist das alles?«

»Alles. Jetzt bist du wieder dran.«

Sie sah sich im Zimmer um. »Was ißt du am liebsten?«

»Kartoffelknödel. Mit Rauchfleisch und mit Zwiebeln oben drauf.«

»Du hast keinen besonders anspruchsvollen Geschmack«, bemerkte sie. »Slepička mochte gebratene

Leber mit Mandeln oder gefüllte Tauben. Manchmal hat er von morgens bis Mitternacht nicht ans Essen gedacht, aber dann hat es ihn überfallen und er hat drei Beefsteaks in der Küche runtergeschlungen, er hat sie ohne Lebensmittelkarten bekommen. Möchtest du, daß ich dir mal solche Knödel mache?«

Ich zuckte mit den Schultern. Ich wollte nicht abgelenkt werden. Die Fragen hatte ich mir im voraus überlegt. Ich begann mit harmlosen und arbeitete mich langsam zu denen vor, die ich für grundlegend hielt.

»Wer hat dich in deinem Leben am schlechtesten behandelt?«

»Slepička«, antwortete sie, ohne nachzudenken. »Er hätte mich fast erschlagen. Und das nicht nur einmal.«

»Jetzt du«, forderte ich sie auf. Daß sie sich nicht an diesen deutschen Soldaten erinnert hatte, konnte bedeuten, daß sie sich ihn ausgedacht hatte. Oder es könnte darauf hinweisen, daß alles, was länger her war, ihr nicht so wichtig erschien. Doch warum dachte sie nicht an den, der sie erpreßte, bedrohte und sie sogar schlug?

»Was machst du am liebsten?«

»Schreiben.«

»Du schreibst?«

»Ja.«

»Du bist komisch.«

»Wie heißt der Typ, der von dir den Plan will?«

»Karel, das hab ich dir doch erzählt!«

»Und wie weiter, Karel, das ist kein vollständiger Name!«

»Den Nachnamen weiß ich nicht, den hat er mir nicht gesagt!«

»Warte, er muß dir doch gesagt haben, wie er heißt. Du kannst nicht sagen, du weißt es nicht, wenn du ihn kennst, sonst hat das ganze Spiel keinen Sinn.«

»Ich weiß es nicht«, wiederholte sie. »Wenn ich es nicht weiß, weiß ich es nicht.«

»Das letzte Mal hast du gesagt, du könntest es mir nicht sagen, weil er's dir verboten hat.«

»Er hat mir verboten, seinen Namen zu erwähnen.«

»Und er hat dir seinen Familiennamen nicht gesagt?«

»Nein, hat er nicht.«

»Und du hast nicht gefragt?«

»Warum sollte ich. Ich hab dich auch nicht nach deinem gefragt.«

»Aber ich hab ihn dir gesagt.«

»Ich weiß ihn aber trotzdem nicht.«

»Gut. Jetzt bist du wieder an der Reihe.«

»Was trinkst du am liebsten?«

»Kakao.«

»Du bist komisch«, sagte sie. »Du bist ein Typ und trinkst am liebsten Kakao.«

»Hast du mit ihm geschlafen?«

»Du stellst aber Fragen!«

»Du kannst mich dasselbe fragen.«

»Es interessiert mich aber nicht, mit wem du ins Bett gehst. Aber nein!«

»Was nein?«

»Ich hatte nichts mit ihm. Er ist krank!«

»Wie krank?«

»Jetzt bin ich dran.«

»Entschuldige«, sagte ich, »das sollte keine weitere Frage sein.«

»Er hat es aus dem Krieg. Er kann keine haben – keine Kinder. Kann ich jetzt fragen? Welches Lied hast du am liebsten?«

»Das weiß ich nicht.«

»Dann sing eins. Eins, das du gerne singst.«

»Ich kann nicht singen.«

»Du singst nie? Du bist 'n komischer Vogel.«

»Doch, aber ich singe falsch.«

»Das ist piepegal, dann sing falsch!«

»Nein«, sagte ich, »nein, wirklich nicht!«

»Du mußt aber, du hast es mir doch selbst erklärt.«

»Ich sage die Wahrheit, ich kann nicht singen.«

»Das sind nur Ausreden.«

»Das sind keine Ausreden! Kann ich jetzt fragen?«

»Wie du willst.« Sie beugte sich zu mir herüber und ließ sich küssen. »Wenn es dir noch Spaß macht. Trotzdem sind das Ausreden. Du müßtest mir ein Pfand geben!«

»Was hat er dir dafür angeboten?«

»Wer für was?«

»Du weißt, was ich meine!«

»Woher weißt du, daß er mir etwas angeboten hat?«

»Jetzt frag ich!«

Sie seufzte laut, dann öffnete sie den Schrank und kramte eine Weile unter ein paar Kleidern, dann holte sie eine kleine Schachtel hervor. Hielt sie mir vor die Nase und hob den Deckel.

Auf einem verblichenen Samtkissen lag ein Ring mit einem großen himmelblauen Stein. Ich verstand nichts von Schmuck, doch ich erkannte, daß dieser Ring nicht neu war.

»Den hat er mir gegeben. Und gesagt, daß ich noch einen bekomme. Dann.«

Ich verspürte ein Gefühl der Verzweiflung, nicht wegen ihrer naiven Aufrichtigkeit, sondern wegen meiner Machtlosigkeit und hoffnungslosen Unsicherheit; nie würde ich die Wahrheit erfahren: über sie, über diesen Menschen, über den Ring – hatte er ihrer Großmutter gehört oder ihrer Mutter oder einer ermordeten Jüdin. Was sollte ich tun?

»Er ist schön«, sagte sie. »Slepička hat mir nie einen Ring geschenkt, nicht mal zur Hochzeit!«

Sie machte die Schachtel wieder zu und trug sie zum Schrank zurück. Dann goß sie sich und mir Bier ein und fragte: »Spielen wir noch weiter?«

Ich zuckte mit den Schultern.

»Ich spiele gern. Du kannst mich fragen.«

»Ich frag dich doch.«

»Das war eine Frage?«

»Ja – warum nicht? Du wolltest herausfinden, ob ich es leugne, oder? Du wolltest wissen, ob ich mit ihm geschlafen habe, was? Und mit wem noch? Oder warum hast du dir sonst diese schmutzigen Fragen ausgedacht?«

Ich glaube, ich wurde rot: »Nein, bestimmt nicht!«

Sie küßte mich von neuem. Ich umarmte sie.

Als wir bereits nackt nebeneinander lagen, sagte ich: »Ich wollte nur wissen, ob du dir das ausgedacht hast. Diesen Typ, der den Plan von dir wollte. Diesen SS-Mann.«

Sie drückte sich mit ihrem ganzen Körper an mich.

»Bitte, sag mir die Wahrheit.«

»Was?« Sie rückte wieder von mir ab. »Was soll ich dir sagen?«

»War alles so, wie du mir erzählt hast?«

»Wie soll es denn sonst gewesen sein?«

»Schwörst du?«

»Was glaubst du? Was denkst du eigentlich?«

»Schwör, ich bitte dich. Tu wenigstens das für mich!«

»Und was soll ich noch machen? Du kommst, kriechst zu mir unter die Decke, dann denkst du dir solche Fragen aus, daß es mir peinlich ist, sie zu wiederholen. Was glaubst du, wer du bist? Ich scheiß auf deine Fragen!«

Ich wollte aufstehen, aber sie begann, mich zu küssen. Dann zogen wir uns an und gingen gemeinsam in die

Stadt. Wir fanden die Bezirksstation der Polizei, und ich sagte, ich würde in der Gastwirtschaft gegenüber auf sie warten. Ich brachte sie zu dem Schalter, wo die Besucher sich anmelden mußten.

In der Gastwirtschaft bestellte ich ein Paar Würstchen mit Senf und ein Mineralwasser. Die Zeit verging wie beim Zahnarzt im Wartezimmer. Was wäre, wenn man ihr sagte, daß sie zu spät kam, daß sie ihre staatsbürgerlichen Pflichten vernachlässigt hatte, und sie dortbehielt? Oder wenn dieser Typ, den ich nie gesehen hatte, überhaupt nicht der war, für den er sich ausgab, und nur ein gewöhnlicher Spinner war?

Was konnte man sie so lange fragen? Oder erzählte sie ihnen ihr Leben, wie man ihren Vater umgebracht hatte, die Mutter sich ertränkt hatte und der Onkel in Korea auf eine Mine getreten war und sich dabei einen Eispickel in den Bauch gerammt hatte?

Und was war, wenn nicht der Typ, sondern sie verrückt war? Sie hatte sich alles ausgedacht! Was erzählte sie ihnen jetzt? Das gleiche oder etwas ganz anderes? Etwas über mich?

Aber sie hatte doch seine Tätowierung gesehen. Ich war davon überzeugt, daß man sich eine ganze Begebenheit ausdenken konnte, aber bestimmte Details konnte man sich nicht ausdenken, die mußte man selbst gesehen oder erlebt haben.

Um Mitternacht mußte ich die Gastwirtschaft verlassen, da ich nicht wußte, wohin ich gehen sollte, setzte ich mich auf die Stufen vor dem Ausschank. Im Haus gegenüber waren noch einige Fenster erleuchtet. Diese Fenster waren vergittert und mit undurchsichtigem Glas versehen. Hinter welchem könnte ich sie suchen? Oder hatten sie sie schon irgendwohin gebracht?

Ich dachte an meinen Vater. Wie sah das Fenster aus,

hinter dem er wartete? Ich schloß die Augen, weil mir plötzlich schwindelte. Das Kunstlicht zersplitterte zwischen meinen Wimpern in die Farben des Regenbogens. Ich wartete, daß sie sich zu einem Bild zusammenfügten; ich sehnte mir eine einzige kühle Welle herbei, die mit ihrem Rauschen die stickige nächtliche Ruhe zerstören würde, aber es erschien nicht, nichts, nichts, auch die letzten Reste des Regenbogens wurden von der Dunkelheit verschluckt, ich lag am Grunde eines Schachts, und über mir war schon kein Himmel mehr. Wie war ich hierhergeraten? Wann und wo hatte ich mich verirrt? Würde ich irgendwann einmal wieder Licht sehen?

Voller Grausen zwang ich mich, die Augen zu öffnen, und sah sie vor mir stehen.

Ich sprang auf, und sie hängte sich bei mir ein. Ich bemerkte, daß sie zitterte: vielleicht vor Kälte oder Erschöpfung, oder vor Aufregung. Ich wollte, daß sie mir alles erzählte, aber sie sagte, sie hätte keine Lust, außerdem hätten sie es ihr verboten.

Und was passierte mit ihr? Was war morgen? Würden sie ihn bis dahin geschnappt haben?

Sie hätten überhaupt nicht den Eindruck gemacht, als wollten sie ihn schnappen. Sie sollte ganz normal auf ihn warten. Würden wir noch irgendwohin gehen, etwas trinken?

Es wäre überall geschlossen.

War es schon so spät? Die Zeit sei so schnell vergangen.

Wenn er zu ihr käme, dann würde er den Plan von ihr haben wollen.

Sie sollte ihm den Plan geben!

Hatten sie das gesagt?

Sie hatten gesagt, sie sollte sich normal verhalten. Ihm den Plan geben und alles, was er wollte! Sie sollte ihnen über alles Bericht erstatten.

Und was war, wenn er dahinterkäme und ihr etwas antäte?

Sie hätten versprochen, sie zu beschützen. Sie sollte sich nicht fürchten.

Als wir uns bei ihrem Haus verabschiedeten, umarmte sie mich fast krampfhaft und sagte, ich solle sie jetzt um Gottes willen nicht verlassen. Sie hätte furchtbare Angst, sie würde sich die ganze Nacht ängstigen, den ganzen morgigen Tag, sie hätte die ganze Zeit Angst, weil er sie ganz bestimmt umbrächte, wenn er es erführe. Und wenn er es nicht täte, dann die, die mit ihm in der Sache drinsteckten, wenn ihnen klar würde, wer sie verpfiffen hatte. Warum hatte sie nur auf mich gehört, warum war sie dorthin gegangen, sie hätte nicht auf mich hören sollen, er hatte ihr wenigstens versprochen, daß er ins Ausland verschwinden würde und sie nie wieder von ihm hören würde, wenn er das bekäme, wovon er gesprochen hatte; sie hätte ihre Ruhe haben können, und er hätte ihr vielleicht auch den Ring gegeben, und so, was blieb ihr jetzt?

Ich trocknete ihr Gesicht mit meinem Taschentuch und versprach, sie nicht zu verlassen, bald wiederzukommen, meinetwegen gleich Sonntag.

Auch ich hatte Angst. Was, wenn der unbekannte Mann herausfand, daß sie ein abgekartetes Spiel mit ihm spielte? Wenn sie etwas getrunken hatte, würde sie noch alles ausplaudern, würde ihn vielleicht warnen: aus Dummheit, aus Mitleid oder um noch einen Ring von ihm zu bekommen. Sie würde ihm auch sagen, daß ich derjenige war, der sie dorthin geschleppt hatte, und dann würde dieser Bösewicht, der vielleicht beschattet wurde, damit man herausfand, wohin er geht, mit wem er sich trifft, würde geradewegs zu mir laufen, um mich vielleicht an Ort und Stelle umzubringen, oder er gäbe mich teuflischerweise als seinen Komplizen aus. Wer würde mir dann helfen? Oh, Gott!

Am Sonntag sah ich mich, bevor ich ihr Haus betrat, wie ein Verschwörer, der sich zu einem geheimen Treffen begibt, nach allen Seiten um.

Ich klingelte, aber drinnen rührte sich nichts. Am liebsten wäre ich weggelaufen, aber da bemerkte ich ein Stückchen Papier, das aus dem Kasten hervorsah. In großen, fast kindlichen Buchstaben stand da: IVANKA KLIMOVÁ.

Ich zog den Zettel aus dem Briefkasten. Darauf stand: Liebe Ivanka,
zuerst meine allerbesten Grüße. Es tut mir leid, daß ich zu einer Freundin in Teplice mußte. Melde dich mal!

Ich freu' mich darauf, dich zu sehen, Vlasta.
Wohin war sie wirklich gefahren, und zu wem? Und dieser Typ – hatten sie ihn schon eingesperrt? Oder war sie vor ihm geflüchtet? Und hatte sie ihm von mir erzählt?

Vier Tage später fuhr ich erneut zu ihr, aber auch dieses Mal öffnete mir niemand. Da kam mir in den Sinn, daß ich sie vielleicht nie wieder sehen würde; diese Vorstellung war eigentlich eher erleichternd.

Dann begann ich, mich nach ihr zu sehnen: nach ihrer bunten Erscheinung, nach der Liebe mit ihr, und sogar nach ihren tragischen und so unwahrscheinlichen Geschichten. Würde ich eines Tages erfahren, ob sie sich wirklich zugetragen hatten? Bis Ende des Sommers machte ich noch mindestens drei Versuche, sie zu finden. Ich hätte ihr im Briefkasten einen Brief mit meiner Adresse hinterlassen können, aber ich fürchtete, daß er in falsche Hände geraten könnte. Schließlich nahm ich meinen Mut zusammen und klingelte an der Tür auf der anderen Seite des Flurs.

Die mir bekannte dicke Frau öffnete.

»Slepičková, Slepičková«, wiederholte sie, »die kenne ich nicht, hier hat irgendein sonderbares Mädchen gewohnt, die hieß, wie hieß sie noch?« Sie drehte sich zur

Wohnung und rief: »Wie hieß das Mädchen, das vor kurzem umgezogen ist?«

»Diese Holubová?« hörte ich eine zittrige Altmännerstimme.

»Ja, Holubová«, sagte die Frau. »Holubová hat sie geheißen, aber die wohnt nicht mehr hier.«

»Wissen Sie, wo ich sie finden könnte?«

»Tja, mein Lieber«, sagte die Frau.

»Oder wo sie gearbeitet hat?«

»Wenn sie überhaupt gearbeitet hat. Vielleicht nachts; wenn Sie unten in Libeň durch all die Spelunken ziehen, da finden Sie die vielleicht.«

Hatte sie mich sogar bei ihrem Namen belogen? Oder hatte sie diese Frau belogen und stellte mich auf die Probe?

Diese Vorstellung verfolgte mich noch lange: Alles, was passiert war, war nur eine sonderbare Prüfung, deren Sinn ich nicht verstehen konnte, so daß ich auch nicht herausfinden konnte, ob und wie ich bestanden hatte.

Einige Jahre später, mein Vater war schon lange aus dem Gefängnis zurück, der Körper des Generalissimus war aus dem Mausoleum entfernt worden, und ich hatte eine Stelle als Redakteur, blieb mir abends bis zur Abfahrt meines Zuges noch ein wenig Zeit, und so kehrte ich in der Weinstube »Srdíčko« ein.

Sie saß mit einem ältlichen Typ an einem Tisch. Sie hatte eine andere Frisur, und natürlich trug sie auch andere Kleider, aber wie früher leuchteten die Farben, und ihr Gesicht hatte sich kaum verändert. Auch sie erkannte mich sofort, sie beantwortete meinen Gruß mit einem Lächeln, dann sah ich, wie sie ihrem Begleiter etwas erklärte. Gleich darauf stand sie auf und tanzte auf ihren hohen Absätzen zu mir herüber.

»Hast du einen Moment Zeit?« fragte ich sie.

»Eigentlich nicht. Du siehst doch …«

»Ich hab auch nur kurz Zeit, ich muß zum Zug. Damals hab ich dich gesucht. Aber man hat mir gesagt, daß du umgezogen seist.«

»Das mußte ich. Sie haben es mir geraten.«

Mit einem Schlag fühlte ich mich in eine andere Zeit versetzt, in andere Verhältnisse.

»Und damals, wie ist es ausgegangen?«

Sie legte mir einen Finger auf den Mund.

»Ich würde dich schrecklich gerne sehen. Hast du irgendwann einmal Zeit?«

»Du möchtest mich besuchen, Süßer?« Dann sagte sie, also gut, ich solle kommen. Von ihr aus Samstag abend. Oder wann ich wollte. Sie wohnte jetzt in Vinohrady, in der Makarenko-Straße, Nummer dreiundzwanzig, im ersten Stock, zur Untermiete bei Frau Rotterová. Es sei so eine hohe dunkelbraune Tür, über der ein Kreuz hängt. Ich müßte lange klingeln, weil ihr Zimmer ganz hinten in der Wohnung sei, wo man die Klingel kaum hörte.

Ich schrieb mir alles in mein Notizbuch. Und ihr Name sei immer noch der gleiche?

Wie solle sie denn heißen. Nein, sie habe nicht geheiratet, wenn es das sei, was ich wissen wollte.

Am Samstag fuhr ich noch vor Einbruch der Dunkelheit mit einem Strauß Nelken in der Hand nach Vinohrady. Das Haus Nummer dreiundzwanzig in der Makarenko-Straße fand ich schnell. Die Tür im ersten Stock war niedrig, gelb, und es hing kein Kreuz darüber und auch nichts anderes. Keiner im Haus kannte eine Frau Rotterová. Auch ein Fräulein Slepičková oder ein Fräulein Holubová kannte keiner.

Ich ging auch noch in die Nachbarhäuser, doch ich wußte schon im voraus, daß ich sie in dieser Straße nicht finden würde.

# Die Seiltänzer

An einem etwas trüben, windigen Abend im Juli kam ich auf meinem uralten Fahrrad der Marke *Eska* in Otas Wochenendhaus an. Das Holzhaus stand an der Biegung eines Flusses, der an dieser Stelle eher einem geruhsamen Bach ähnelte. Das Wasser schlug plätschernd an das steinige Ufer, und die Blätter einer Espe rauschten leise. Dieser Ort war so voller Frieden und Behaglichkeit, daß ich sofort an meine toten Freunde denken mußte. Ich hörte all diese sanften Laute, während sie für immer von Stille umgeben waren.

Vielleicht war es eine Folge meiner Kriegserfahrungen oder einer für mein Alter typischen Überempfindlichkeit: es gelang mir nie, mich einem Vergnügen, einer Freude oder auch meiner Mattigkeit ganz hinzugeben. Es war, als nähme ich unablässig den Zusammenhang von Glück und Verzweiflung, Freiheit und Furcht, Leben und Verderben wahr. Meine Gefühle waren die eines Seiltänzers, der über sein Drahtseil läuft. Auch wenn ich noch so angestrengt nach oben sah, ich spürte doch immer den Abgrund unter mir.

Seiltänzer hatte ich nur einmal im Leben gesehen. Das war knapp ein Jahr vor dem Krieg gewesen. Sie kamen mit vier Wohnwagen in unsere Straße und errichteten drei Masten auf dem freien Platz, wo die Stadt damals eigentlich aufhörte, weil dahinter nur noch Friedhöfe und militärisches Übungsgelände lagen. Einer dieser Masten war so hoch, daß mich Schwindel erfaßte, als ich an ihm nach oben blickte. Zwischen den beiden niedrigeren war ein Seil gespannt, unter dem ein Netz hing. Auf der oberen Plattform der Masten breiteten sie eine Menge Requisiten aus: unterschiedliche Räder, einen Tisch mit zwei Beinen und einen Stuhl mit einem Bein, einen Regenschirm, ein Handtuch und eine lange Stange für die Seiltänzer.

Ich konnte den Auftritt kaum erwarten, und so war ich als einer der ersten dort. Ich wählte einen Platz auf einem Hügel aus festgestampftem Lehm, von dem aus man, wie ich annahm, die beste Sicht haben würde, und blickte nach oben. Ich sah die Schwingungen des Seils. Der hohe Mast schwankte sichtbar von einer Seite zur anderen. Dann wurden die riesigen Scheinwerfer angeschaltet, und die Lautsprecher tönten krächzend. Ein Mädchen in einem glänzenden blauen Kleid, mit kohlrabenschwarzem Haar und einem Gesicht, das mich mit seiner Schönheit sofort gefangennahm, kam gleich darauf zu mir und hielt mir eine Sammelbüchse hin. Ich gab ihr zehn Kronen, und sie lächelte mich anmutig an – mit ihren Lippen, ihren Wangen und Augen –, dann warf sie den Kopf zurück, so daß das Stirnband, welches sie in ihrem Haar befestigt hatte, für eine Sekunde aufloderte, als sei es mit Feuer übergossen, und riß eine Eintrittskarte für mich ab. Ich beobachtete, wie sie harmonisch zwischen den Zuschauern hin und her flog, und vergaß darüber vollkommen meine Vorfreude auf die Vorstellung. Wenig später ging es los. Zwei schön gewachsene Burschen fuhren, hüpften und liefen einer hinter dem anderen über das Seil, sie drehten sich, jonglierten und machten sogar Saltos, und doch war ich von ihren Kunststücken nicht so sehr gefesselt, als daß ich nicht von Zeit zu Zeit in die Menge geblickt und zwischen den Zuschauern nach dem anmutigen Wesen Ausschau gehalten hätte. Aber sie war verschwunden, ich sah nur eine Menge Gesichter, die in den Himmel blickten. Dann verließen die beiden Burschen das Seil, unten ertönte ein Trommelwirbel, und da sah ich sie schließlich wieder, die schöne Artistin, wie sie in einem silbernen Rock und einem kurzen silbernen Trikot den dritten, den höchsten Mast hinaufkletterte, unter dem kein Netz gespannt war, auf den Mast, der wie ein riesiger Zacken aufragte und sich in den schwarzen Himmel bohrte. Alle um mich herum legten den Kopf noch etwas weiter in den Nacken, als sie mit mir zusammen die silberne Seiltänzerin verfolgten, die gefangen im Oval des Lichts nach oben kletterte.

Als sie die Spitze erreicht hatte, verbeugte sie sich, befestigte etwas, streckte die Hand nach etwas Unsichtbarem aus und verließ den einzigen festen Punkt unter ihren Füßen – sie befand sich in der Luft. Mit den anderen Zuschauern zusammen hielt ich vor Schreck deutlich hörbar den Atem an, denn wir erwarteten einen gräßlichen Sturz, aber sie hielt sich offenbar an einem Seil oder einer Stange fest, so dünn, daß man es von unten nicht erkennen konnte. Es kam mir vor, als hielte sich die Akrobatin nur durch ein Wunder in dieser Höhe oder durch die Leichtigkeit ihres Körpers, der von Windstößen getragen wurde. In der gespenstischen Stille, die jetzt herrschte, wagte keiner, sich zu bewegen oder auch nur laut zu atmen. In dieser Stille schlug die Akrobatin immer wildere Saltos, sie stellte sich auf die Hände und auf den Kopf und zog ihren Körper durch Schleifen, die aus ihren eigenen Gliedern bestanden. Sie schwebte wie ein Engel, wie ein lodernder Phönix, sie war wunderbar und bewundernswert in ihrer Gewandtheit und Kraft. Freilich fühlte ich außer Bewunderung auch Angst, Furcht davor, daß sie fallen könnte, und mir schien, als sei dies nicht nur mein Schwindelgefühl, meine Angst, daß sie fallen könnte, sondern auch ihre Angst, ihr Schwindelgefühl, das mich erfaßte und mich bewegte. Ich mußte die Augen schließen. Ich öffnete sie erst wieder, als die Trommel lärmend ertönte. Ich sah noch, wie sie durch die absolute und schwarze Leere flog und ein unsichtbares Seil ergriff. Dann ließ sie sich hinunter.

Vier Tage lang traten die Gaukler in unserer Stadt auf, und ich sah jede ihrer Vorstellungen.

Meine Ersparnisse gingen restlos für sie dahin, aber es tat mir nicht leid um sie. Der Augenblick, in dem ich der Artistin von Angesicht zu Angesicht gegenüberstand, in dem sie einen langen Blick aus ihren dunklen Augen auf mir ruhen ließ, in dem ich ihr einen Geldschein gab und aus ihren langen, kräftigen Händen einen winzigen Papierschnipsel empfing, erfüllte mich mit einem Wohlgefühl, das für den Rest des Tages anhielt.

Am fünften Tag sah ich, wie die Burschen die Masten und die Requisiten in die Wohnwagen stopften. Dann spannten sie die Pferde ein. Ich hätte sie fragen sollen, wohin sie zogen, aber mir war klar, daß mir ihre Antwort nichts nutzen würde. Ich hatte schon kein Geld mehr, um den Eintritt zu einer weiteren Vorstellung zu bezahlen. Um mich anzubieten, mit ihnen zu reisen, fehlten mir der Mut und die Fähigkeiten. Ich hatte keinen Tropfen Artistenblut in meinen Adern und sicherlich auch keine Prise seiltänzerischer Begabung. Und so stellte ich mich nur auf meinen Platz auf dem Lehmhügel und wartete, ob sie nicht vielleicht aus dem Fenster sah. Ich war entschlossen, ihr zuzuwinken. Oder ihr sogar eine Kußhand zuzuwerfen. Doch die Wagen fuhren fort, und ich sah sie nicht wieder.

Ich dachte noch lange an sie.

Wovon träumte sie, wenn sie zu ihrer Glanznummer auf den Mast kletterte? Von einem festen Netz unter sich? Von einem Mast, der so niedrig war, daß sie in einem Augenblick tödlichen Schwindels ohne Gefahr hinunterspringen könnte? Oder davon, Flügel zu haben?

Doch wen würden Kunststücke auf einem gekappten Mast aufregen? Wen würde eine Akrobatin mit Flügeln interessieren? Wenn sie von Flügeln träumte, dann träumte sie von ihrem Untergang. Nun begriff ich den Zusammenhang zwischen Höhe und Schwindelgefühlen, Wonne und Untergang, Höhenflug und Absturz.

Ota und ich waren ab der Quarta in dieselbe Klasse gegangen. Nach dem Abitur studierte er Ingenieurswissenschaften und ich Philosophie, und so entfernten wir uns voneinander. Im Gymnasium jedoch waren wir Freunde gewesen, und im Jahr vor dem Abitur hatten wir in einer Bank gesessen. Unser Charakter und unsere Veranlagungen ergänzten sich sehr gut: Ich war eher schwermütig und zerbrach mir den Kopf über das Leben nach dem Tode und die Existenz Gottes und auch darüber, wie man die Welt verbessern könnte, während er sich über diese Dinge keine großen Gedanken machte. Er war überzeugt, daß der Mensch einmal alles würde berechnen können, natürlich auch, wie die Welt entstanden war und wie sie aussehen müßte, damit man schon jetzt besser lebte. Er gab mir seine Aufsätze zur Korrektur und schrieb meine Lateinarbeiten ab, ich schrieb die Physikhausaufgaben und die Klassenarbeiten in den naturwissenschaftlichen Fächern bei ihm ab.

Er hatte mich schon oft in dieses Wochenendhaus eingeladen, aber ich hatte mich nie dazu entschließen können, die Einladung anzunehmen. In diesem Jahr hatte er mir von dort einen Brief geschrieben, in dem er mich erneut aufforderte zu kommen. Neben seiner Unterschrift stand in fremder Handschrift: Kommen Sie unbedingt, ich freue mich sehr auf Sie, Dana.

Wie konnte man sich auf jemand freuen, den man noch nie im Leben gesehen hatte?

Ich lehnte das Fahrrad an die Brunneneinfassung. Daß ich hier war – vor einem fremden Haus, in einer unbekannten Landschaft –, kam mir merkwürdig vor. Ich war immer darum bemüht, niemand zur Last zu fallen. Und noch dazu war seine Freundin hier.

Warum hatten sie mich eingeladen?

Ich zog an einer Schnur, und an ihrem anderen Ende klirrte es. Innerlich wünschte ich mir, sie wären nicht zu Hause, so daß ich schnell wieder wegfahren könnte.

Ein dünnes, dunkelhaariges Mädchen mit dunklen Augen und einem für die Jahreszeit zu blassen Gesicht öffnete mir die Tür. Aus ihrem Gesicht sprang eine lange Hexennase hervor. Einen Augenblick lang sah sie mich erschreckt an, dann lächelte sie: Sie wisse, wer ich sei, sie kenne mich von Fotografien und aus Otas Erzählungen. Außerdem habe sie schon seit dem Morgen das Gefühl gehabt, daß ich heute kommen würde.

Wie konnte sie fühlen, daß jemand kam, den sie noch nie in ihrem Leben gesehen hatte?

Ich ging mit Ota am Fluß spazieren, während seine Freundin versprach, etwas zu essen zu machen.

Den ganzen Spaziergang lang sprach er über sie. Sie sei jünger als wir, sie hatte gerade erst Abitur gemacht, aber es käme ihm immer so vor, als sei es anders herum, neben ihr fühlte er sich ungebildet, uninteressant und unreif – vielleicht, weil sie im Leben so viel Schreckliches erlebt hatte oder weil sie etwas an sich habe, das er nicht verstehe. Am ehesten könnte man es Hellsichtigkeit nennen. Mich würde vielleicht interessieren, daß sie Verse schrieb. Es sei so sonderbar! Ich wüßte sicher noch, was er von Dichtung hielt, aber ihre Gedichte, das mußte er zugeben, schienen ihm interessant.

Ich fragte, was sie Schreckliches erlebt habe.

Während des Krieges habe man ihre Familie hingerichtet, und sie selbst sei todkrank gewesen. Nein, das sei nicht im Krieg gewesen, sondern noch gar nicht so lange her. Hirnhautentzündung, deshalb sei sie so blaß, sie dürfe nicht in die Sonne. Wenn ich sie darum bäte, würde sie mir vielleicht ihre Gedichte zeigen. Ihn interessiere, was ich dazu sagen würde.

Als wir zurückkamen, stand sie am Kocher und briet Kartoffelpuffer. Der Tisch war mustergültig gedeckt: Besteck, Teller, Gläser und Servietten.

Wir setzten uns hin, und sie brachte uns das Essen. Ihre Wangen waren jetzt gerötet, und wenn sie an mir vorbeiging, hatte ich das Gefühl, die Wärme spüren zu können, die von ihr ausging. Wir lobten das Essen, und sie lächelte mich und Ota an, doch als sie ihn ansah, war ihr Lächeln anders: strahlender, voller Liebe.

Ich konnte mich des Gefühls nicht erwehren, daß ich im Wege war. Ich fühlte mich wie das fünfte Rad am Wagen, keiner brauchte mich hier. Wenn ich wenigstens eine Freundin gehabt hätte, mit der ich hätte herkommen können!

Warum war ich immer allein? Verdiente ich vielleicht keine Liebe und Aufmerksamkeit? Natürlich gab es Zeiten, in denen ich mich zu etwas Außergewöhnlichem, zu einem denkwürdigen, einzigartigen Los bestimmt fühlte – in meinem Kopf kreisten eine Unmenge von Gedanken, Geschichten, Schicksalen und Bildern. Doch wie sollte man mir das ansehen? Es gelang mir nicht, meine Schüchternheit zu überwinden, nicht einmal beim Schreiben. In den wenigen Erzählungen, die ich bis jetzt veröffentlicht hatte, fand sich nichts von den großartigen Geschichten, die sich in meinem Kopf abspielten.

Vielleicht hatte sie meine Schweigsamkeit bemerkt, denn sie schlug vor, wir sollten hinausgehen und ein Feuer machen.

Draußen hatte sich der Wind fast gelegt, der Nachthimmel war klar, nur über dem Fluß wallten dünne, fast durchsichtige Nebelstreifen. Wir trugen Holz zusammen, und das Feuer loderte schnell auf. Die Flammen erleuchteten von unten die Zweige der Bäume und auch die beiden, die nebeneinander saßen, beglückt durch diese Nähe. Wie viele solcher Feuer brannten an den verschiedensten Orten der Welt, harmlose, freundliche Feuer! Doch könnten sie sich vielleicht einmal zu einer einzigen, weißlichen, alles verzehrenden Flamme vereinigen, die in einem Blitz über die Erde hinwegfegen, die Felsen schmelzen und die Luft glühen lassen würde. Was bliebe dann noch?

Ich spürte Mitleid mit der Welt, die in diesem Feuer vergehen würde, und mit mir selbst, weil es mir nicht gelingen würde, dem zu entgehen; weil es mir dieses Mal nicht gelingen würde. Trotz der glühenden Hitze des Feuers spürte ich im Nacken wieder den kalten Atem des Todes. Wenn ich mich jetzt umdrehte, könnte ich ihn vielleicht sehen. Ich vermutete, daß er keine Ähnlichkeit mit einem Knochenmann mit leeren Augenhöhlen haben würde, und er würde auch keine Sense über der Schulter tragen: er hatte ein sternenhelles Gesicht und würde mit dem kleinsten Beben seiner Flügel die Sonne verbergen wie eine undurchsichtige Wolke. Durch seinen Mund hindurch strömte ein Fluß, der weder Anfang noch Ende hatte, gern würde ich diesen Fluß entlang segeln und mir seine Ufer ansehen, doch auf diesem Fluß könnte man bis ans Ende der Zeiten segeln und würde doch nie Land erblicken.

Ich merkte, daß sie mich beobachtete.

»Wollen wir singen?« fragte sie.

Ota erhob sich, um die Gitarre zu holen, und wir blieben allein. Sie fragte, ob mir etwas fehle?

Nein, überhaupt nicht.

Woran ich gedacht hätte?

Das könne ich nicht sagen. Wirklich nicht.

Ob ich an jemand gedacht hätte, an jemand, der mir nahestünde?

Nein, ich hätte an niemand gedacht. An niemand Bestimmtes.

Ob ich an den Tod gedacht hätte?

Wie sie darauf kam?

Sie wollte nicht, daß ich an so etwas dächte. Zumindest nicht heute abend.

Konnte sie wirklich hellsehen? Ich wußte nicht, was ich sagen sollte. Ich stand auf und warf einige Holzscheite ins Feuer. Ein Schwarm Funken stieg zum Himmel auf und erstarb schnell wie fallende Sterne.

Sie möchte, daß ich mich hier wohl fühlte. Könnte sie etwas für mich tun?

Nein, ich sei ganz zufrieden.

Das seien doch nur Ausflüchte. Ich sollte wenigstens sagen, was ich mir in diesem Augenblick am meisten wünschte.

Ich schwieg.

Aber ich müßte es sagen, ohne vorher zu überlegen.

Nein, das könnte ich nicht!

Warum?

Ich könnte es nicht laut sagen.

Aber warum? Sie beispielsweise würde sich wünschen, einen anderen Menschen wirklich lieben zu können. Ganz und gar, ohne jeden Vorbehalt.

Wünschte sie sich nicht, daß jemand sie genauso liebte?

Sie schüttelte den Kopf. Wenn man Liebe bloß empfinge, dann sei das so, als würde man einfach mitfahren.

Beispielsweise in einem Boot nachts auf einem riesigen See. Wohin man sähe, da wäre nur schwarzes, ruhiges Wasser. Es sei richtig, daß das Wasser steigen und einen fortschwemmen könne. Aber zu lieben, das hieße zu fliegen, über der Erde zu schweben. So hoch, daß man alles sehen könne. Auch wenn die Welt aus dieser Höhe anders, verändert erschiene und das, was unten bedeutungsvoll erschiene, sich in eine bloße Lappalie verwandele. Und außerdem glaube sie, daß man aus einem Boot immer aussteigen, ans Ufer gehen könne, während man aus dieser Höhe nur abstürzen könne.

Als wir zum Wochenendhaus zurückkamen, bat ich sie um ihre Gedichte, und sie lieh mir ein Heft mit einem weichen Einband. Sie brachten mich in einem Kämmerchen unter, in dem sich nur ein Kleiderständer, ein Bett, ein kleiner Tisch und ein Kerzenleuchter mit einer Kerze befanden.

Ich zündete die Kerze an und las ein wenig in dem Heft. Die Gedichte waren voller schwer verständlicher Bilder: scheue Veilchen, kobaltblaue Tiefen, die Blicke klagender Seelen, tote Sterne und die Heilkraft freundlicher Seen. Zwischen den Seiten fand ich ab und zu eine getrocknete Blume, die würzig duftete.

Am nächsten Tag, gleich nach dem Frühstück, bedankte ich mich für ihre Gastfreundschaft und verabschiedete mich. Sie drückte mir die Hand. Sie sei froh, mich kennengelernt zu haben, sie hoffe, mich bald wiederzusehen.

Ich setzte mich aufs Rad. Die beiden standen vor dem Eingang des Wochenendhauses, hielten sich an der Hand und sahen mir hinterher wie zwei gute, sich liebende Eheleute.

Ungefähr zwei Monate später schaute sie bei mir vorbei.

Sie trug ein Kostüm, ihr Haar war sorgfältig frisiert und

ihr Mund geschminkt. Als sie mich sah, errötete sie. Ihre dunklen, schwarzen Augen sahen mich flehend an.

Sie sei zufällig in der Nähe gewesen, auf dem Weg von Ota zu sich nach Hause, und da sei ihr eingefallen, daß sie einmal bei mir klingeln könnte.

Ich konnte mir ihr Kommen nicht erklären. War Ota irgend etwas passiert?

Nein, nichts. Überhaupt nichts. Sie sei in der Nähe gewesen, und dann habe sie gedacht, sie könne einmal nachsehen, ob ich wirklich hier lebte. Dann hätte sie die Klingel gedrückt. Sie wüßte auch nicht, warum sie gekommen sei. Sie ginge auch gleich wieder.

Ich bat sie herein, aber sie lehnte es ab, die Wohnung zu betreten. Ihre Wangen glühten wie im Fieber.

»Ist wirklich nichts?«

Sie schüttelte den Kopf. Ota sei wunderbar. Er sei der beste Mensch, den sie sich vorstellen könne. Aber jetzt müsse sie gehen.

Ich sagte, ich würde sie wenigstens zur Straßenbahn begleiten.

Sie fuhr nicht mit der Straßenbahn, sie wohnte ganz in der Nähe, gleich am Park hinter dem Wasserturm.

Ich begleitete sie durch eine kleine Straße zwischen den Villen. Es dämmerte, es war ein wolkenloser September-abend, die Gärten dufteten nach Laub und verblühenden Rosen.

Ich erfuhr, daß sie hier in Prag bei einer entfernten Tante wohnte. Aufgezogen hatte sie jedoch die Großmutter. Sie hatte sich um sie gekümmert, als man ihre Eltern wegge-bracht hatte, sie hatte sich so gut um sie gekümmert, wie kein anderer es gekonnt hätte. Letztes Jahr im Sommer sei sie gestorben. Und bald darauf hätte sie sich mit Hirn-hautentzündung angesteckt, es hätte schon so ausgesehen, als folge sie ihrer Familie, doch das sei ihr noch nicht bestimmt gewesen. Ota war einfach fabelhaft in dieser Zeit. Als es ihr schon ein wenig besserging, saß er mit ihr im Garten und las ihr vor, weil man ihr das Lesen verboten hatte. Wenn sie gekonnt hätten, dann hätten sie ihr auch das Denken verboten, weil die Gedanken sie manchmal schmerzten, ihre Gedanken zogen immerzu hinüber auf die andere Seite, wo die Ihren waren. Oder zu jenem Übergang, jener Grenze, jenem Augenblick, in dem alles einstürzen würde. Sie stellte sich den Moment vor, wenn sie ihren Namen rufen würden, wenn man sie vollkommen gesund durch einen Gang in einen Raum führen würde, in dem sich nichts befände außer Fliesen und einer Maschine für …

Ihre Stimme zitterte. Sie würde nicht mehr darüber sprechen. Sie wüßte von Ota, daß ich auch dort gewesen sei. Daß auch ich etwas Ähnliches erlebt hätte. Sie wollte mich danach fragen, aber sie wisse nicht, ob es mich zu sehr berühren würde, wahrscheinlich sei es furchtbar, sich an diese Zeiten zu erinnern, wahrscheinlich würde ich das alles lieber vergessen, wie dumm von ihr, daran zu rühren.

Ich sagte, ich versuchte weder, mich zu erinnern, noch zu vergessen, ich sei der Meinung, daß sich selbst die schrecklichsten Erlebnisse, wenn man sie einmal bewältigt hätte, in der Erinnerung in ihr Gegenteil verkehren könnten.

Und wenn es einem nicht vergönnt sei, sie zu überleben?

Ich verstand ihre Frage nicht.

Waren die Seelen jener dort nicht für immer gebrandmarkt durch ihre schrecklichen Erlebnisse?

Ich war erstaunt. Diese Frage hatte ich mir noch nie gestellt. Das war sonderbar, da ich doch so oft über die Existenz der menschlichen Seele nachdachte und so viele meiner Verwandten und Freunde einen ähnlichen Tod gefunden hatten, auch sie standen, wie hatte sie es ausgedrückt? An einem Übergang, an einer Grenze, hinter der sie abstürzten, aber wohin?

Der Tod sei doch immer ein Sturz, sagte ich, und immer würde dem Körper dessen, der starb, Gewalt angetan. Solange wir an die Unsterblichkeit der Seele glaubten, glaubten wir auch an ihre Fähigkeit, sich von den Leiden, vom Sturz des Körpers zu trennen.

Ob ich an die Unsterblichkeit glaubte? Nach allem, was ich durchgemacht hatte, sie wüßte gerne, ob man nach all dem noch glauben konnte.

Ich zuckte mit den Schultern. Ich wagte es nicht, Nein zu sagen.

Und die Menschen dort – danach würde sie bestimmt nichts mehr fragen –, hätten sie geglaubt, wäre es ihnen gelungen, zu glauben?

Ich antwortete, daß einige geglaubt hätten – soweit man so etwas von einem anderen Menschen wissen könne. Aber ich könne mich daran erinnern, wie zum Laubhüttenfest Reisig gesammelt worden sei und man im Hof der Kaserne eine Hütte aufgebaut hatte. Auch konnte ich mich an eine dunkle Bodenkammer erinnern, in der die Männer zum Gebet zusammenkamen, es waren so viele, daß ich das Gefühl hatte, in der Menge zu ersticken. Und einer meiner Freunde, der genauso alt war wie ich und der jetzt tot war – mit ihm hätte ich oft über diese Dinge gesprochen –, hätte behauptet, der Mensch sei in der Hand des Allerhöchsten, und alles, was geschehe, sei Sein Wille und Seine Entscheidung und hätte deshalb also einen Sinn, den die Menschen allerdings oft nicht verstanden, weshalb sie vorwurfsvolle Fragen stellten oder dagegen ankämpften. Bestimmt hätte er auch in jenem Augenblick geglaubt, als er, wie sie es ausdrückte, am Übergang stand.

Sie sagte, sie sei mir dankbar.

Ich begleitete sie durch den Park, an dem sie wohnte (er war nur einige Blocks von Otas Wohnung entfernt). Die Straßenlaternen brannten schon, und der Abendnebel senkte sich.

Ob ich ihr auch wirklich nicht böse sei, daß sie mich so aufgehalten hätte? Sie habe mich eigentlich fragen wollen, was ich täte, was ich schriebe, und sie habe mir auch von einem Buch von Dos Passos erzählen wollen, das sie gerade gelesen und das ihr gefallen hatte, sie fände es interessant geschrieben, aber nun würde sie mich wirklich nicht länger aufhalten, ich dürfte ihr nicht böse sein. Das Buch würde sie mir vielleicht einmal bringen oder es mir über Ota geben lassen.

Ungefähr eine Woche später sah ich von meinem Fenster aus, wie sie auf dem Bürgersteig gegenüber auf und ab ging. Ich lief zu ihr hinaus. Als sie mich sah, lächelte sie und errötete. Ihr Haar ringelte sich in glänzenden schwarzen Locken – offensichtlich hatte erst vor kurzem ein Friseur damit gespielt.

Sie hätte das Buch von Dos Passos gebracht, dann aber gefürchtet, mich zu stören. Vielleicht schrieb ich gerade?

Sie gab mir das Buch.

Wieder gingen wir die Villenstraße entlang. Ich fragte nach ihrer Gesundheit.

Es ging ihr hervorragend. Noch im Sommer, zum Beispiel damals, als ich sie besucht hatte, war sie gegen Abend immer erschöpft und hatte ihre Gedanken nicht unter Kontrolle, sie wären ihr durch den Kopf gezogen wie Wolken und nachts dann in ihren Träumen wieder aufgetaucht, schrecklichen Träumen. Doch jetzt hatte sie ihre Gedanken unter Kontrolle, sie hätte nur noch selten Träume und schon gar keine Alpträume. Im Sommer, als man sie aus dem Krankenhaus entließ, hatte man ihr geraten, ihr Studium um ein Jahr zu verschieben, aber jetzt glaub-

te sie, das sei gar nicht nötig. Sie versuchte, zu den Vorlesungen zu gehen. Ihre Großmutter war damit einverstanden. Sie glaubte, daß man nicht zu früh aufgeben oder es
sich zu leicht machen sollte. Ota dagegen wollte, daß sie
sich schonte und nicht studierte. Manchmal kam es ihr so
vor, als wäre Ota eifersüchtig, eifersüchtig auf alles, was
nicht mit ihm zu tun hatte; das sage sie nicht, um sich über
ihn zu beschweren – nie würde sie sich über ihn beschweren, selbst wenn sie Grund dazu hätte, aber das hätte sie
nicht, er sei der beste Mensch, den sie kannte, und in dieser Hinsicht würde er sich sicher noch ändern, wenn er
erst reifer wäre.

Er war doch älter als sie, was meinte sie also?

Das sei nicht wesentlich. Wesentlich sei, daß ein
Mensch vollkommen akzeptierte, was das Leben ihm
brachte. Und daß man aufhörte, Ausreden zu suchen. Vor
sich und anderen. Aber wer konnte schon von sich
behaupten, daß ihm das gelänge? Ota sei nett und aufmerksam. Als sie krank war, habe er ihr täglich Blumen
geschickt, stets andere. Welche Blumen ich denn mochte?

Von Blumen verstand ich leider nichts. In der Sekunda
oder Prima hatten Ota und ich ein Pflanzenbestimmungs-
buch gekauft und waren damit in das Prokop-Tal gezogen.
Es gelang uns, eine Wolfsmilchpflanze und einen scharfen
Hahnenfuß zu identifizieren, obwohl das zweite vielleicht
auch eine gelbe Ranunkel war, je nachdem ob wir den
Stengel als glatt oder rauh definierten. Da wir uns nicht
einigen konnten, hatten wir die Pflanze schließlich ausge-
rissen und sie unserem Naturkundelehrer gebracht, der
uns sagte, es sei ein Sonnenröschen. Seitdem hatte ich
keine Pflanzen mehr bestimmt.

Ota spreche auch öfter von mir und den Schultagen,
sagte sie, aber das hätte er ihr nicht erzählt.

Wie spreche er über mich?

Gut, immer gut. Er sagte über niemanden etwas Schlechtes, er hatte sie lediglich gewarnt, sie sollte bei mir vorsichtig sein, da ich mit jedem Mädchen gleich etwas anfangen wolle, aber das hätte er nicht böse gemeint, er hatte eher sagen wollen, daß ich gut mit Mädchen konnte. Sie stockte und errötete.

Die Äußerung meines Freundes verblüffte mich. Ich hoffte, sagte ich, daß sie nicht auch so dachte.

Nein, auch wenn sie mich eigentlich nicht kannte.

Wir blieben am Rand des kleinen Parks stehen, an dem sie wohnte. Sie sah mich an, und ich beobachtete, wie ihr Gesicht an Farbe verlor.

War etwas?

Nein, nichts!

Fühlte sie sich nicht gut?

Sie fühlte sich so gut wie schon lange nicht mehr.

Ich schlug vor, daß wir irgendwann einmal einen größeren Spaziergang machen und uns über Bücher unterhalten könnten. Falls sie ja sagte, würde ich nächsten Sonntag gleich nach dem Mittagessen an diesem Ort warten. Wäre ein Uhr viel zu früh für sie?

Ich stand an der Ecke des Parks und sah ihr nach, bis sie ins Haus gegangen war.

Am Sonntag kam sie pünktlich. Ich fragte sie, ob sie schon einmal im Šárka-Tal war.

Nein, Ota und sie gingen selten spazieren, eher schon in die Stadt hinunter ins Kino oder Konzert. Heute abend wollten sie in ›Umberto D.‹ gehen. Hatte ich den schon gesehen?

Nein. Angeblich sollte er gut sein. Aber ich hätte niemand, mit dem ich ins Kino gehen könnte.

Wir fuhren mit der Straßenbahn Nummer elf bis zur Endstation und gingen dann auf die Felsen zu. Obwohl es schon auf Ende September zuging, war der Tag feucht und warm, das Gelb der Birkenblätter breitete sich vor dem blauen Himmel aus.

Was ich damit gemeint hätte, daß ich niemand hatte, mit dem ich ins Kino gehen konnte?

Die Freunde hätten ihre Mädchen, und mein Bruder andere Interessen und einen anderen Geschmack.

Sie wollte nicht neugierig sein, aber wenn ich wollte, dann müßte ich sicher … sicher nicht allein sein.

Wahrscheinlich sei ich dem Mädchen noch nicht begegnet, bei dem ich mir sicher war, daß ich meine Zeit, geschweige denn mein Leben mit ihr verbringen wollte.

Ja, das verstand sie. Sie habe ähnlich gefühlt, bis sie Ota getroffen hatte. Als sie ihn zum ersten Mal sah, da hätte sie gewußt, daß er der Mensch, genau der richtige Mensch für sie sei. Sie errötete plötzlich und fügte hinzu, zumindest hätte sie das damals gedacht.

Dachte sie denn nicht mehr so?

Sie schluckte, blickte mich an und zuckte mit den Schultern. Ich verstand diese Geste. Ich war der Grund. In diesem Augenblick hätte ich mich umdrehen, nach Hause gehen oder wenigstens schweigen sollen, ich hätte über nichts sprechen sollen, was mit Gefühlen zu tun hatte. Aber ich war glücklich oder zumindest zufrieden, daß ich sie für mich eingenommen hatte. Wir gingen also weiter, und ich sprach – das war das einzige, was ich zu jener Zeit wirklich gut konnte. Worte, ihre geheime Macht. Ich erwog die Vor- und Nachteile des Alleinseins, und ich wußte, daß sie verstehen würde, wie sehr ich mich nach Liebe sehnte. Ich sprach über meine Kindheit im Krieg, über die Gefühllosigkeit der Welt, in der ich hatte leben müssen, und sie verstand, daß ich mich nach Zärtlichkeit sehnte.

Sie war eine aufmerksame Zuhörerin. Ich beobachtete, daß sie meine Worte wie eine sofort keimende Saat in sich aufnahm. Mehrere Male berührte sie wie zufällig meine Hand. Wir sahen einen späten Falter und große Flecken mit Herbstzeitlosen und irgendwelche Sträucher, deren Blätter in einem hellen Rot flammten. Dann durchschnitt ein Bach unseren Weg. Ich sprang an das andere Ufer und hielt ihr meine Hand über das Wasser hin. Sie preßte meine Finger und sprang. Sie stand so dicht vor mir, daß ich nur meine Arme ausbreiten mußte; und das tat ich auch. Sie preßte sich an mich, und ihre Lippen legten sich auf meinen Mund; mir wurde bewußt, daß sie mich küßte und nicht ich sie. Ein einziger leidenschaftlicher Kuß, dann stieß sie mich von sich. Es täte ihr leid, so leid, sie wüßte nicht, was passiert sei, wie das passieren konnte. Was solle sie jetzt tun? Wie sollte sie das erklären?

Wem wollte sie es erklären?

Der Großmutter natürlich.

Hätte sie nicht gesagt, oder zumindest hätte ich es so verstanden sei, daß sie ganz allein, daß ihre Großmutter letzten Sommer gestorben sei.

Ja, aber das bedeutete doch nicht, daß sie sich nicht mehr an sie wenden konnte.

Wir verabschiedeten uns wieder am Rande des Parks. Sie flüsterte, ich solle nicht böse auf sie sein. Sie verstünde es nicht, sie hätte nicht geahnt, daß so etwas passieren konnte. Denn sie liebte doch Ota. Jetzt aber wußte sie nicht, was sie tun sollte, wie sie mit ihm heute abend ins Kino gehen sollte; nur eines wüßte sie, daß sie ihm nicht weh tun durfte.

Ich sagte, ich würde in drei Tagen um sechs Uhr hier im Park auf sie warten.

Sie bedankte sich für die Einladung, war sich aber nicht sicher, ob sie käme. Sie machte eine Kopfbewegung, so als wollte sie mich küssen, aber dann hielt sie inne, drehte sich um und ging rasch davon.

Ich sah ihr nach. Was genau fühlte ich? Glück? Bangigkeit? Selbstzufriedenheit? Sollte ich ihr nachlaufen oder mich umdrehen und weggehen?

Morgens lag ein Brief für mich im Briefkasten. Ich erkannte sofort ihre kleine, ordentliche Handschrift.

Auf einem Blatt standen acht Verse:

> Über den Fels schleicht sich ein Schatten
> das Herz zieht sich zusammen wie in matten,
> klammen Träumen,
> in meinen Schläfen schlägt ein Engel Alarm
> Schüttelfrost fährt mir durch Glieder
> doch noch findet sich mein Körper auf der Erde
> wieder
> aber wie die Birke auf dem Stein
> dringt meine Seele in die Tiefe ein.

Ich hatte selbst schon Gedichte geschrieben und einige davon jemand gewidmet, doch noch nie hatte mir jemand ein Gedicht gewidmet und es mir geschickt. Jetzt, da ihre ängstlichen Blicke mich nicht trafen, sondern nur ihre Worte – die Zeichen ihrer Gunst –, gab ich mich ganz meinem Glücksgefühl hin. Ich wurde geliebt.

Für den Rest des Tages konnte ich meine Gedanken nicht von ihr losreißen. Gegen Abend ging ich aufs Geratewohl in den Park unter dem Wasserturm. Es wurde schon dunkel, aber weil es schön war, spazierten auf den Wegen immer noch Mütter mit Kinderwagen an mir vorbei. Ich suchte nach ihrem Fenster, aber ich wußte nicht, welches der Fenster im dritten Stock ihres war. Ein Stockwerk weiter oben stand eine junge Frau auf dem Fensterbrett und putzte mit aufgekrempelten Ärmeln den Rahmen. Mir wurde schwindlig, und ich drehte mich lieber um. Ich setzte mich auf eine Bank und wartete. Ich schloß die Augen, um ihr Gelegenheit zu geben, unerwartet zu erscheinen. Sie erschien nicht, nur die Frau im Fenster verschwand, und mich erfaßte Wehmut. So verlassen würde ich mein ganzes Leben lang sein. Ich würde auf eine Frau warten, die nicht ahnen konnte, daß ich auf sie wartete, solange ich nicht den Mut fand, sie anzusprechen, ihr zu sagen, daß ich mir ihr Kommen wünschte. Ich ging durch die Straße zwischen den Villen zurück und sah mich selbst, wie ich allein in irgendeiner Bruchbude im Bett lag und starb. Keiner kannte mich, keiner liebte mich, ich war wie ein streunender Hund. Doch ich war ein Mensch, der sich nach einem lebendigen Wesen sehnte: und in diesem Moment sah ich sie. Ich sah einen Engel, der aus der Tiefe des Himmels auftauchte und über meinem Bett schwebte: ein zerbrechlicher, zarter, spitznasiger Engel.

Zu Hause schrieb ich dann bis Mitternacht. Ich legte nicht mich auf das Krankenbett, sondern sie – oder besser eine fremde Studentin: Sie ist unheilbar krank, kann schon seit einigen Monaten nicht mehr aufstehen. Die Familie hat ihr Bett an das Fenster gestellt, so daß sie die Zweige einer mächtigen Linde sehen kann. Zwischen den Zweigen leuchtet der Himmel, an klaren Tagen geht die Sonne im Westen in einem rosigen Dunst unter. Das Mädchen hat einen Freund, der auch Student ist, aber in den letzten Wochen kommt er fast nicht mehr zum Studieren, er sitzt immer bei der Kranken und redet stundenlang, um ihre trüben Gedanken aufzuhellen. Er erzählt ihr von dem, was er während des Tages erlebt hat, wen er getroffen hat, er spielt Filme nach, wiederholt Gespräche, die er zufällig mitangehört hat, und dann, als er schon alles erzählt hat, beginnt er sich Erlebnisse, Begegnungen und Geschichten auszudenken, und weil er in dieser Zeit ein guter Erzähler geworden ist, denkt er sich alles so detailliert aus, daß nicht nur sie, sondern auch er selbst nicht mehr weiß, was Phantasie ist und was sich tatsächlich ereignet hat. Und so erzählt er ihr eines Tages, daß er abends auf dem Heimweg einen Engel gesehen habe. Der Engel schwebte vor ihrem Fenster, und ein Strahlen ging von ihm aus.

Sie zweifelt nicht an der Begegnung: sie sagt nur, der Engel sei zu ihm gekommen, weil er so gut zu ihr ist, und er ist froh, daß sie ihm glaubt: Es ist gut, wenn ein Mensch, der stirbt, an himmlische Wesen glaubt. Nun erzählt er ihr häufiger von seinen Begegnungen mit dem Engel. Er beschreibt sein Aussehen, seine Fähigkeit, jederzeit zu erscheinen. Der Engel spricht niemals, doch er gibt ihm Gedanken ein und erfüllt ihn mit einem Gefühl des Heils. Sie hört aufmerksam zu, manchmal gewinnt er den Eindruck, daß auch sie jenes Wesen sieht, daß sie sieht, wie es über dem Bett oder über dem Kopf ihres Geliebten schwebt, und wann immer sie den Engel sieht, fühlt sie eine eigenartige Erleichterung.

Weil die Krankheit, die an ihrem Rückenmark zehrt, ihr immer größere Schmerzen bereitet, sehnt sich das Mädchen mehr und mehr nach diesem Wesen. Und tatsächlich kommt der Engel immer dann zu ihr, wenn der Freund geht. Der Engel breitet eine Lichtwolke über ihr aus, in der sich bunte Glanzlichter drehen und herumwirbeln und eine unablässige Folge von Bildern entsteht: noch nie gesehene Landschaften, heranrollende Meereswellen, die Spiegelung von Pfauenfedern in Seen, Berggipfel, verschneite Abhänge oder die scheuen Augen von Tieren. Von der Wolke ging eine solche Ruhe aus, daß alle ihre Leiden davon gemildert wurden und sie nur noch das ruhige Vergehen der Zeit wahrnahm.

Ihr Zustand verschlechtert sich ständig, der Arzt gibt ihr nur noch wenige Tage, und in seiner Tasche hält er schon die Morphiumspritze bereit, für den Moment, da die Schmerzen unerträglich werden sollten. Erstaunlicherweise scheint das Mädchen nicht zu leiden.

Dann eines frühen Abends, der Sonnenball versinkt gerade zwischen den Zweigen, erwacht das Mädchen mit einem bangen Gefühl der Einsamkeit. Ihr Freund ist vor einer Weile gegangen und hat seinen Platz dem überirdischen Tröster überlassen. Doch in dem Raum zwischen dem Fenster und dem leeren Stuhl ist niemand, und sie sucht vergeblich in allen Ecken. Dann sieht sie ES. Sie sieht in Sternenaugen, die unverwandt aus der Leere in die Leere sehen, und dieser Blick geht eiskalt durch sie hindurch. Das Mädchen stöhnt leise nach Ihm, nach dem tröstenden Wesen. Und dann sieht sie Ihn wirklich im Fenster. Das zärtliche, gute, beruhigende Wesen nickt ihr zu. Diese Bewegung ist so vielsagend, daß das Mädchen sich von ihrem Bett erhebt, als triebe sie eine fremde Macht, und mit tastenden Schritten nähert sie sich dem Fenster. Der Engel, der sieht, daß sie auf ihn zukommt, öffnet die Arme und tritt einige Schritte zurück. Nun steht er nicht mehr im Fenster, sondern hängt zwischen Himmel und Erde, seine durchsichtigen Flügel schillern in allen Farben des Regenbogens, und seine goldenen Augen sehen sie an. Dieser Blick nimmt alle Last von ihr, sie fühlt sich unirdisch leicht, so leicht, als könnte sie schweben. Und wirklich, als sie am Fenster ist, breitet sie die Arme aus, steigt auf den schmalen Sims, und mit einem Schritt erhebt sie sich, fliegt dem überirdischen Wesen hinterher und folgt ihm in die Ewigkeit, auch wenn ihr Körper auf die Erde fällt.

Mein Werk versetzte mich in Erstaunen. Bis jetzt hatte ich über Menschen und Dinge geschrieben, die wirklich oder wahrscheinlich waren. Was hatte diese Erzählung zu bedeuten? War sie völliger Unsinn, oder trug sie eine Botschaft? Hatte sie mir diese Erzählung eingegeben?

Ich weiß nicht wie, aber es gelang mir, den Text noch morgens abzuschreiben und ihn in einem Umschlag in ihren Briefkasten zu werfen.

Den Tag verbrachte ich unter den Fittichen meines Engels. Ich hörte Vorlesungen an der Fakultät, jemand sprach mich an, und ich antwortete sogar, dann ging ich durch die Stadt, setzte mich in die Straßenbahn, stieg aus, aber ich nahm nichts von alledem wahr. Erst gegen Abend drang die Welt langsam wieder in jener Weise zu mir durch, in der ich sie gewöhnlich wahrnahm: voller Begebenheiten, Kämpfe, großer Ziele und Bewegungen, eine Welt des Schmerzes, der Leidenschaften und Kriege, eine Welt, deren Ausmaß keines Menschen Verstand begreifen kann, auch wenn man es wieder und wieder versucht. Statt zumindest ihre Umrisse zu erkennen, beschrieb ich eine träumerische Vision und gab sie darüber hinaus noch einer Person zu lesen, an der mir lag. Wie sollte ich ihr jetzt gegenübertreten, ohne mich zu schämen?

Fast eine halbe Stunde mußte ich auf sie warten. Doch sie kam. Blaß, die Augen verheult.

Sie wüßte, daß sie sich verspätet hatte, das täte sie sonst nie, aber sie hätte bis zur letzten Minute gezögert, ob sie überhaupt kommen sollte, ob ein Treffen mit mir nicht schon ein Verrat an Ota war. Aber sie würde ja sowieso an mich denken. Sie dächte an mich, seit dem Augenblick, als sie im Briefkasten gefunden habe, was ich ihr geschickt hatte; sie wüßte nicht, wie sie es nennen sollte, für sie wäre es so etwas wie ein Gleichnis. Ein Gleichnis über die Liebe und den Tod.

Wir gingen durch Seitenstraßen hinunter zur Moldau. Es war noch nicht ganz dunkel, aber der Laternenanzünder ging schon mit seiner langen Stange von Laterne zu Laterne. Sie sprach weiter über meine Erzählung. Sie fühlte, daß sie aus meinem Innersten käme. Jeder Satz und jedes Wort. Sie dächte, daß dies die einzige Art war, auf die man einen anderen ansprechen, an seine Seele rühren könnte.

Ihre Worte befriedigten mich. Vielleicht hatte ich sie wirklich gerührt, was konnte ich mehr verlangen? Wunderbare Macht der Worte, ich fordere dich heraus, ich beschwöre dich, damit ich durch dich beschwören kann.

Ich sagte, sie hätte mir dabei geholfen, ohne sie hätte ich das nicht schreiben können. Sie erinnerte mich an einen Engel. Sie hätte etwas Zerbrechliches und Überirdisches an sich. Als ich vergeblich auf sie gewartet hätte, an jenem Nachmittag …

Wann hätte ich auf sie gewartet? Gestern nachmittag? Ja, genau da wäre sie mit Ota zusammengewesen, aber sie hätte sich des Eindrucks nicht erwehren können, daß ich nur wenige Schritte hinter ihr ginge, daß ich wartete, bis sie sich umdrehte, sie hatte sich von Ota verabschieden müssen, sie hatte ihn sogar gebeten, sie ein wenig allein zu lassen, und war nach Hause geeilt! Sie hätte eine Nachricht von mir gesucht, sie aber erst am Morgen gefunden! Seit diesem Augenblick hätte sie sich in Gedanken nicht von mir lösen können, auch wenn sie wüßte, daß sie mich vertreiben müsse – zumindest aus ihren Gedanken. Um Otas willen und auch um ihrer selbst willen.

Nein, das müsse sie nicht, ich bat sie darum! Wir taten doch nichts Schlechtes. Und ich fühlte mich wohl mit ihr. Sie wüßte nicht, was das für mich bedeutete, so mit ihr zu gehen und ihr zuzuhören.

Wirklich?

Sonst würde ich es doch nicht sagen!

Sie sei froh, daß sie mir etwas bedeutete. Wenigstens eine Zeitlang.

Warum nur eine Zeitlang?

Weil ich ihr doch entfliehen würde? Das spürte sie.

Wir gingen durch die Karlovástraße zur Brücke. Die Laternen warfen ein rührendes, gelbes Licht auf die verrußten Gesichter der Heiligen, und auf der Kleinseite leuchteten die Fenster wie in einer riesigen Weihnachtskrippe.

Ob es ihr hier gefiel?

Ja. Das war das erste Mal, daß sie nachts hier entlangging.

Es war doch noch gar nicht Nacht.

Sie ging auch abends nicht weg. Die Großmutter hätte immer gewollt, daß sie noch vor der Dämmerung nach Hause käme.

Auch im Winter?

Jetzt war doch nicht Winter.

Außerdem wäre sie doch jetzt älter als zu der Zeit, als ihre Großmutter starb.

Aber die Großmutter wollte es immer noch. Sie hätte Angst um sie. Und besonders jetzt, in den letzten Tagen.

»Meinetwegen?«

Wir gingen die Treppe hinunter, gingen an einigen verlassenen Marktständen vorbei und kamen zu Sovas Mühle.

»Nicht deinetwegen, sondern meinetwegen.«

Wir lehnten uns an das steinerne Mäuerchen über dem Wehr. Das Wasser stand niedrig und still. Über der dunklen Oberfläche tummelten sich ein paar Enten. Es roch nach modrigen Kastanien.

Sie sagte: »Heute habe ich geträumt, er käme zu mir und weinte. Er bat mich, ihn nicht zu verlassen. Und du hast währenddessen dagesessen und gelächelt. Ich wollte dir sagen, daß du gehen sollst, aber ich konnte den Mund nicht bewegen. Dann merkte ich, daß meine Großmutter dort saß. Ich wartete darauf, daß sie mir riet, was ich tun sollte, aber sie schwieg, so als könnte auch sie den Mund nicht öffnen. Als ich erwachte, wünschte ich mir, daß sie kommt, um mir wenigstens ein Wort zuzuflüstern, ja oder nein, aber sie schwieg. Ganz bestimmt ist sie böse auf mich.«

»Oder sie denkt, daß du jetzt erwachsen bist! Daß du jetzt selbst entscheiden mußt!«

»Ja«, gab sie zu, »das habe ich dann verstanden. Sie wird mir nie wieder erscheinen … Ich muß jetzt selbst entscheiden. Deshalb bin ich so spät gekommen, ich wollte nicht kommen, bevor ich mich entschieden hatte.« Sie drückte sich an mich, und ich spürte, wie ihre Lippen leidenschaftlich meinen Mund umfingen.

Ich verspürte fast so etwas wie die Genugtuung nach einem Sieg. Gleichzeitig regte sich in mir Unlust, weil sie diese Entscheidung ohne mich getroffen hatte, weil sie es nicht einmal für nötig befunden hatte, nach meiner Zustimmung zu fragen. Und ich fühlte Angst: vor dem schicksalhaften Ernst, mit dem sie sich mir anvertraute.

So als hätte sie ihre ganze Liebe, ihr ganzes leidenschaftliches Wesen in diesem Kuß konzentriert, so als hätte sie vor, bald zu sterben, sich Flügeln anzuvertrauen, die sie nicht tragen würden; als wolle sie in einen Abgrund fallen. Dann rückte sie ein wenig von mir ab. »Wir werden uns nicht mehr so oft sehen!« Ihre Stimme erschien mir schmerzlich streng. »Ich könnte es nicht ertragen, wenn wir uns weiter treffen. Versteh das, bitte!«

»Aber ich habe gedacht«, ich versuchte, etwas einzuwenden, »wir haben doch gerade gesagt, daß wir uns gut miteinander fühlen … Ich hatte den Eindruck«, plötzlich überrollte mich eine Welle von Selbstmitleid, »endlich jemand gefunden zu haben, der mir nahesteht.«

Nur das schwache Licht der weit entfernten Laternen drang zu uns herüber, doch auch so sah ich die Tränen in ihren Augen.

»Noch einmal vielleicht, für eine Stunde«, sagte sie, »ich werde dich nicht vergessen. Ich werde dich nie vergessen.«

Ich schwieg. Über das steinerne Mäuerchen hinweg blickte ich auf den Fluß, in dem sich das Mondlicht als schwankende Kugel spiegelte. Da fiel plötzlich neben meinen Füßen ein schwerer Gegenstand zu Boden. Es dauerte eine Sekunde, bis ich realisierte, daß sie es war. Sie lag auf dem Rücken, die Arme ausgebreitet, die Augen geschlossen, um die Lippen weißer, schaumiger Speichel. Ich beugte mich über sie und versuchte, ihren Kopf zu heben. Eine schreckliche Ahnung lähmte mich. Ich hatte den Tod beschworen, und nun war er gekommen. Was sollte ich jetzt nur tun?

Sie atmete laut, dann öffnete sie die Augen.

»Was ist mit dir, was ist mit dir?«

Sie setzte sich auf und blickte sich verwundert um. Ich half ihr beim Aufstehen.

»Ich weiß nicht, was passiert ist. Bin ich hingefallen?« Sie lehnte sich an mich.

»Laß uns nach Hause gehen, du bist müde!«

»Es geht schon wieder. Mein Liebster, verzeih mir!« Sie drückte krampfhaft meine Hand. »Du mußt mir glauben, daß ich nicht anders kann. Würdest du dich anders verhalten? Man kann die Seele doch nicht teilen.«

Ich führte sie zur nächsten Bank, doch ich führte sie nicht vorsichtig genug, denn als sie wieder fiel, konnte ich ihren Sturz nicht verhindern, nur etwas abmildern.

Dieses Mal lag sie länger bewegungslos, ich wüßte nicht zu sagen, wie lange, aber nun kamen Leute zu uns gelaufen.

Schließlich kam sie wieder zu sich, ein Unbekannter half mir sie hochzuheben und bot sich an, ein Taxi zu suchen.

Im Krankenhaus wurde sie sofort aufgenommen. Ich durfte mich auf eine weiße Bank in einem leeren, halbdunklen Korridor setzen.

Ungefähr eine halbe Stunde später kam sie heraus und lächelte abwesend. Es sei nichts gewesen, sie hätte sich wohl ein bißchen überanstrengt, man hatte ihr eine Spritze gegeben, und jetzt wäre alles gut. Ich holte noch ein Taxi, auf der Fahrt schwiegen wir beide, und ich dachte, sie schliefe. Ihr Gesicht sah im vorbeihuschenden Licht der Straßenlaternen blaß aus wie ein Traum. Die Nase trat scharf hervor wie der Schnabel eines toten Vogels. Obwohl ich mich bemühte, gelang es mir nicht, meinen Ekel zu unterdrücken. Es war, als hörte ich immerzu den röchelnden Laut, der aus ihrem Mund hervorgebrochen war, und würde den Schaum sehen, der um ihre kranken Lippen gestanden hatte. Mit jäher Erleichterung wurde mir bewußt, daß mir dieses Mädchen fremd war, daß sie nicht zu mir gehörte, und ich nicht zu ihr; glücklicherweise hatten wir das rechtzeitig erkannt, sie selbst hatte es erkannt und eine Entscheidung getroffen, und ich hatte mich ihrer Entscheidung gefügt.

Am nächsten Abend erschien Ota bei uns. Er klingelte, wartete, bis meine Mutter mich gerufen hatte, er erwiderte meinen Gruß nicht und sagte nur; »Ich muß mit dir reden. Ich warte unten auf dich!«

Mich durchzuckte der Gedanke, sie könne doch gestorben sein, und eine schreckliche Furcht ergriff mich. Schnell zog ich mir etwas anderes an und lief hinunter. Er wartete an einem Akazienbaum gelehnt.

»Wie geht es ihr?« stieß ich hervor.

Er antwortete nicht, sondern gab mir nur ein Zeichen, daß ich ihm folgen solle. Wir gingen durch die Straße, durch die ich sie während der vergangenen Tage begleitet hatte. Wie viele Male eigentlich? Das alles war von so kurzer Dauer gewesen – es war nicht der Rede wert. Wieviel Zeit brauchte man eigentlich, um auf den Fenstersims zu steigen und sich den Flügeln anzuvertrauen, die einen nicht tragen?

»Sie hat mir alles erzählt«, sagte er plötzlich. »Du hast dich scheußlich benommen. Aber was kann man schon anderes erwarten von so einem … so einem …« Er schien nicht das richtige Wort zu finden. Doch dann hatte er es gefunden. »Wenn ihr etwas passiert, dann bist du ein Mörder!«

Zum ersten Mal betrat ich das Haus, in dem sie wohnte. Wir gingen durch einen Flur, an dessen Ende er mir bedeutete, ich solle warten. Er klopfte und trat ein. Von drinnen hörte ich ihre Stimme, aber die Worte konnte ich nicht verstehen. Was wollte sie von mir? Wie hatte sie ihn dazu bewegt, mich herzubringen? Und warum, wenn sie mich nicht mehr sehen wollte?

Schließlich erschien er wieder. »Du kannst hineingehen!« Er sah mich nicht an. Er trat einen Schritt zur Seite und ließ mich in das Zimmer hinter der Glastür, er selbst blieb im Flur.

Das Zimmer war groß, hatte hohe Wände und eine Stuckdecke.

Sie lag krank und bleich im Bett, bis zum Hals mit einem rotweiß gestreiften Federbett zugedeckt. Sie gab mir mit dem Kopf ein Zeichen, daß ich näher kommen sollte. Neben ihrem Bett stand ein Stuhl – ich setzte mich darauf. »Wie geht es dir?«

»Es geht mir schon wieder gut.« Ihre Stimme klang leicht, fast fröhlich. »Er hat es mir aufgetragen, mich hinzulegen. Er macht sich Sorgen um mich. Ich wollte selbst zu dir gehen, aber er hat mir verboten aufzustehen. Ich wollte dir sagen, daß es mir schon bessergeht. Damit du dich nicht beunruhigst. Das wird nie wieder passieren.«

»Ich weiß, daß du wieder gesund wirst.«

»Ich bin selbst schuld daran. Ich dachte, daß ich alles mit Gewalt entscheiden kann, und dann habe ich die Spannung nicht ausgehalten. Aber ich habe jetzt verstanden, daß das keinen Sinn hatte. Ich wollte, daß du weißt, daß ich das jetzt begriffen habe.«

Ich verstand sie nicht, aber noch bevor ich etwas fragen konnte, kam Ota ins Zimmer. »Fehlt dir irgend etwas, mein Mädchen?«

»Nein«, sagte sie, »ich möchte nichts.«

»Du mußt auf dich aufpassen!« Er drehte sich zu mir. »Sie war todkrank. Die Ärzte haben gesagt, daß jede Aufregung sie umbringen kann. Doch es gibt Menschen, die denken nur an sich. An ihr eigenes Vergnügen.«

Es hatte keinen Sinn, sich vor ihm zu verteidigen. Sie gab mir die Hand. Als ich sie drückte, antwortete sie mir mit einem langen krampfhaften Druck. Ota öffnete vor mir die Tür, und ich ging hinaus.

Als ich drei Tage später abends von den Vorlesungen nach Hause kam, fand ich im Briefkasten einen Brief von ihr. Der Umschlag war nicht frankiert und auch nicht adressiert, nur mein Name stand darauf.

Ich riß ihn noch auf der Treppe auf.

Es gäbe so viel, was sie mir erzählen wollte, schrieb sie, schon als ich bei ihr war, wollte sie das, aber es hätte keine Gelegenheit dazu gegeben, deshalb wollte sie mir wenigstens das Allerwichtigste andeuten. Sie sei sich jedoch nicht sicher, was sie mir an jenem Abend in der kurzen Zeit sagen konnte und was sie mir nur im Geiste gesagt hatte – denn im Geiste spreche sie immerzu mit mir: Tag und Nacht.

Sie habe Angst, daß ich sie für wankelmütig halte, für einen Menschen, der immer wieder seine Meinung ändert. Es sei alles sehr schwer für sie, weil sie wisse, wie sehr Ota

sie liebe, und weil sie ihn als wunderbaren, guten und aufopfernden Menschen achtete. Aber es sei etwas geschehen,
was sie sich bis vor kurzem nicht hätte vorstellen können:
sie hätte sich von ihm entfernt, sie liebte ihn nicht mehr.
Im ersten Augenblick hätte sie sich gesträubt, es zuzuge-
ben, und versucht, ihre Beziehung irgendwie zu retten,
dann hätte sie verstanden, wie vergeblich das sei: Liebe ist
entweder absolut oder erbärmlich, warum sollte sie
jemandem, den sie achtete, der gut zu ihr war, dies mit
einer erbärmlichen Liebe vergelten? Warum sollte sie sich
selbst Gewalt antun und glauben, daß sie so jemand glücklich machen könnte? Das alles hätte sie Ota schon gesagt,
es sei für sie beide schwer gewesen, weil sie sich schon auf
ein gemeinsames Leben eingerichtet hätten, aber sie dächte, daß er sie verstünde und mit ihrer Entscheidung einverstanden sei. Sie wüßte nun nicht, was weiter sein würde –
mein Unbehagen wuchs, während ich las –, doch sie fühlte ganz deutlich, daß zwischen uns etwas geschehen sei,
vielleicht sprang aus diesem Feuer, das zwischen uns
brannte, ein Funke über, der eine Flamme entzündete, die
uns immer leuchten würde, so daß wir ein ganzes Leben
lang in Liebe verbringen könnten, wenn wir klug genug
wären. Sie glaube, daß wir beide dazu fähig seien. Sie sehe
mich jetzt im Geiste vor sich, meine traurigen, nachdenk-
lichen Augen, mein Lächeln, in denen sie immer ein wenig
Schmerz lese, und sie warte, warte auf meine Antwort.

Ich faltete den Brief zusammen und steckte ihn in den
Umschlag zurück. Wenn ich ihn doch zurückgeben könnte, wenn ich alles rückgängig machen könnte, was sich
ereignet hatte, wenn ich die Zeit rückgängig machen
könnte.

Das Telefon klingelte. Ich hob den Hörer ab, aber am
anderen Ende war es still, nur schwach hörte ich jemand
atmen. Mir war klar, daß sie es war, die wissen wollte, ob

ich nach Hause gekommen war und ihre Botschaft gefunden hatte. Von diesem Augenblick an lief die Zeit für mich.

Wäre der Brief nur nicht so furchtbar dringlich und ihr Angebot nicht so absolut gewesen. Hatte ich nach all dem, was ich ausgelöst hatte, überhaupt das Recht, es abzulehnen? Was empfand ich eigentlich ihr gegenüber? Empfand ich überhaupt etwas von dem, was sie schrieb?

Alles war so schnell gegangen. Ich wußte nicht, was ich eigentlich fühlte. Vielleicht konnte ich zumindest das erklären. Ich wollte sie nicht verlieren, ich würde es bestimmt schaffen, sie zu lieben, aber ich war dazu noch nicht wirklich bereit. Was, wenn ich sie enttäuschte? Hätte sie nicht erst einmal abwägen sollen, ob sie ihre Entscheidung übereilt hatte?

Ich war wie im Fieber. Ich mußte so schnell wie möglich mit ihr sprechen. Mußte alles noch einmal durchgehen, Zeit gewinnen.

Ich zog meinen Mantel an und rannte die Straße entlang, durch die ich sie in den letzten Tagen nach Hause begleitet hatte. Noch war ich nicht an dem Park angelangt, wo wir uns immer verabschiedet hatten, als Fetzen einer Jahrmarktsmelodie zu mir drangen und unmittelbar darauf vor mir ein ungewohntes Licht aufleuchtete. Und über den Dächern schwang sich unerwartet die Spitze eines Mastes empor.

Sie hatten am Rand des Parks Masten aufgestellt, und direkt über dem verlassenen Sandkasten war ein Seil gespannt.

Die Vorstellung war schon im Gange, und in der Höhe sah ich eine durchsichtige Gestalt in einem leuchtenden Trikot, die auf einem hohen Rad balancierte, und plötzlich verspürte ich die altbekannte Erregung und mischte mich unter die Zuschauer, so als würde ich aus diesem feuchten

Herbsttag heraustreten und hätte auf einmal mein Ziel vergessen.

War es möglich, daß sie immer noch bei ihnen war, daß meine Akrobatin all diese Jahre Abend für Abend in der Höhe zwei Saltos geschlagen hatte und nie gestürzt war?

Der Seiltänzer legte jetzt das Fahrrad beiseite, holte Tisch und Stuhl und setzte sich hin, vom anderen Ende des Seils steuerte seine Freundin auf ihn zu, die als Kellnerin gekleidet war und in der Hand einen vollen Teller trug. Ich versuchte ihre Züge zu erkennen, aber sie war zu weit entfernt, zu hoch oben, und selbst wenn sie näher gewesen wäre und es wirklich sie wäre, würde ich sie denn überhaupt erkennen?

Sie stellte den Teller auf den Tisch, und ich versuchte erneut ihre Züge zu erkennen, so als würde sie mich, wenn sie es denn wäre, beschützen, als könne sie mir eine Botschaft oder Hoffnung bringen.

Die Nummer war zu Ende, und die beiden Artisten räumten die Requisiten weg, dann ergriff der Mann ein Sprachrohr, wandte sich an die Zuschauer und forderte sie auf, zu ihnen heraufzukommen. Er verkündete, daß er jeden von uns auf dem Rücken sicher von einem Ende des Seils zum anderen tragen würde. Auch seine Gefährtin trat hinzu und versuchte, uns zu sich nach oben zu locken, sie sah hinunter auf unsere dunklen Reihen, und mir schien, daß sie unter uns Ausschau hielt, daß sie jemand suchte, der den Mut hatte. Plötzlich begriff ich, daß sie mich suchte. Ich fühlte, wie mir schwindlig wurde. Ja, wer außer mir sollte nach oben klettern? Aber was würde ich da oben für eine Figur machen, lächerlich und hilflos auf dem Rücken eines fremden Mannes? Würde ich nicht meinen Träger und mich vor lauter Schwindel vom Seil in die Tiefe stürzen lassen?

Ich sah mich unter den übrigen Zuschauern um, ob

auch ihnen aufgefallen war, daß ich es war, der angesprochen war, doch alle anderen sahen hoch, in Erwartung
neuer Sensationen. Die Aufforderung betraf sie nicht, ja es
interessierte sie nicht einmal, wen sie betraf. Meine Beine
wurden schwer. Würde ich es überhaupt schaffen, auf der
schwankenden Strickleiter zum Mast hinaufzuklettern?

Die lockende Stimme bat mich erneut, sie bahnte sich
einen Weg zu mir durch das Dunkel.

Ich bewegte mich auf sie zu, doch plötzlich sah ich, wie
ein junger Kerl mit einer karierten Mütze gewandt die
Strickleiter hinaufkletterte. Schon war er oben und stieg
auf den Rücken des Artisten im leuchtenden Trikot.

Als die beiden schwankend über das Seil gingen, ertönte die Trommel, und ich sah eine dünne weiße Gestalt, die
zur Spitze des höchsten Mastes kletterte. Doch sie war es
nicht, es war überhaupt keine Frau, es war ein fremder
Mann, der auf den Platz kletterte, der ihr gehörte, er verbeugte sich und machte sofort einen Handstand, so daß er
unter seinen Füßen den dunklen und breiten Himmel
hatte, auf dem er vergeblich zu laufen versuchte.

Ich sah den Luftakrobaten zu und wartete, ob mich
noch einmal die Angst und der Schwindel einer fremden
Person quälen würden, aber ich fühlte nichts: Entweder
war mir dieser Gaukler gleichgültig, oder ich war zu sehr
mit mir selbst beschäftigt, mit meinen eigenen Gefühlen.
Als ich so inmitten der Menge stand und dem Himmels-
akrobaten zusah, der über unseren Köpfen, über dem
dunklen Abgrund in einem fort jenen Engel mit dem
Sternengesicht herausforderte, hatte ich plötzlich das
Gefühl, etwas vom Geheimnis des Lebens zu verstehen,
ich glaubte nun, auch das entscheiden zu können, womit
ich bis jetzt hilflos und tastend konfrontiert war. Ich
fühlte, daß das Leben eine ewige Versuchung des Todes
war, eine einzige unaufhörliche Vorstellung über dem

Abgrund, bei der man immerzu auf den gegenüberliegenden Mast zugehen muß, auch wenn man vor Schwindel nichts sieht, gehen, nicht zurückschauen, nicht nach unten sehen, sich nicht von denen verführen lassen, die bequem auf festem Boden stehen, die nur zusehen. Ich fühlte auch, daß ich über mein Seil gehen mußte, daß ich es, wie diese Gaukler, selbst zwischen den Masten aufspannen und losgehen mußte; ich durfte nicht warten, bis mich jemand nach oben rief und mir anbot, mich auf den Rücken zu nehmen. Ich mußte meine eigene Vorstellung geben, meinen großen, einzigartigen Auftritt. Und ich spürte, daß ich es konnte, daß ich genug Kraft dazu in mir hatte. In diesem Moment berührte mich jemand an der Schulter. Ich erschrak so sehr, daß ich fast aufschrie. Doch da klingelte sie schon mit ihrer Kasse, und ich sah die bekannte Unbekannte vor mir, das fast vergessene Gesicht der Schönheit aus längst vergangenen Zeiten. Schnell holte ich einige Münzen aus dem Portemonnaie und gab sie ihr. Sie lächelte mich an, ihre Zähne leuchteten in der Dunkelheit, und fast spürte ich die heiße, befreiende Berührung ihrer Lippen.

Als die Vorstellung zu Ende war und die Leute auseinander gingen, trödelte ich noch ein Weilchen auf dem plötzlich so leeren, dunklen Platz herum. Auf wen, auf was wartete ich noch?

Auf der Seite, unweit von mir leuchteten die Fenster des Wohnwagens. Drinnen spielte jemand Gitarre, und ein Kind weinte laut. Ich hörte diesem Durcheinander von Geräuschen zu, dann ging ich durch die Gartenstraße nach Hause.

Erst am nächsten Abend fand ich den Mut, ihr zu antworten: Ihr Brief habe mich gerührt und überrascht, ja sogar verblüfft. Ich hätte nun Sorge, ob sie ihre Entscheidung nicht überstürzt getroffen hätte. Wir müßten uns unbedingt treffen (ich freute mich darauf, sie zu sehen) und über alles sprechen. Ich schlug ein Datum, eine Uhrzeit und einen Ort (wie gewöhnlich im Park vor ihrem Haus) vor. Am nächsten Morgen warf ich den Brief in den Briefkasten.

Es regnete an dem Tag, den ich angegeben hatte. Dennoch ging ich einige Minuten früher zu dem verabredeten Ort. Die Seiltänzer waren schon fort, nur da, wo die Masten gestanden hatten, waren kleine Haufen aufgewühlter Erde zu sehen.

Ich stellte mich unter eine große Fichte, lauschte, wie der Regen in den herbstlichen Zweigen rauschte, und beobachtete das Haus, in dem sie wohnte: In einem der Fenster im dritten Stock brannte Licht, aber ich war mir nicht sicher, ob es wirklich ihr Fenster war. Ich sah es jetzt in der Hoffnung an, eine Bewegung zu sehen, den Schimmer eines Flügels, das Aufblitzen eines beruhigenden, verstehenden Blicks, aber das Fenster leuchtete leer und ohne jedes Lebenszeichen, so als brenne dahinter ein Irrlicht.

Mein kürzlich gefaßter Entschluß verlor sich. Und wenn ich mein ganzes Leben lang nur warten würde, warten, bis ich das Sternengesicht sehen würde? Es würde seinen Blick auf mich richten und sagen: Du konntest das Leben nicht akzeptieren, mein Lieber, also komm! Oder würde es im Gegenteil sagen: Du hast es richtig gemacht, weil du die Einsamkeit in der Höhe ertragen hast, weil du verstanden hast, auf den Trost zu verzichten, um nicht auf die Hoffnung zu verzichten!

Was würde es genau sagen?

In diesem Moment wußte ich es nicht zu sagen.

# Die Talsperre

Der unrasierte Kerl mit den staubigen Stiefeln und dem gelblichen Gesicht eines Rauchers – als Repräsentant der Gewerkschaft hatte er offensichtlich nicht viel zu tun und konnte deshalb Zeit mit mir verschwenden – führte mich zu einer Erdhalde, von der er behauptete, dies sei die Basis der künftigen Staumauer. Auf dem Weg näherten sich uns in einer Staubwolke Riesenlaster. Wir sprangen über rostige Drahtseile und umgingen einen Schotterhaufen, unter unseren Füßen knirschten steinharte Lehmklümpchen. Der Mann sprach und rauchte unaufhörlich. Er war mindestens zwanzig Jahre älter als ich, und in seiner Ausdrucksweise mischten sich eine mißbilligende Verachtung meiner Ahnungslosigkeit mit dem kriecherischem Bedürfnis, sich bei mir einzuschmeicheln, da ich ihm aufgrund meines Berufs Schwierigkeiten hätte machen können, falls ich unvermutet aus dem Schatten dieser Ahnungslosigkeit hinaustreten sollte.

Ich hatte freilich gar nicht das Bedürfnis, ihm Schwierigkeiten zu machen. Ich befand mich hier, weil man mir den Auftrag gegeben hatte, eine Reportage über die Talsperre zu schreiben. Die illustrierte Wochenzeitung, bei der ich nach der Beendigung meines Studiums seit einem halben Jahr arbeitete, sollte nach dem Wunsch des Herausgebers nämlich eine Familienzeitung sein. Weshalb sie außer Leitartikeln und politischen Artikeln, welche die Ränke des Imperialismus aufdeckten und die Friedensbemühungen der Sowjetunion lobten, auch Fortsetzungsro-

mane, eine Schachrubrik, eine Kinderecke, eine Modesei-
te und Reportagen umfaßte. Eine Reportage aufzutreiben
war oft mühsam, und die Mitglieder der Redaktion hatten
daher die Pflicht, von Zeit zu Zeit selbst eine Reportage zu
schreiben. Die Talsperre hatte man mir angeboten, weil sie
weit weg war. Man mußte einen halben Tag mit dem Zug
fahren, um hierhinzukommen, und weitere Unbequem-
lichkeiten vor Ort waren zu erwarten. Meine Abordnung
hatte ich ohne Einwände angenommen, die Unbequem-
lichkeiten machten mir nichts aus, ja im Gegenteil, ich war
davon überzeugt, daß es einen indirekten Zusammenhang
zwischen der Bequemlichkeit, mit der sich bestimmte
Lebenserfahrungen machen ließen, und ihrem Interesse
für die Leser gab.

Wir stiegen auf den künstlichen Berg. Der bärtige
Gewerkschaftler wies mit der brennenden Zigarette in die
Landschaft, wo bis jetzt noch ein dunkler und dichter
Grenzwald lag, und versuchte mir die Größe des Sees zu
veranschaulichen, der von den Hügeln bis zum Horizont
reichen würde und der alles überfluten würde, was wir
hier sahen: die Dächer der Häuser, die Flußufer, die Kir-
chen, die Wege natürlich auch, auf denen noch Menschen
und Tiere wandelten.

Als ich in die Ferne sah, war mir, als entfernte ich mich
selbst, sie erinnerte mich an eine Landschaft, in der ich vor
langer Zeit einmal gewandert war.

Während meines Studiums war ich in meiner freien Zeit
oft umhergezogen. Ich machte mich allein auf den Weg,
packte mir nur eine Decke, ein Stück Brot und Konserven
ein. Manchmal sah ich den ganzen Tag lang keine Men-
schenseele, die Einsamkeit gefiel mir, auch wenn sie
manchmal dazu führte, daß meine Gedanken sich im Krei-
se drehten. Gegen Abend in der Dämmerung suchte ich
gewöhnlich einen Platz mit schöner Aussicht, meine

Gedanken beruhigten sich, und ich bemerkte, daß ich mich in Einklang mit meiner Umgebung befand. Ich ließ mich unter irgendeinem alten und dicht belaubten Baum nieder und hörte zu – ich nahm wirklich wahr, wie der Baum, unter dem ich lag oder der Fels, den ich ansah, zu mir sprachen. Sie sprachen ihre eigene Sprache, die mich mit einer seligen, großartigen Ahnung über das Wesen des Lebens oder der Gegenwart höherer Mächte auf der Welt erfüllten. Wieder daheim, versuchte ich etwas von dieser Ahnung aufzuzeichnen, aber es gelang mir nicht, ich konnte es nicht in Worte umsetzen.

In der letzten Zeit hatte ich keine Zeit mehr zum Herumziehen. Stille und Schweigen waren so ungewohnt für mich geworden, daß ich begann, mich vor ihnen zu fürchten – und außer menschlichen Stimmen sprach nichts mehr zu mir.

Ich wußte, daß ich nach einer Menge Details fragen sollte, aber mir fiel nichts ein außer der höchst banalen Frage: »Was wird aus den Wasserfällen?«

Er sah mich erstaunt an. Meine Frage bewies die Naivität des Nichteingeweihten.

Die Reste meiner Selbstsicherheit verloren sich. Sooft ich als Reporter auftreten mußte, überwältigte mich Schüchternheit. Ich konnte das Gefühl nicht überwinden, daß ich unerwünscht war, daß ich die Leute unverzeihlicherweise vom Arbeiten abhielt, daß ich ihre Privatsphäre verletzte. Überdies nahm ich ihre Bereitwilligkeit und ihre Dienste in Anspruch, ohne selbst etwas zu geben. Ich schämte mich für mein Tun hier und für meine Jugend, die nur Mißtrauen erregen konnte.

Vielleicht änderte sich das, wenn ich ein bißchen berühmter war, wenn ein Buch von mir erschien. Ich stellte mir vor, daß man sein Buch wie einen Schaukasten vor sich her trug. Schaut her, das bin ich. Meine Erlebnisse. So viel habe ich empfunden, durchlitten und durchdacht, und nun lege ich allen meine wichtige, befreiende Botschaft vor. In diesem Schaukasten sehen sie ein weiseres und beseelteres Gesicht als dieses junge und unreife, dem gerade der erste Bart sprießt. Ich wollte meiner schrecklichen Namenlosigkeit so sehr entkommen, daß ich in eine ungeduldige Eile verfiel, die alles erfaßte, was ich tat. Von den Menschen gebraucht zu werden, ihrer Aufmerksamkeit und selbstverständlich ihrer Liebe würdig zu sein! Manchmal schien mir, daß alles mit der Zeit kommt, daß es reicht, geduldig zu sein, aber dann wieder erfaßte mich fieberhafte Ungeduld. Vielleicht hatte ich deshalb den Journalistenberuf ergriffen, dem die Umstände nicht förderlich waren und für den ich wenig Voraussetzung hatte, und ließ die Mathematik sausen, für die ich nach Meinung meiner Lehrer ziemlich begabt war. Ich glaubte, daß ich nur als Journalist meine Unruhe in etwas Wertvolles oder wenigstens Gewinnbringendes umwandeln könnte. Doch die Ausrichtung der Zeitschrift, die mich einstellte, gab mir, wie ich schnell bemerkte, nur wenig Gelegenheit, etwas zu machen oder zu schreiben, was andere wirklich brauchten oder was irgendeine, geschweige denn eine befreiende Botschaft für jemand gewesen wäre.

Ich schrieb mir schnell einige Nummern und Namen von Funktionären und wichtigen Arbeitern auf. Ich beeilte mich. Ich mußte mir nicht nur den unterirdischen Teil der Baustelle ansehen, sondern auch noch in die Poliklinik gehen, um mir dort eine Desensibilisierungsspritze geben zu lassen.

Wenn mich die Wasserfälle interessierten, würde er sie mir gern zeigen, bot mir mein Führer an. Sie seien wunderbar, und schon bald gäbe es keine Gelegenheit mehr, sie zu sehen.

Wir setzten uns in einen Jeep und fuhren durch die traurige Begräbnisstätte eines Waldes. Von den alten Bergfichten waren nur noch riesige Baumstümpfe übrig, und der Geruch gefällter Bäume erfüllte die Luft. Als wir gerade angehalten hatten, hörte ich die unsichtbaren Stromschnellen. Der Fluß jagte in seinem engen Bett wild dahin und verschwand fast zwischen den Felsblöcken. Hier, teilte mir mein Führer mit, hatten früher die Flöße ihre Fahrt unterbrochen. Die Flößer hatten sie ans Ufer gezogen, sie auf Wagen geladen und bis hinunter nach Brod gefahren, und von da aus ging die Fahrt wieder auf dem Fluß weiter.

Flößer würde ich keine mehr sehen, nur noch das Wasser sei da, und auch das würde bald verschwinden. Ich sah auf den schäumenden Strom und lauschte seinem Brausen, das mir wehmütig und kläglich erschien. Das Wasser beklagte sein künftiges Schicksal. Wenn der Fluß verschwunden war, würde Stille das Tal erfüllen oder wahrscheinlich künstlicher Lärm. Meine Überzeugung, daß Gottes Werk vollkommen sei, war bereits durch den Krieg und durch das Studium der Fortschritte, die in der Welt zu immer neuen Höhepunkten führten, erschüttert worden. Als ich jedoch auf diesen Fluß sah, der in seinem steil abfallenden Bett dahinbrauste, zweifelte ich, daß es eine vollendetere Schönheit geben könnte als diese, deren Gestalt durch die Jahrhunderte geformt worden war.

Unter Tage, wohin wir dann einfuhren, war es nicht schön – da war nur ein dunkler, beklemmender, steinerner Raum. Der Bergwerkswagen rasselte und schwankte wie ein Kirmeswagen auf Todesfahrt. Nach einigen Minuten hatten wir das Ende des Tunnels erreicht, wo in Zukunft das Wasser wieder in das Flußbett brausen würde. Mein Führer zeigte mir ein Stückchen blauen Himmel und erwähnte die berühmte Klosterbibliothek, die sei jetzt in Reichweite. Doch wir fuhren nicht zu den Büchern, sondern zurück zu dem Felsenhaus. Hier würden die Turbinen und Generatoren untergebracht, hier entstand das größte unterirdische Kraftwerk auf dem Festland. Die Decke wölbte sich in solcher Höhe, daß ich sie kaum erkennen konnte. Diese Höhle sei keineswegs das Werk der Natur, seit zwei Jahren sprenge und schlage man sie aus dem Fels. Und wirklich hingen da an der Wand unter der Decke zwei Männer mit Spitzhacken, die ich mehr hörte denn sah.

Ob ich sie etwas fragen wollte? Wenn ich es wünschte, würde er sie herunterrufen.

Aber ich wußte nicht, welche Fragen so wichtig sein konnten, als daß man deswegen zwei Männer aus solcher Höhe hätte herunterrufen sollen, und erleichtert nahm ich das Angebot an, wieder hinauszufahren.

Das Wartezimmer der Poliklinik war voller Männer. Wenn wenigstens eine Frau aufgetaucht wäre! Ein gewaltiger Mann mit staubigen Stiefeln und einem schmutzigen Monteursoverall streckte seine rechte Hand, die mit einem blutigen Stoffetzen umwickelt war, durch die Tür des Behandlungsraums. Das Blut sickerte durch den Stoff, und von Zeit zu Zeit fiel ein dicker Tropfen auf den Boden. Der Mann hatte offensichtlich einen Unfall gehabt. Ich verstand nicht, warum er nicht in das Behandlungszimmer ging, warum ihn niemand beachtete.

Ich klopfte an die Tür. Erst nach einer Weile wurde sie geöffnet, ein dicker Zigeuner hinkte hinaus. Er rief noch etwas in das Behandlungszimmer, dann drehte er sich zu uns Wartenden um und schrie zornig: »Andre Minsch!« Jene, die ihn verstanden hatten, brummten zustimmend. Dann erschien eine Krankenschwester; endlich eine Frau, noch dazu eine mit einer weißen Schürze und einem hübschen, sauberen Gesicht. Sie sah den blutenden Mann und sprach ihn in einem singenden Tonfall an, der verriet, daß

223

sie eine Einheimische war: »Herr Krob, haben Sie Ihre Pranke wieder einmal irgendwohin gesteckt, wo Sie nicht sollten?«

Der Arzt hatte gerade den Verband um die Hand des Verwundeten angelegt, als mich die Schwester hereinließ: »Das hast du davon, daß du so säufst«, sagte er zu dem Verwundeten. »Du besäufst dich wie ein Tier und gehst dann unter Tage arbeiten! Wenn du nicht aufpaßt, wirst du ein schlimmes Ende nehmen. Wie Holas, der mit den Pferden, hast du schon davon gehört?«

Der Arzt war ein gewaltiger Mann mit einem dichten Bart und einer Brille, die ihm auf der Nasenspitze saß. Er erinnerte mich vage an jemand.

Der Mann hatte offensichtlich noch nichts gehört, also erzählte ihm der Arzt jetzt: »Er ist gestorben. Sie haben ihn heute nacht im ›Mexiko‹ unter dem Tisch hervorgeholt.«

Die Krankenschwester prüfte die Anweisung aus meiner Schachtel. »Sie sind nicht von hier?«

»Hat ihn jemand abgemurkst?« fragte der Mann interessiert.

»Was … Er hat einen über den Durst getrunken, einen zuviel.«

Der Arzt wusch sich die Hände. »Ich hab ihn noch nicht gesehen. Gestern mußte ich nach Budějovice zur Schulung. Drei Teile Medizin und drei Teile Marxismus. Sehr nützlich. Deshalb haben sie ihn gleich in die Leichenhalle gepackt. Und du paß auf – ich möchte dich dort nicht auch sehen. Merk dir, da kommst du nicht wieder raus!«

Der Mann ging, und ich sagte der Schwester, wo ich herkam.

»Und hier sind Sie auf Urlaub?«

»Ich muß ihn anschauen«, der Arzt sprach immer noch über den Toten. »Der verdammte Kerl, seiner Frau hat er vier Kinder gemacht und jetzt das. Haben wir noch viele Patienten?«

»Mindestens zwanzig«, die Schwester schüttelte die Ampulle unnötig lange und wartete währenddessen auf meine Antwort.

Ich erklärte, daß ich hier sei, um eine Reportage zu schreiben.

Der Arzt holte eine Thermoskanne aus dem Tisch und schenkte sich eine Tasse ein. Das Behandlungszimmer begann, nach Kaffee zu riechen. »Weißt du überhaupt«, er sprach mit der Krankenschwester, »was das ist, Dáša, Dialektik?«

»Aber Sie waren doch zur Schulung, Herr Doktor!«

Der Doktor erzählte eine alte jüdische Anekdote über den Rabbiner und einen sauberen und einen schmutzigen Mann. Die Anekdote war den neuen Verhältnissen angepaßt. Die Schwester lachte, sägte den Hals der Ampulle durch und zog die Flüssigkeit auf die Spritze, desinfizierte die Haut über der Handwurzel und stach zart zu.

Der Arzt streckte die Hand nach meiner Schachtel aus. »So. Sind Sie schon lange Allergiker?«

»Seit meiner Kindheit«, antwortete ich, »jedes Jahr, aber nur wenn die Robinien blühen.«

»Sind Sie schon lange Redakteur?«

»Ein halbes Jahr«, ich merkte, daß ich errötete.

»Es gibt Schlimmeres«, sagte der Arzt. »Bleiben Sie länger hier?«

Ich konnte höchstens bis zum nächsten Tag bleiben.

»Wenn Sie nicht nur wissen wollen, wie die Leute hier leben, sondern auch, welches Ende sie nehmen, dann warten Sie noch eine Stunde«, schlug er mir vor. »Sie müssen ohnehin noch zwanzig Minuten hierbleiben, wegen der Reaktion auf die Spritze.«

225

Ich sagte, ich würde gerne warten.

Es dauerte zwei Stunden, bis das Wartezimmer sich geleert hatte. Die Krankenschwester öffnete die Tür weit, der Arzt bemerkte mich erst nach einer Weile. »Sie haben wirklich gewartet?« Er zog seinen weißen Kittel aus, während die Schwester Spritzen in den Sterilisator legte. »Über Tote wird heutzutage nicht mehr geschrieben«, sagte der Doktor, als er hinausging, »die Toten können nichts aufbauen, warum sollte man also über sie schreiben?« Er trug ein leicht abgetragenes Sakko, mit einer Weste. Jetzt, als ich ihn ohne den weißen Kittel sah, fiel mir ein, an wen er mich erinnerte. Es schien unsinnig, denn er erinnerte mich an einen Menschen, den ich nie lebend gesehen hatte, und zwar den Vater von Karel Čapek, den ich von Fotografien her kannte.

»Na, na«, der Arzt wunderte sich, als er das hörte, »ich weiß nicht. Ich hatte keine Ahnung, daß Čapek einen so häßlichen Vater hatte!« Wir setzten uns in den Krankenwagen, und der Arzt sagte dem Fahrer, er solle zur Leichenhalle fahren. »Es überrascht mich, daß sich junge Journalisten von heute für Čapek interessieren«, sagte er, »oder sogar für seinen Vater.«

Ich erklärte ihm, daß ich meine Diplomarbeit über Čapek geschrieben hatte.

»Aha. Ich dachte, er sei verboten. Wissen Sie, wir sind hier sehr schlecht informiert.« Der Krankenwagen fuhr unterdessen über eine holprige Landstraße, dann hielt er vor einem Friedhofstor. »Macht es Ihnen nichts aus, in die Leichenhalle zu gehen?« Ich sagte, daß ich während des Krieges vier Jahre in einem Lager war und dort eine Menge Tote gesehen hätte.

»Wirklich? Ich hätte gedacht, daß Sie jünger sind.« Dann fügte er hinzu. »Während des Krieges war ich in der Armee – aber in der westlichen, das sieht man heute nicht mehr so gerne. Deshalb bin ich hier. Zuerst müssen wir zum Totengräber, er wohnt gleich gegenüber.«

Der Friedhof sah im Gegensatz zu den Orten, an denen sich die Lebenden aufhielten, ordentlich aus. Auf einigen Gräbern blühten Narzissen und Tulpen. Die Wege waren mit Schotter bedeckt, der in der untergehenden Sonne rötlich wirkte. Ich blieb beim Tor und wartete, meine Stimmung entsprach überhaupt nicht dem Ort, an dem ich mich befand. Gierig nahm ich das Leben in mich auf. Der Tag war gelungen. Der Arzt erschien mir interessant, und ich hoffte, daß er mir zu einer merkwürdigen oder sogar tragischen Geschichte verhelfen würde.

Ich dürstete nach Geschichten. Gleichzeitig hatte ich den Eindruck, daß ich nicht genug dafür tat, um ihnen nahezukommen. Mein Leben, mein eigenes Schicksal, war bisher, wenn es um Stoffe für Geschichten ging, eigentlich recht verschwenderisch gewesen. Doch um mein Schicksal zum Mittelpunkt einer Erzählung zu machen, fehlte es mir an Selbstbewußtsein oder der nötigen Eigenliebe. Außerdem unterliegt man gewöhnlich den Einflüssen der Umwelt; fast alle Autoren erzählten damals wie verrückt Geschichten, die unpersönlich wirkten, ohne jeden Zusammenhang mit ihren eigenen Erfahrungen, ihrem Schicksal. Auch Karel Čapek, den ich bewunderte, jagte Ereignissen nach, die sich um ihn herum zutrugen, und verpflanzte sie in Milieus, die ihm exotisch erschienen. Ja, er beschloß sogar, sich nicht um sein krankes Rückgrat zu kümmern und unter Tage zu gehen, so wie ich vor einer Weile.

Am Tor erschien ein alter Mann mit einem Schlüsselbund, der Arzt ging hinter ihm … »Wenn ich in Rußland gekämpft hätte«, fuhr er fort, »dann hätte ich einen besseren Job. Vielleicht im Ministerium. Wenn ich während des Krieges zu Hause geblieben wäre und ein bißchen kollaboriert hätte wie alle anderen, dann hätte ich daheim in Pilsen weitermachen können. Aber ich bereue es nicht. Ich hab zumindest etwas von der Welt gesehen. Und die Wüste – so eine Nacht in der Wüste …« Er fuchtelte mit der Hand, als wolle er unterstreichen, daß man die Schönheit einer Wüstennacht mit nichts vergleichen konnte, und wir betraten die Leichenhalle.

Der Verstorbene lag allein da – nur mit einem Hemd und einer Hose bekleidet, die Füße mit den großen gelben Fußsohlen waren nackt. Das Gesicht war mit einem Stoppelbart bedeckt, um den Mund herum klebten ihm eingetrocknete Reste von Essen oder Erbrochenem. Offensichtlich hatte man ihn noch nicht gewaschen, falls ihn überhaupt jemand waschen würde. Der Arzt trat an ihn heran und versuchte, seinen Arm zu bewegen. »Morgens haben sie ihn gebracht?« fragte er den Totengräber.

»Morgens!«

»Da sehen Sie es!« wandte sich der Arzt an mich, so als hätten wir uns darüber gestritten.

»Seine Alte hat wahrscheinlich gedacht, daß er bei den Pferden schläft«, der alte Mann hustete. »Deshalb hat sie ihn nicht gesucht. Sie haben ihn erst morgens gefunden, als sie den Saal saubergemacht haben.«

Eine Schmeißfliege kam herein und flog brummend über den Leichnam, dann setzte sie sich auf die bleichen Lippen.

»Du hättest ihn wenigstens zudecken können«, sagte der Arzt verdrossen. Wir gingen aus der Leichenhalle. Während der Totengräber zusperrte, wusch sich der Arzt die Hände in einem Eimer an der Pumpe.

»Er ist hier im Gasthaus gestorben?« fragte ich.

»Im Gasthaus. Er hat Erbrochenes eingeatmet, und das war's. Er hat einen zu viel getrunken. Der Mensch rappelt sich hundertmal wieder auf; aber einmal schafft er es nicht mehr.«

»Und man hätte ihm nicht helfen können?«

Er zuckte mit den Schultern. »Selbst wenn sie erkannt hätten, daß es ihm schlechtgeht, wer hätte ihm helfen sollen, da ich auf der Schulung war?« Wir setzten uns wieder in den Krankenwagen. »Ich sage Ihnen was, wenn Sie schon über den Čapek geschrieben haben«, der Arzt beugte sich zu mir. »Die Menschen hier leben wie die Tiere. Wundert es Sie, daß sie dann auch so sterben?«

Der Krankenwagen hielt an, der Arzt war zu Hause. »Das macht die Luft«, sagte er noch. »Zu viel Staub und Leere.«

Auch ich stieg aus. Ich mußte nirgendwohin, mich erwartete nur die Einsamkeit meines Hotelzimmers, auf die ich mich nicht freute.

Das, was ich gerade gehört und gesehen hatte, bedrückte mich. Während des Krieges, der meine wichtigste Lebenserfahrung war, hatte ich mir immer vorgestellt, alles Böse käme nur vom Krieg und würde auch mit ihm verschwinden, und lange hatte ich nicht einsehen wollen, daß der Krieg im Gegenteil nur der Höhepunkt dessen ist, was in und zwischen den Menschen an Bösem vorkommt.

Wenn meine Stimme nur mächtig genug gewesen wäre, so daß ich die Menschen zu mehr Vernunft, Liebe und gegenseitigem Verständnis hätte aufrütteln können! Im Geiste hatte ich mich dazu entschlossen, über all das zu schreiben, was ich hier sah. Ich würde ein Zeugnis ablegen, das die Leute erschüttern würde, ich würde die Armut enthüllen, die uns umgab und von der wir nichts wissen wollen oder dürfen.

Im Restaurant sah ich die Krankenschwester aus dem Behandlungszimmer an einem Tisch sitzen. Sie trank zusammen mit einem Mädchen Wein, das mir trotz der vernichtenden Anstrengungen eines Dorffriseurs hübsch erschien. Alles an ihrem Gesicht war ausdrucksvoll: die dichten Augenbrauen, der sinnliche Mund und eine Nase – länglich und dünn –, wie ich sie von den Bildern antiker Statuen her kannte. Die Krankenschwester winkte mir zu, gerade hätten sie über mich gesprochen, der Familienname ihrer Freundin Helena unterschied sich nämlich von meinem nur durch eine verkleinernde Endung. Es freute mich, daß sie sich meinen Namen gemerkt hatte, wenn auch nur wegen des Namens ihrer Freundin. Helena, so erfuhr ich, unterrichtete hier an der Volksschule. Ich erinnerte mich an meine eigene Lehrerin, zu der ich vor zwanzig Jahren als allmächtig und allwissend aufgeblickt hatte, und sagte, daß meine Beinahenamensvetterin einen schönen Beruf habe.

Woanders könnte das Unterrichten einem vielleicht Freude machen, antwortete sie, aber die hiesigen Teufelsbraten würde sie nicht einmal ihren Feinden wünschen. Ihre Stimme klang ein wenig scharf, auch wenn ihr singender Tonfall sie ein wenig milderte. In ihren Augen, deren Farbe an trockenen Lehm erinnerte, sah ich etwas rührend Wehmütiges.

Wenn schon unterrichten, dann in einer großen Stadt, sagte sie noch. Sie würde das Theater, Kino, Musik, einfach das Leben lieben, und hier? Von Einbruch der Dunkelheit an müßte sie sich total verbarrikadieren, und sogar am hellen Tage könnte sie nicht sicher sein, daß sie ohne Probleme nach Hause kam. Sie ahne, daß ich ihr nicht glaubte, man müßte an diesem Ort leben, und vor allem müßte man da sein, wenn auf der Baustelle Zahltag wäre. Ich würde erschrecken und denken, es hätte mich in den Wilden Westen verschlagen. Auch wenn ich statt der Colts nur gezückte Messer sehen würde. Sie warf den Kopf zurück, so daß ihre Schäfchenlocken zitterten. Sie hatte nichts Aufmunterndes gesagt, dennoch verflüchtigte sich meine Niedergeschlagenheit. Ich bestellte noch einen Wein. Die Mädchen zierten sich ein bißchen, draußen wurde es schon dunkel, höchste Zeit, nach Hause zu gehen.

Ich versprach, sie nach Hause zu begleiten, ich hätte ohnehin nichts zu tun, ich kannte hier niemand, und selbst wenn ich hier jemand kennen würde, so könnte ich mir doch keine angenehmere Gesellschaft vorstellen als die ihre.

Sie kicherten – und wir tranken auf das Du.

Ich fügte hinzu, das traurigste an meinem Beruf, der mich oft in fremde Gegenden führte, wären gerade die Abende, die ich einsam in Hotels oder irgendwelchen Quartieren verbringen mußte.

»Aber geh«, sagte die Krankenschwester, »du siehst nicht aus wie jemand, dem es nicht gelingt, Gesellschaft zu finden.« Sie wollte gerne wissen, ob ich oft reisen mußte und welche Länder ich kannte.

Mit meinen Auslandsreisen war es nicht weit her. Als Student war ich bis nach Bulgarien gekommen. In einem Bergstädtchen mitten in den Rodopen hatte ich einen alten Lehrer kennengelernt. Auf dem Rücken eines Maultiers brachen wir zusammen ins Gebirge auf, in kleine Dörfer, die von allem abgeschieden waren, was die heutige Zeit ausmacht – schließlich hatten muslimische Fanatiker den Lehrer dort vor kurzem umgebracht. Ich erzählte von diesem Mord, als wäre ich bei der Bluttat dabeigewesen, und um einer meiner Zuhörerinnen zu imponieren, verwandelte ich den Lehrer in einen Märtyrer.

Sie hörten mir interessiert zu und waren nicht mehr beunruhigt, daß es zu spät für sie würde. Angeregt durch den Wein, den ich getrunken hatte, begann ich über mich zu sprechen, über meine literarischen Erfolge. Voller

Genugtuung registrierte ich, daß ich, der ich aus der Hauptstadt kam, in den Augen der beiden Mädchen durchaus ansprechend war. Sicherlich war ich interessanter als alle, mit denen sie sich in diesem Nest treffen konnten. Ich wuchs auch in meinen eigenen Augen, schamlos erwähnte ich Personen, die ich kennengelernt hatte, wohl wissend, daß ein Abglanz ihrer Berühmtheit auf mich fallen würde.

Als wir endlich zum Ausgang gingen, kicherte die Krankenschwester bereits über alles, was ich sagte, die Augen ihrer Freundin Helena blickten jedoch immer wehmütiger. Als ich sie so mit wachsender Begeisterung ansah, dachte ich, daß sie mir durch ihren Blick etwas mitteilte, daß sie Hilfe, Rat oder vielleicht – ein sehr angenehmer Gedanke – etwas mehr von mir erwartete.

Die Glühbirnen in den Laternen waren zerschlagen, doch die Sterne leuchteten heller als in der Stadt. Die Mädchen hängten sich bei mir ein, ich spürte die freundliche Wärme ihrer Körper.

Die Krankenschwester wohnte ganz in der Nähe, Helena mußte bis ins Nachbardorf, und sie zögerte jetzt, ob ich sie wirklich begleiten sollte, es sei nicht nett, mich so unverschämt in Anspruch zu nehmen.

Gut, wenn ich so liebenswürdig war! Es kam mir so vor, als klinge ihre Stimme verkrampft, und sie hängte sich auch nicht mehr bei mir ein.

Der Ort mit seinen vereinzelten Lichtern lag hinter uns, und wir gingen in die Dunkelheit, die nur schwach vom Sternenlicht vertrieben wurde und in die Stille, die nur schwach durch unsere Schritte durchbrochen wurde. Wir schwiegen und berührten uns nicht einmal durch Worte, aber ich war mir ihrer Nähe bewußt. Ich erinnerte mich an meine früheren Wanderungen, auf denen mich nie jemand begleitet hatte, auf denen nie eine Person bei mir gewesen war, die ich hätte ansprechen können. Weil ich meine Schüchternheit nicht überwinden konnte, weil ich kein Mädchen finden konnte, redete ich mir damals ein, dies sei genau das, was ich wollte. Aber im Grunde genommen hatte ich mich nach jemand gesehnt, nach Umarmungen, Liebkosungen und Zärtlichkeit, die ich empfangen und geben wollte. Ein Mädchen an meiner Seite, das war etwas so Unerwartetes, daß ich daran zweifelte, daß es sie tatsächlich gab. Allerdings hatte dieser ganze Tag Ähnlichkeit mit einem verrückten Traum gehabt: Wasserfälle, aus denen das Wasser für immer verschwinden würde, eine Fahrt in die Unterwelt, in der halbnackte Höhlenmenschen, die an Teufel erinnern, in den Wänden aus Stein hämmerten, die nackten Füße des toten Mannes in der Leichenhalle – dieser beklemmende Alptraum wurde jetzt durch eine anmutige Vision abgelöst, die Träume meiner langen Wanderungen wurden auf eine Weise real, daß ich sie schon nicht mehr von der Wirklichkeit unterscheiden konnte. Wann und wo würde ich erwachen? Und in diesem Augenblick begann es über dem dunklen zackigen Horizont heller zu werden, wie um mir die Traumhaftigkeit meiner Wanderung zu vergegenwärtigen. Ich suchte nach der Hand neben mir, bis ich aus der Leere eine Mädchenhand herausfischte. Nackte Finger verflochten sich sofort mit meinen, und ich hatte den Eindruck, als zöge mich jemand zart an der Hand vom Weg zur Seite. Und wirklich – nur ein paar Schritte weiter ragte ein Heuschober empor.

Wir fanden einen Sitz aus Stroh. Mir schien, als zögere sie, dann befreite sie ihre Hand aus meiner und setzte sich so, als erwarte sie noch einen Dritten, der sich zwischen uns zwängen würde.

Über dem gezackten Horizont tauchte langsam die zu drei Vierteln volle Mondscheibe auf, das Licht, das aus ihr hervorquoll, übergoß die Landschaft vor uns. Dann sah ich, wie aus der Himmelshöhe zwei funkelnde, geflügelte Geschöpfe auf steiler, fast gerader Flugbahn zu uns herabstürzten.

Und als sie schon ganz nahe waren und ich erschrak, daß sie bei diesem furchterregenden Fall auf der Erde zerschellen würden, da begannen diese Wesen geschmeidig zu steigen, sie schwebten dicht über uns, ich konnte ihre durchsichtigen Gesichter nicht erkennen, aber ich spürte das Wehen ihrer Flügel. Ich rückte dichter an meine Gefährtin heran, nun hätte niemand mehr zwischen uns Platz gehabt, ob er nun aus der Erde hervorkäme oder vom Himmel herabschwebte. Ich sehnte mich danach, sie zu umarmen, aber ich war zu schüchtern. Ich sagte: »Plutarch glaubte, daß auf dem Mond Dämonen wohnen.«

»Was für Dämonen?« fragte sie erschreckt.

»Es sind höhere Wesen«, erklärte ich, »aber ihnen haftet etwas Körperliches an, so daß sie Menschen ähneln.«

»Ich weiß nicht«, sagte sie, »hier interessiert sich niemand für solche Dinge.«

Ich hätte dieses Thema gerne weiterverfolgt, aber ich wußte nicht mehr über die Dämonen – außer, daß vor einem Augenblick hier zwei vorbeigeflogen waren. »Worüber spricht man denn hier?«

»Frag lieber nicht«, sie seufzte und sah mich an. Sie hob ihr Gesicht, und ihr Atem streifte mich leicht. Mit ihren Flügeln bedeckte sie mich ganz. Wir küßten uns. Ich preßte mich an sie, bis sie sich losriß. »Was tun wir? Das gehört sich doch nicht?«

»Wie meinst du das?«

»Wir kennen uns doch gar nicht. Du hast mich betrunken gemacht und willst es jetzt ausnutzen!«

Ich hätte ihr selbstverständlich sagen müssen, daß sie sich täuschte. Sie wartete auf die zärtliche Versicherung, daß ich sie liebte, dann hätte ich sie weiterküssen können, aber ich erschrak. Wir kannten uns wirklich nicht, aber sie müsse sich nicht fürchten, ich wollte ihr nicht zu nahe treten. Wenn sie dachte, daß wir uns besser kennenlernen müßten, dann würde ich zu ihr kommen oder wir würden uns irgendwo treffen, sie selbst wüßte, daß …

»Ich will dir glauben!« Sie nahm meine Hand und führte mich zurück auf den Weg. Sie wolle mich nicht rühren, aber wenn ich wüßte, wie viele Enttäuschungen sie im Leben schon durchgemacht hatte, dann würde ich mich nicht wundern, daß sie Angst hätte, jemand zu vertrauen. Und als wollte sie aufholen, was wir versäumt hatten, begann sie, mir von sich zu erzählen. Sie hätte nie daran gedacht, Lehrerin zu werden, sie hatte Literatur, Sprachen oder Kunstgeschichte studieren wollen. Doch dann hatte man ihren Vater eingesperrt, das war genau vor dem Abitur gewesen. Der Vater hatte zwar nichts verbrochen, aber sie brachten ihn trotzdem in ein Lager, und sie war froh, daß sie ihr überhaupt erlaubten, das Abitur abzulegen. Damals lernte sie, wie die Menschen sein können. Auf einmal hätten nicht einmal jene, die sie für ihre Freunde gehalten habe, sie mehr gekannt. Was sollte sie tun? Überall wurde sie abgelehnt, sie konnte nur zwischen zwei Übeln wählen. In der Anstalt hatten sie jeden genommen. Was sie dort sah und erlebte, würde sie nie mehr vergessen, aber sie wollte sich nicht daran erinnern. Ein Schwachsinniger rührte sie dennoch. Er lief mit einer zerlumpten Puppe hinter ihr her und wollte von ihr, daß sie ihm helfe, die Puppe anzuziehen. Er war schon fünfzehn Jahre alt, aber ihm machte nichts anderes Freude. Sie spielte mit ihm und nähte sogar Kleider für die Puppe. Eines Tages schlich er sich im Garten von hinten an sie heran und schlug ihr mit einem Holzbalken auf den Kopf. Vierzehn Tage lag sie mit Gehirnerschütterung im Krankenhaus, und sie hätte Glück gehabt, weil in der Nähe ein Gärtner gearbeitet hatte, der den Jungen verjagte, bevor er sie zu Tode geprügelt hatte. »Später hat er mir erklärt, daß er mit mir wie mit der Puppe spielen wollte«, fügte sie hinzu. »Es hat ihn gestört, daß ich mich bewege.« Man steckte ihn dann in eine andere Anstalt, in die geschlossene Abteilung, aber sie war trotzdem nicht wieder zurückgegangen, sie habe sich gefürchtet.

Sie sprach langsam. Ihr jammernder Ton erinnerte mich an meine Mutter, der das Leben auch unablässig Unrecht zufügte und die seit meiner Kindheit von mir verlangte, daß ich sie tröstete. Ihr und der Wirklichkeit zum Trotz hatte ich mir ein seliges Gäßchen geschaffen, in das ich während meiner Wanderungen flüchtete. In ihm verbanden sich die Götter der Liebenswürdigkeit mit der menschlichen Sehnsucht nach Gerechtigkeit und einem würdigen Leben.

Doch jetzt stellte ich immer öfter fest, daß die Welt nur wenig Ähnlichkeit mit meinem Gäßchen hatte, und das ließ mich abwechselnd verzweifeln oder den Entschluß fassen, etwas zu unternehmen, um zumindest einen Bruchteil meiner Vorstellungen zu bewahren.

Nach zwei Jahren hatten sie ihren Vater wieder entlassen, sagte sie noch, und vielleicht hatte man ihr deshalb liebenswürdigerweise erlaubt, in dieser Verbannung zu unterrichten. Und hier hatte sie gelernt, worum es den Menschen im Leben wirklich geht. Wenn ich nur ahnte, wenn ich mir vorstellen könnte, was sie alles erlebt hatte! »Ich habe Angst, jemandem zu vertrauen«, tat sie sich mit ihren Enttäuschungen hervor, »meinst du nicht auch, daß es besser ist, von niemand mehr etwas zu erwarten?«

Irgendein sonderbares Geheimnis umgab sie. Wie fallendes Wasser, wie die Wände eines mächtigen Strudels, der versucht, sie zu verschlucken. Ich sah sie ganz am

Grunde eines Abgrundes aus Wasser. Ich bemerkte meine eigene schwindelerregende Sehnsucht, mich ihr hinterherzustürzen und sie zu retten.

Wer nichts mehr erwartet, wandte ich ein, der verurteilt sich selbst. Der Mensch wartet auch in den schlimmsten Zeiten, auch wenn er zum Tode verurteilt ist, auf Gnade, er blickt empor zu irgendeiner Hoffnung.

»Du kannst das sagen«, meinte sie, »du fährst morgen weg – aber ich bleibe hier.«

Ja, ich mußte fahren, auch wenn ich gerne noch geblieben wäre. Aber was dächte sie von mir? Daß ich verschwinden und sie vergessen würde, daß ich sie vergessen könnte? Ich würde ihr schreiben, und wenn es möglich wäre, sie auch besuchen kommen.

»Ich weiß, ich weiß«, sagte sie, »jetzt denkst du das vielleicht. Aber wirst du auch morgen noch an mich denken?« Sie küßte mich schnell, so als wollte sie mich von weiteren Schwüren abhalten, aber als ich sie umarmen wollte, entzog sie sich mir. Hinter den nächsten Windungen des Weges sah ich Dächer.

Sie sei schon fast zu Hause. Sie danke mir für die Begleitung. Für diesen besonderen Abend. Sie schüttelte stürmisch den Kopf, mein Schäfchen, so als könnte sie es selbst nicht glauben, dann drehte sie sich um und rannte zu dem nächsten Haus. Ich hörte, wie der Hund freundlich losbellte.

Sie drehte sich noch einmal um, aber sie winkte nicht. Das Tor knarrte, und sie verschwand.

Ich ging bis zu dem Haus. Es hatte die Nummer neun.

Am nächsten Tag fuhr ich glücklich, ja berauscht mit dem Zug heim. Was ich an einem Tag alles erlebt, was ich erreicht hatte! In meinem Kopf kreisten Gesprächsfetzen, klangen fremde Stimmen, und immer noch roch ich den duftenden Atem eines Mädchens, das kaum merklich vom

Wein beschwipst war. Ungeduldig verfaßte ich im Geist einen Brief, als ich ihn kaum beendet hatte, begann ich eine Erzählung über einen Mann zu schreiben, der allein und verlassen unter einem Wirtshaustisch stirbt. Ich merkte, daß ich ganz fiebrig wurde.

Zu Hause schrieb ich alles in derselben Reihenfolge auf. Ich versicherte meiner Beinahenamensvetterin, daß der Abend mit ihr unvergeßlich für mich war, daß er von allem, was ihn umgab, abstach, daß er nichts glich, was ich bis dahin erlebt hatte, und daß ich hoffte, dieser Abend würde nicht der einzige bleiben. Ich hätte Sehnsucht danach, sie zu sehen (wenn ich die Augen schloß, dann erschiene mir ihr Gesicht, und ihre zarte, geheimnisvolle Seele spräche zu mir), ihre Stimme zu hören, die mich aus dieser Welt risse. In einem Buch über ägyptische Mysterien hätte ich Informationen über Dämonen gefunden. Dämonen, teilte ich ihr mit, können gut oder böse sein. Die guten Dämonen vermitteln zwischen den Menschen und den Göttern, die bösen leiteten zur Sünde an. Unter die guten Dämonen mischten sich nach dem Tode die Seelen der besten Menschen. Ich wollte ihr guter ... wenigstens ihr guter Mensch sein, so wie ich glaubte, daß sie der meine sei. Den Brief schrieb ich sauber ab und gab ihn noch vor dem Abend auf. Ich aß eine Scheibe Brot und begann, die Erzählung zu schreiben. Ich nannte sie ›Reise zu einem Toten‹. Meine Helden waren ein Arzt und ein Krankenwagenfahrer. Beide forschen nach, ob der Tote, den ein Gastwirt morgens unter einem Tisch gefunden hat, wirklich unbemerkt in einem Saal voller Menschen gestorben ist oder ob jemand den Toten in den Saal geschleppt hat. Ich ließ die beiden in einem Ort von Haus zu Haus gehen, in dem umherziehende Tunnelarbeiter, Zigeuner, Leute mit einschlägiger Vergangenheit, Trinker und Raufbolde lebten, und mit jedem über den Toten sprechen. Meine Helden finden nichts Verdächtiges, keine Spur von Haß, Rache oder Gewalt, zum Vorschein kommt nur Desinteresse. Sie finden keinen, der sich für das Leiden oder die Vereinsamung eines anderen interessiert, der erkennen könnte, daß der Leidende auf Hilfe wartet. Dieser Sterbende in einem Saal voller Menschen hatte nur unser aller Schicksal auf sich genommen, so begriff ich plötzlich, die unzähligen und einsamen Tode, die sich in einer gleichgültigen und teilnahmslosen Welt abspielten. »Ich weiß nicht«, ließ ich den Fahrer zum Schluß sagen, »es wäre fast besser, wenn ihn jemand erschlagen hätte.« Die Erzählung war zwanzig Seiten lang, ich hatte bis schrieb zum Morgen daran. Ich war so aufgeregt und begeistert, daß ich nicht einmal Müdigkeit verspürte.

Ich frühstückte und fuhr in die Redaktion. Dort schrieb ich mit leichtem Herzen und mit leichter Feder auf, was ich über die Talsperre wußte. Als ich alle technischen Daten erschöpft hatte, schilderte ich die äußere Umgebung der Talsperre und den künstlichen See im Inneren, dann die Menschen auf der Baustelle. Hier und da, schrieb ich, tauchen solche auf, die von der Baustelle durch ihre Vergänglichkeit, den großen Verdienst und die Möglichkeit eines ungebundenen Lebens angelockt werden. Ganz sicher sind sie es, die den meisten Lärm machen und den Saal in einer Gastwirtschaft namens »Mexiko« füllen.

In diesem Moment erschien meine geliebte Lehrerin vor meinem geistigen Auge, als hätte ich erneut ihre klägliche Litanei gehört. Wer hatte ihr eigentlich wie Schaden zugefügt?

Ich schrieb: Solche kommen zwar, aber sie verschwinden auch schnell wieder, und man hört nie wieder von ihnen. Doch die ehrlichen Arbeiter, Ingenieure und Baufachleute sind in der Mehrzahl, sie haben schon manchen Tunnel, manche Talsperre gebaut, durch ihre Hände sind so viele Steine gegangen, daß man aus ihnen einen Grabhügel errichten könnte, der bis in den Himmel emporragte ...

Das erinnerte mich an die Berge, die sich an Orten auftürmten, wo noch vor kurzem Bergwiesen lagen. An die Wiesen hatte ich in der Reportage nicht erinnert, auch den Toten unter dem Tisch hatte ich nicht erwähnt, die Stromschnellen aber, die für immer verschwinden würden, hatte ich bedauert.

Kaum hatte ich die Reportage abgeliefert, da fiel mir auf, wie sehr sich das Lebensgefühl in der Erzählung von dem der Reportage unterschied. Konnte der erste Text wahrer sein als der zweite? Oder erfaßten beide gegensätzliche Seiten ein und derselben Wirklichkeit und waren somit also beide wahr? Ich erinnerte mich an trügerische Lehrsätze und an die Anekdote, die ich im Behandlungszimmer an der Talsperre gehört hatte. Ich sollte mir nichts vormachen! Noch bevor ich zu irgendeinem Schluß kommen konnte, rief man mich zu einer Besprechung. Dort lobte der Chef meine Reportage: Die kritische Haltung würde durch meine Bemühungen ausgeglichen, das Neue in unserem Leben zu erfassen.

Der Chef reizte mich gewöhnlich durch seine intellektuelle Abhängigkeit und seine untertänige Gehorsamkeit angesichts allgemein anerkannter Autoritäten, aber ich sehnte mich so sehr danach, so schnell wie möglich in mein seliges Gäßchen zu kommen, in das ich meine Liebste führen würde, daß ich mich gern beruhigen ließ. Wenn die Reportage erschien, würde ich ihr ein Exemplar schicken und ihr so die Tür zu meinem – augenblicklich noch recht dürftigen – Ruhm öffnen. Nichts auf der Welt erschien mir wichtiger als die Frage, ob sie mir folgen würde.

Noch vor Ende der Woche erhielt ich eine Antwort auf

meinen Brief. In schöner Schrift teilte Helena mir mit, daß ich ihr eine Freude gemacht hätte, sie hätte nicht erwartet, daß ich mich melden würde, im Geiste bitte sie mich um Verzeihung. Ich dürfte jedoch deswegen nicht auf sie böse sein, sie hatte nicht darüber sprechen wollen, um den schönen Abend nicht zu verderben, aber sie hätte eine sehr bittere Erfahrung gemacht, eine solche Enttäuschung erlebt, von der sie sich nie wieder erholen würde. Wie hatte schon K. H. Mácha geschrieben: »Früh bist du verödet, Paradies meiner Träume ...« Sie fügte noch ein paar Sätze über die Arbeit in der Schule hinzu, die den größten Teil ihrer Tage einnehme. Früher hätte sie den Stundenplan so einrichten können, daß sie samstags frei hatte, doch jetzt, am Ende des Schuljahres, gelänge ihr das kaum einmal im Monat, wenn der Schulleiter ihre Klasse übernahm. Sie könnte sich vorstellen, daß ich viel Arbeit hätte, aber wenn ich die Zeit fände, dann würde sie ein Brief von mir freuen, das wäre ein Lichtblick in dem Dunkel um sie herum.

Ich fand sofort Zeit dafür. Jeder Mensch sei verwundbar, schrieb ich, jeder müsse im Leben leiden, aber das bedeute nicht, daß man verzweifeln dürfe. Noch ein Weilchen tröstete ich sie und versuchte, sie davon zu überzeugen, daß sie, auch wenn ihr im Leben etwas Schlimmes widerfahren sei, doch ihre Bitterkeit nicht auf mich übertragen dürfe. Dann schrieb ich noch ein bißchen über meine Arbeit. Ich beschwerte mich nicht darüber, im Gegenteil, ich bemühte mich, ihr den Eindruck zu vermitteln, daß, was ich tat, wichtig, ja bedeutend war. In der nächsten Woche, so versprach ich, wollte ich versuchen, mich frei zu machen, damit ich zu ihr fahren konnte – und zwar schon Freitag nachmittags. Ich gab noch die genaue Uhrzeit an, zu welcher der Zug ankam, um mein Kommen glaubwürdiger erscheinen zu lassen und damit sie, falls sie wollte, auf mich warten konnte.

Die Antwort kam postwendend. Mein Brief habe sie sehr gefreut, aber eine noch größere Freude hätte ich ihr damit gemacht, daß ich sie besuchen kommen wollte. Doch ich sollte nicht kommen. Diese Woche hätte sie samstags frei und führe zu ihrer Tante nach Litoměřice. In Prag mußte sie umsteigen, und falls ich Zeit und Lust hätte, könnten wir uns ein Weilchen sehen. Bei ihnen sei jetzt alles so schön, in der Natur, meine sie. Und die Blümchen seien so rein. Manchmal verspüre sie einen Schmerz darüber, daß der Mensch so schlecht und böse zu ihnen sei. Und da falle ihr unwillkürlich ein kleines Gedicht von Seifert ein:

> ›… ich möchte wie eine Blume sein,
> nur eng an den Stiel mich schmiegen.‹

Wie wahr das ist! Ich erinnere mich an Dich, wie schön dieser Abend mit Dir bei uns war. Ich fürchte, wir hätten uns nicht treffen sollen, und doch weiß ich, daß wir uns treffen mußten, sonst hätte ich nicht erkannt, daß es etwas gibt, das, so hoffe ich, wie diese Blümchen sein könnte …«

Die Nacht vor dem versprochenen Treffen gab ich mich Liebesträumereien hin, die um so verwegener waren, als sie unrealistisch waren.

Ich wartete am Zug, und als ich sah, wie sie auf mich zuging – ihr Rock lag eng an den Hüften an, ihre geöffnete Bluse entblößte den Hals –, umarmte ich sie unter dem Eindruck meiner Vorstellungen gleich auf dem Bahnsteig und begann sie zu küssen.

Sie entzog sich mir: »Das geht doch nicht – hier!« Aber sie hängte sich bei mir ein und ließ sich aus dem Bahnhof führen.

Ich wollte wissen, wieviel Zeit noch bis zur Abfahrt

ihres Anschlußzuges blieb. (In meiner Vorstellung fuhr er gar nicht, er war nur ein Vorwand, damit sie zu mir kommen konnte.)

Der Zug fuhr in zweieinviertel Stunden.

»Ich habe mich so auf dich gefreut«, versicherte sie mir, als sie meine Enttäuschung bemerkte. »Bist du nicht froh, daß wir ganze zwei Stunden zusammensein können?«

Unweit des Bahnhofs war eine Weinstube, aber dort würden uns die vielen fremden Leute stören. Sie war damit einverstanden, daß wir draußen blieben. Glücklicherweise rumpelte gerade die Eins vorbei, die uns bis zum Petřín bringen würde. Die ganze Nacht hatte ich mir zurechtgelegt, worüber ich mit ihr bei unserem Treffen sprechen würde, aber eine überfüllte Straßenbahn paßte weder zu den hochgeistigen Themen noch zu dem Liebesgeständnis, das ich vorbereitet hatte. Glücklicherweise bemerkte sie meine Ratlosigkeit nicht, sie überschüttete mich mit Neuigkeiten von der Baustelle. Diese bestanden aus einigen Unfällen, Schlägereien, Diebstählen und aus Äußerungen unserer einzigen gemeinsamen Bekannten, der Krankenschwester Dáša. Weiter sprach sie über ihren Chef, der sie immer mehr schikanierte und über die Kinder, die sie bald um die Nerven und den Verstand brächten.

Das Thema Schule kam mir zupaß. Das Ende meines Studiums lag noch nicht so weit zurück, als daß es mir keinen Spaß gemacht hätte, mit meinen großartigen Erfolgen – vor allem auf dem Gebiet der Mathematik – zu prahlen. In der Mathematik glänzte, vielleicht infolge des Unterrichtsausfalls während des Krieges, nur selten jemand, und deshalb herrschte vor Klassenarbeiten allgemeine Verzweiflung, und ich, der ich für ein Mathematikgenie gehalten wurde, mußte immer wieder schwören, daß ich die anderen nicht vergessen würde. Einmal hatte mich der Mathematiklehrer auf das Katheder gesetzt, um meine Sabotage-Akte während der Klassenarbeit zu verhindern. Doch ich hatte die Lösungen auf ein Stückchen Löschpapier geschrieben, das ich als Papierkügelchen in die erste Bank warf.

»Da beneide ich dich«, sagte sie, »mir machen die Rechenaufgaben immer die meiste Arbeit.«

In der Zahnradbahn setzten wir uns an das unterste Fenster. Unter uns tauchte die Stadt aus der Tiefe auf, verdeckt von einem heißen Dunst aus Rauch und Nebel. Ich hatte das Gefühl, als stelle diese Anhäufung von Steinen und Ziegeln, diese Menge von Formen, die aufgrund hundertjähriger Anstrengung in Gestalt von Türmchen, Kuppeln, steilen Dächern, spitzen Türmen und Toren emporragte, den besten Hintergrund für unser Treffen dar. Ich sah sie an. In ihrem Gesicht bemerkte ich so viel Gefühl, eine solche Erregtheit – sie stand nicht auf dem Boden, sondern auf einer Felsenklippe, das Wasser toste um ihre Beine.

Sie registrierte, daß ich sie betrachtete. »Warum siehst du nicht dorthin?« Sie zeigte auf die Stadt.

»Dich sehe ich seltener!«

Sie drückte sich an mich, und ich legte meinen Arm um ihre Schultern.

Ich bemerkte, daß in ihrem Haar, das von dem gleichen Braun war wie meines, schon einige graue Strähnen waren. Wo kamen sie her?

»Ach, wenn du wüßtest, was ich dir alles über mich erzählen könnte.«

Wir stiegen aus der Zahnradbahn und spazierten auf verlassenen, kleineren Wegen. »Du mußt mir alles über dich erzählen!«

»Warum?« Sie erschrak. »Man sollte anderen ihr Geheimnis lassen.« Sie selbst begann jedoch, mich auszufor-

schen. Doch sie interessierte sich nicht für jene vergangenen Zeiten, in denen es um Leben und Tod gegangen war,
sondern dafür, ob ich ein Mädchen in Prag hatte, warum
ich keines hatte (alle Männer in meinem Alter, die sie
kannte, waren verheiratet!), nein, sie glaubte mir, daß ich
alleine war und noch nie verheiratet gewesen war, ich
sähe nicht so aus wie jemand, der sie so schrecklich täuschen würde. Sie wollte auch noch wissen, mit wie vielen
Mädchen ich schon gegangen war, ob sie hübsch waren,
warum ich sie verlassen hatte oder ob sie mich verlassen
hatten. Der Wahrheit entsprechend gestand ich, daß sie
meistens mich verlassen hatten, weil ich zuviel Angst
gehabt hatte, ihnen Unrecht zu tun. Sie verstand meine
Befürchtungen. Welche Farben mochte ich? Und welche
Blumen? Und Dichter! Hatte ich eine eigene Wohnung?
Könnte ich überhaupt mit jemandem leben? Würde ich
der Liebe wegen Prag verlassen und alles aufgeben,
woran ich gewohnt war? Ich erschrak leicht über diese
allzu sachlichen Fragen, ich sehnte mich danach, sie zu
umarmen, ich wollte nicht über mögliche Unannehm-
lichkeiten nachdenken, die durch unsere Liebe entstehen
könnten.

Schließlich entdeckte ich eine abgeschiedene Bank im
Schatten einer riesigen Eiche. Wir setzten uns. Irgendwo
duftete aufreizend ein später Flieder. Sie blickte in die
Ferne auf die Dächer, die man zwischen den Zweigen
sehen konnte. Ich wollte sie umarmen, aber plötzlich
kam ein Häuflein blinder Kinder hinter dem Denkmal
Vrchlickýs hervor, dieses Rasenden der Literatur, der
bestimmt mit beiden Händen gleichzeitig geschrieben hat.
Gespensterhaft gingen sie knapp an dem steinernen Rie-
sen vorbei, dann stellten sie sich auf einen Wink ihrer Lehrer direkt vor unserer Bank in einem mißlungenen, sonderbar krummen Kreis auf. Eine der Lehrerinnen führte

sie an, sie streckten die Arme vor, gingen in die Hocke und hüpften dann, die Knie gebeugt.

Ich sah meine Liebste an. »O Gott«, flüsterte sie, »o Gott …« Schon wieder sah ich sie auf dem Grund eines befremdlichen, bisher geheimnisvollen Strudels.

»Laß uns gehen!« schlug ich vor, »wir suchen uns einen anderen Platz!«

»Nein, nein!«

Die Lehrerin zog eine kleine Flöte aus der Tasche und blies auf ihr. Die blinden Kinder sprangen auf, umarmten sich und begannen, herausfordernd um uns herum zu hopsen, ein schwankender Tanz.

Ich nahm sie bei der Hand und bemerkte, daß sie zitterte. »Du mußt keine Angst haben«, flüsterte ich, »sie sind nur blind.«

»Ja, nur.« Sie bewegte noch ein paarmal lautlos die Lippen, währenddessen schaute sie eines der Kinder an, vielleicht erinnerte es sie an jemand. Es sah so aus, als hätte sie Tränen in den Augen. »Ich liebe dich«, flüsterte ich ihr zu.

Die Kinder hörten auf zu tanzen, auf ein Kommando hin nahmen sie sich bei den Händen und gingen tastend fort.

Ich umarmte sie. »Ich möchte immer mit dir zusammensein.«

»Aber das geht nicht«, wandte sie ein, »du kannst doch meinetwegen hier nicht alles aufgeben!«

Ich versuchte nicht, sie zu überzeugen, und sagte nur: »Ich werde zu dir fahren. Einstweilen. Jede Woche vielleicht.«

»Du bist verrückt! Was glaubst du, wie lange dir das Spaß machen wird?« Sie drückte sich an mich. Sie hatte trockene, heiße Lippen und atmete schnell. Auf meinen Lippen spürte ich ihre Zunge. Jetzt hörte sie auf zu atmen, sie streckte sich in meinen Armen und stöhnte leise. »Du mein liebster, schwarzer, teurer Dämon!«

Ich hatte selbstverständlich schon Freundinnen gehabt, aber nicht eine von ihnen konnte sich mit ihr messen. Mir schien, als tauchte ich gerade in diesem Moment – vielleicht verspätet – aus der Kindheit auf, zu der diese verflossenen Lieben gehörten. Wir waren allein, nicht weit von uns war der Abhang mit Gebüsch bewachsen, das uns vor Blicken geschützt hätte.

Vielleicht hatte sie meinen Blick eingefangen. »Nein, nein«, sie entwand sich mir.

Ich umarmte sie von neuem.

»Es reicht, es reicht! Ich hätte dann keine Lust, dich zu verlassen. Und außerdem muß ich los!«

Mir fiel etwas ein: »Ich fahre mit dir!«

Während des Krieges hatte ich vom Festungswall, den ich nicht verlassen durfte, auf Litoměřice geblickt. Ich hatte diesen Ort nie aus der Nähe gesehen.

»Aber das geht nicht«, sagte sie erschreckt, »die Tante weiß nicht von dir. Ich kann dich nicht einfach so mitnehmen.«

Ich erklärte, daß ich sie nur auf der Zugfahrt begleiten würde. Wir würden jeder für sich aussteigen, und ich würde sofort nach Prag zurückfahren.

»Du würdest nur meinetwegen dort hinfahren?« Sie umarmte mich jetzt – und gab mir wieder einen leidenschaftlichen Kuß. »Mein Liebster, du bist so nett zu mir!«

Ich bemerkte, daß sie zitterte. Ich liebte sie.

Aber wir mußten tatsächlich schon gehen. Als wir den Hügel hinunterliefen, sagte sie plötzlich, daß sie dort auf der Bank unter der Statue des großen Dichters gefühlt habe, daß ich sie wirklich mochte. Es wäre besser, wenn wir uns jetzt verabschiedeten, weil nichts so stark sein könnte wie das, was gerade gewesen sei.

Ich protestierte. Ich wollte zwei Stunden länger mit ihr zusammensein, ich wollte sie nur ansehen, wir müßten überhaupt nicht sprechen. Sie bestand auf ihrem Willen. Sie wünschte sich, dieses Erlebnis unbeschädigt mitzunehmen. So wie man im Radio seine Lieblingsmelodie hörte und dann nichts anderes mehr hören möchte. Der Ernst, mit dem sie unser kurzes Treffen aufnahm, beeindruckte mich. Ich gab nach. Ihre Straßenbahn kam bereits, doch sie öffnete noch hastig die Handtasche und zog eine leicht abgegriffene Fotografie hervor. Wenn es mir nichts ausmachte, daß ihr Vetter mit auf dem Bild sei … Ich hätte doch gesagt, daß ich sie gerne ansehen würde.

Ich bedankte mich und konnte ihr gerade noch versichern, daß ich in der nächsten Woche ganz sicher kommen würde. Sie erreichte kaum den letzten Wagen, sprang schon im Fahren auf, sie schwankte dabei, doch noch auf der Stufe drehte sie sich um und winkte mir zu.

Auf dem Foto stand sie mit einem Jungen in Uniform am Wasserfall. Beide lächelten. Der Abstand zwischen den beiden erlaubte es mir, den Jungen abzuschneiden und in den Papierkorb zu werfen.

Am Tag nach unserem Treffen verfaßte ich einen langen Brief voller zärtlicher Anreden, Gefühlsergüsse und Erwägungen über die Liebe und gegenseitiges Verständnis, die einen alles vergangene und gegenwärtige Leid vergessen ließen. Auch meine genaue Ankunftszeit gab ich an.

Das Schuljahr endete gerade, und ich sollte ein Feuilleton über die Arbeit des Lehrers schreiben. Unter dem Vorwand, daß ich mehr Zeit für meine schöpferische Arbeit bräuchte, fuhr ich schon Freitag morgen zur Talsperre.

In der Vorstellung einer möglichen gemeinsamen Nacht hatte ich neben meinem Waschzeug, Büchern und einer Bonbonniere für Helena auch einen neuen Pyjama eingepackt.

Ich konnte im Zug nicht lesen und trat auf den Gang zu einem geöffneten Fenster, aber auch die Landschaft nahm ich nicht wahr. Die Tatsache, daß ich eine Halbtagesreise unternahm, um meine Liebste zu sehen, gab mir das erhebende Bewußtsein, daß ich fähig war, der Liebe wegen etwas zu unternehmen, durch eine Tat einen Beweis meiner Ergebenheit zu liefern. Im Geiste führte ich endlose Liebesgespräche, je näher ich meinem Ziel kam, desto geschliffener wurden meine Äußerungen. Sie konnte nicht anders, sie mußte mich lieben und mir folgen, wohin ich sie auch führen sollte. Als der Zug um die letzte Kurve fuhr, war ich so erschöpft von meinen Ergüssen, so betäubt, daß ich den Eindruck hatte, ich könnte nach dem Aussteigen kein Wort mehr von mir geben.

Ich stieg aus, aber es wartete niemand auf ein Wort von mir. Das verblüffte mich. Offensichtlich war sie verhindert, wahrscheinlich mußte sie noch unterrichten, beruhigte ich mich. Ich setzte mich auf eine leere Bank und beobachtete ausdauernd die Landstraße, die zum Bahnhof führte. In der Kurve tauchten ein paar Zuspätgekommene auf, unter ihnen waren auch Schulkinder mit dem Ranzen auf dem Rücken, aber sie war nicht dabei. Der Zug trat bereits den Rückweg an, der Bahnhof verwaiste, nur hinten auf einem Nebengleis stapelten einige Männer Zementsäcke. Es hatte keinen Sinn, hier Zeit zu verlieren. Ich machte mich auf den Weg, der mir sonderbarerweise ganz anders vorkam als der, den wir vor drei Wochen nachts gegangen waren. Im Graben lagen aufgeweichte Säcke, alte Reifen und rostige Teile einer Riesenkette. Das Dorf, auf das ich zuging, war in dieser kurzen Zeit um die Hälfte näher gerückt. Als ich am Haus Nummer neun klingelte, schlug der unsichtbare Hund an, einen Augenblick später öffnete sich in der Mansarde ein Fenster und die Krankenschwester Dáša sah heraus: »Du bist es?« rief sie. »Du bist doch gekommen?«

Sie kam herunter. Ich erfuhr, daß Helena krank sei, wahrscheinlich eine Angina, und im Bett liege. Sie habe mir gestern ein Telegramm geschickt, daß ich nicht kommen solle.

Das Telegramm hatte ich nicht erhalten, aber ich wäre sowieso gekommen, so könnte ich mich wenigstens ein bißchen um sie kümmern.

»Ich kümmere mich doch um sie!« Sie tat so, als wolle sie mich wegjagen. »Du wirst dich noch anstecken!«

Helena lag in einem gewaltigen Bauernbett, bis zum Kinn mit einer Daunendecke zugedeckt. »Du bist so weit gefahren, und ich bin zu überhaupt nichts nütze!« Sie versuchte zu lächeln. Sie hatte sich schnell den Mund geschminkt und auch die Locken gekämmt – mein Schäfchen. Ich stellte mir ihren fast nackten Körper unter der Federdecke vor und trat lieber hinter den Tisch. Schnell sagte ich, es genüge mir, hierzusein und sie anzusehen.

Die Krankenschwester ging Tee kochen, und ich zog die Pralinenschachtel aus der Tasche.

»Du bist so nett zu mir! Ich würde dir einen Kuß geben, wenn ich könnte.«

Sie wäre gern nach Hause gefahren, um sich dort ins Bett zu legen, aber sie hätte Angst gehabt, das Telegramm träfe nicht rechtzeitig ein, und ich würde kommen. Und der Schulleiter wollte natürlich, daß sie unterrichtete!

»Obwohl du krank bist?«

»Wir sind mit dem Stoff im Rückstand. Er hat Angst, daß der Inspektor kommt. Heute morgen mußte ich auch hingehen. Und morgen ist wieder niemand da, der für mich einspringen könnte!«

Ich verstand das als Aufforderung. Warum nicht? Ich würde noch ganz andere Sachen für sie anstellen. Sicherlich wäre es auch eine interessante Erfahrung im Hinblick auf mein Feuilleton. Wenn sie wollte, dann würde ich morgen für sie unterrichten!

»Aber das kannst du doch nicht!«

»Warum nicht? Ich habe es schließlich studiert.«

Sie zögerte einen Augenblick. War es ein Vergehen, wenn sie ihre verantwortungsvolle Stelle für einen halben Tag jemand überließ, dessen Befähigung sie nicht einschätzen konnte. »Und du würdest das wirklich für mich tun?« Sie lächelte mich an und zog eine Hand unter der Daunendecke hervor. Ich nahm sie in meine, und sie erwiderte seufzend meinen Druck. »Ich hab dich gern!« Ich beugte mich zu ihr, aber sie bedeckte ihren Mund. »Nein, nein … du könntest dich anstecken … Und ich sehe gerade schrecklich aus!« Und, als wolle sie sich entschuldigen, sagte sie hastig, wenn sie morgen nicht in die Schule müßte, dann ginge es ihr bestimmt besser, dann könnten wir zusammen wegfahren.

Sofort kamen mir meine Liebesträumereien wieder in den Sinn, aber dann erläuterte sie, daß sie am nächsten Tag nach Hause fahren würde, weil sie dort besser gepflegt würde als hier.

Wir tranken zusammen noch Tee, dann forderte sie mich auf zu gehen. Es schicke sich nicht, daß ich nach Anbruch der Dunkelheit noch hier war, noch dazu, wenn sie im Bett lag. Und in einiger Zeit würde der Schulleiter vorbeischauen, der würde bestimmt Anspielungen machen, denn er sei ein Rüpel! Aber es sei gut, daß er kam, dann könnte sie ihn fragen, ob ich sie vertreten könnte.

Bis zur Dämmerung war es noch mindestens eine Stunde, dennoch erhob ich mich gehorsam. »Warte noch«, befahl sie mir, »dreh dich einen Moment um.«

Ich hörte das Bett knarren, dann klapperte eine Schublade, Rascheln von irgendwelchen Papieren und Stoff. Ich fühlte, wie eine Welle seliger Erwartung mich überflutete.

Als sie mir erlaubte, sie wieder anzusehen, lag sie schon wieder im Bett und hielt zwei dünne Bücher und ein schwarz eingebundenes Heft in der Hand. »Hier, zur Vorbereitung«, sie gab sie mir, »wie solltest du sonst wissen, was du unterrichten mußt?«

Am nächsten Morgen war es meine Aufgabe, noch vor Beginn des Unterrichts zum Schulleiter zu gehen. Ich mußte mich vorstellen und sicherstellen, daß ich sie wirklich ohne Zustimmung höherer Vorgesetzter vertreten durfte.

Der Schulleiter war ein untersetzter Kerl mit einer niedrigen schweißbedeckten Stirn und vor kurzem geschnittenem fettigem Haar. Sein unrasiertes Gesicht war voller kleiner, rötlicher Pusteln. »Sie sind das also«, er maß mich mit seinem Schulleiterblick. »Helena hat erzählt, sie seien ein Vetter von ihr. Bis jetzt hatte sie mir gar nicht von Ihnen erzählt, na ja, macht nichts!« Mir fielen sein schmutziger Kragen und ein Stück Schlamm auf, das an seinem Hosenbein klebte. Er roch nach einem Gemisch aus Rauch, Schweiß und fettigem Schmutz. Ich hatte die Vorstellung, daß er die Nacht in einem Stall verbracht hatte, wo er wahrscheinlich auch den größten Teil des Tages war. Der Gedanke, daß sie jeden Tag mit diesem Menschen zusammenkommen mußte, war mir unangenehm.

Er fragte nach meiner Ausbildung. Ich weiß nicht, ob es ihn beruhigte, daß ich berechtigt war, tschechische Sprache und Literatur bis zur dritten Stufe zu unterrichten, doch wenn es ihn beruhigte, dann ließ er sich das nicht anmerken.

»Glauben Sie, daß Sie den Stoff erklären können?«

Ich sagte, Helena habe mir das Material zur Vorbereitung geliehen, und das beruhigte ihn.

Um die Wahrheit zu sagen, hatte ich das schwarze Heft eher in der Hoffnung gelesen, zwischen den Zeilen doch eine Liebesbotschaft zu finden, denn aus Interesse am durchzunehmenden Stoff. Ich hatte jedoch zumindest begriffen, daß ich die Kinder im Rechnen und in Tschechisch unterrichten sollte, und zwar sollte ich das Dividieren von zusammengesetzten Brüchen mit ihnen durchnehmen und in der Tschechischstunde die Rechtschreiberegeln für den Buchstaben »y« an ausgewählten Beispielen mit ihnen üben. Ich stellte fest, daß sie als Vorbereitung für die Rechenstunde alle Beispiele sorgfältig durchgerechnet und die Ergebnisse in rote Kästchen eingerahmt hatte, aus denen diese auch im schlimmsten Fall nicht entweichen konnten. Das rührte mich, auch wenn ich keine Liebesbotschaft fand.

Ich hatte den Eindruck, daß der Schulleiter mich gerne noch etwas gefragt hätte. Höchstwahrscheinlich hätte er gern ergründet, ob ich politisch zuverlässig war. Oder ich hatte mich getäuscht, und er wollte mir im Gegenteil etwas über meine vermeintliche Cousine mitteilen, ich konnte mir vorstellen, daß diese Mitteilung schadenfroh oder auf andere Weise ungut geklungen hätte. Zum Glück läutete es.

»Ich zeige Ihnen die Klasse!« schnaufte er. »Ich will Sie nicht belehren«, sagte er mir auf dem Gang, »aber ich mache Sie darauf aufmerksam, daß wir hier nicht unter normalen Bedingungen arbeiten. Zögern Sie nicht, sich bei Bedarf Respekt zu verschaffen. Egal wie.« Er blieb vor einer Tür stehen, aus der ein Geschrei drang, wie es nur zwanzig bis dreißig Kinderstimmen zustande bringen. Er wartete einen Augenblick, dann öffnete er jäh die Tür und brüllte in die plötzliche Stille: »Still jetzt!« Er schnaufte und verkündete: »Statt der Genossin Lehrerin wird euch heute ein Genosse unterrichten. Lakatoš, wenn ich

Beschwerden über dich höre, schlage ich dir die Knochen kaputt.« Er hob eine Eisenstange, die in der Ecke bei der Tür stand, wahrscheinlich diente sie als Schürhaken, und drohte den Kindern damit. »Habt ihr gehört, Strnad, Lukač, das gilt auch für euch! Wehe euch, ihr Rindviecher!« Der Schulleiter schnaufte und verließ die still gewordene Klasse.

Der Raum war nicht groß, und die Bänke reichten fast bis zum Katheder. Vergeblich versuchte ich, mich zu konzentrieren, um die verschiedenen Gesichter zu unterscheiden. Ich überschlug nur schnell, daß mich achtunddreißig Augenpaare und ein einzelnes Auge aus dem bandagierten Gesicht eines schmutzigen Zigeunerjungen anstarrten. Von den Bänken ging ein ekelhafter Geruch nach Schweiß, Schmutz, Urin und schlechtem Atem aus. In der ersten Reihe bemerkte ich ein schön angezogenes Mädchen mit einem langen strohblonden Zopf.

Ich drehte mich um, um auch jenen Teil der Klasse anzusehen, den ich im Rücken hatte. Die Tafel sah verhältnismäßig sauber aus – nur in die linke untere Ecke hatte jemand eine fast hieroglyphische Version eines Schweinekörpers geschmiert. Über der Tafel hing ein Bild des Präsidenten Zápotocký, und von der Wandzeitung blickte mich eine Fotografie lächelnder Pionierinnen an, die aus unserer Zeitung ausgeschnitten worden war.

»Setzt euch«, begann ich den Unterricht, »holt eure Rechenbücher heraus!«

Jemand kicherte, mehrere Hände flogen in die Höhe. Ich zeigte auf das Mädchen mit dem Zopf. »Was möchtest du?«

Aus ihrer Antwort ging hervor, daß ich gleich mit dem ersten Satz über meine Ahnungslosigkeit gestolpert war. Sie hatten keine Rechenbücher – es gab keine Rechenbücher.

»Das macht nichts! Was möchtest du?« Ich zeigte auf den Zigeunerjungen, der die übrigen um einen Kopf überragte.

»Genosse, könnten wir singen!«

Einige kicherten.

»Nein«, sagte ich, »aber komm zur Tafel. Wie heißt du?«

Er schwieg, aber die Klasse verriet, daß ich es gerade mit dem berüchtigten Lakatoš zu tun hatte. »Wir werden heute das Dividieren von zusammengesetzten Brüchen lernen. Beweg dich, Lakatoš!«

Der Zigeunerjunge kam langsam aus seiner Bank hervor. »Die Genossin singt immer mit uns.«

»Nicht anstelle des Rechnens!« Ich hob meine Stimme. Meine Entschiedenheit gefiel mir. Ich bedauerte, daß sie mich nicht sehen konnte.

Das Heft mit dem vorbereiteten Stoff hatte ich auf dem Tisch in meinem Hotelzimmer gelassen, doch glücklicherweise hatte ich das Rechenbuch mitgenommen. Ich blätterte einen Augenblick, bis ich den entsprechenden Abschnitt gefunden hatte. In der Klasse begann jetzt ein Flüstern, das sich zu einem halblauten Gespräch auswuchs. »Ruhe!« befahl ich und begann, ein Rechenbeispiel zu diktieren. »Fünf Ganze und achtzehn Siebtel geteilt durch ein Viertel.«

Er schrieb eine große fünf – dann hörte er auf.

»Warum schreibst du nicht, was ich dir diktiere?«

»Ich weiß nich, wie ich's schreiben soll.«

Ich befahl ihm, sich zu setzen, und rief das hübsch angezogene Mädchen mit dem Zopf nach vorne. Der Lärm in der Klasse wuchs. Ich bat um Ruhe und wiederholte die Aufgabe. Sie schrieb:

$$5 \quad \frac{18}{7} \quad + \quad \frac{1}{4}$$

»Ich habe geteilt gesagt und nicht plus!«

Sie sah mich an, dann zuckte sie mit den Schultern, legte die Kreide auf den Tisch und setzte sich wieder hin. »Ihr habt noch keine Brüche durchgenommen?«

Müde hoben sich einige Hände.

»Du«, ich zeigte in die zweite Bank auf der Seite der Mädchen.

»Nein.«

»Was nein?«

»Nein!«

»Kannst du nicht mit einem ganzen Satz antworten?«

»Nein.«

»Setz dich!«

Ich wischte mir den Schweiß von der Stirn. »Du!« Ich zeigte auf einen Jungen, der gerade dabei war, sein Pausenbrot auszupacken. »Öffne das Fenster!«

»Bitte schön, das geht nicht, Genosse!«

»Warum sollte das nicht gehen?«

Die Hände hoben sich.

»Was meinst du?« fragte ich den Einäugigen.

»D-d-d-die Ge-ge-genossin s-s-s-sagt, d-d-d-daß …«

Ich hatte den Falschen gefragt. Jetzt ging ich zum Fenster, drehte den Griff und zerrte daran. Der Fensterrahmen kam aus der Wand und fiel beinahe samt dem Fenster auf mich. Ich versuchte, es mit aller Kraft zurückzudrücken. Etwas klemmte und krachte. Ich stand da und hielt das Fenster fest. »Ruhe!« brüllte ich. »Und du, steck das Pausenbrot weg!«

»Entschuldigung, ich habe nicht gefrühstückt, Genosse!«

Ich ließ das Fenster los, das zum Glück, wenigstens momentan, nicht herunterfiel, riß dem Jungen das Päckchen aus der Hand und zog ihn am Kragen zur Tafel. »Schreib! Fünf Ganze und achtzehn Siebtel …«

Er schrieb: fünftausend hundert einundachtzig.

Ich nahm ihm die Kreide aus der Hand und schrieb:

$$5 \quad \dfrac{\dfrac{18}{7}}{\dfrac{1}{4}} \quad : \quad \dfrac{\dfrac{9}{14}}{\dfrac{3}{5}}$$

Ich stand bereits wieder vor der Tafel.

»Leg sofort das Pausenbrot weg«, brüllte ich, »und komm wieder zur Tafel. Es hat dir keiner erlaubt, dich hinzusetzen!«

Er kam zur Tafel und betrachtete erstaunt die Zahlen.

»Lies die Aufgabe vor!«

Er schwieg.

»Kann jemand das vorlesen?«

Keiner meldete sich. Also las ich es lieber selbst vor. In den hinteren Reihen wieherte jemand sehr gekonnt wie ein Pferd. Ich ignorierte das und fragte: »Weiß jemand, wie man das ausrechnen könnte?« Ich ahnte, daß ich keine Antwort erhalten würde. Aufs Geratewohl rief ich zwei Jungen und zwei Mädchen auf. Das Mädchen, das ich als letzte gefragt hatte, flüsterte den Lehrsatz über die Multiplikation mit dem Kehrwert. Ich lobte sie. »Mach das!« brüllte ich den Jungen an der Tafel an.

»Entschuldigung, aber das haben wir nicht durchgenommen! Die Genossin …«

»Schreib!« befahl ich ihm. Und in diesem Moment passierte es. Ich blickte auf die Zahlen vor mir und wußte nicht mehr, was ich mit ihnen anfangen sollte. Ein Riß in meinem Gedächtnis, hervorgerufen durch die sieben Jahre, die ich nicht eine einzige Rechenaufgabe gelöst hatte und auch keine lösen mußte, abgrundtiefe Leere grinste mich an. Was war der Kehrwert des Bruchs achtzehn Siebtel geteilt durch ein Siebtel? Sieben Achtzehntel … Ich brauchte eigentlich den Kehrwert des zweiten Bruchs.

Drehte man die Bruchzahlen so um, daß der gesamte obere Teil als Zähler galt und der untere als Nenner? Oder war es genau umgekehrt, daß sich ein Bruch in den Zähler verwandelte und der andere in den Nenner, und dann kam noch ein zusammengesetzter Bruch … oder war es das schon?

Das war es auch schon! Ich war schweißgebadet.

Der Junge an der Tafel sah mich an, die Kreide an die schwarze Tafel gedrückt.

Und was war mit der ganzen Zahl? Multiplizierte man sie mit dem Zähler des oberen Bruchs! Oder mit beiden Brüchen?

Es wurde still in der Klasse. Alle, so schien es mir, warteten schadenfroh darauf, was ich tun würde.

Verzweifelt versuchte ich, die Leere in meinem Kopf zu verscheuchen. Aber sie füllte jetzt mein ganzes Denken aus. Ich bekam überhaupt keinen Satz mehr heraus.

In der letzten Bank flammte ein kleines Feuer auf, und dann ging eine Wunderkerze los.

Auf einmal bemächtigte sich meiner eine große Kraftlosigkeit. Sollten sie doch die Schule anzünden, wenn sie wollten, sollten sie sich doch die Augen auskratzen, sollten sie dumm bleiben, ich würde morgen wieder fahren und niemals wieder hierher zurückkehren. Sie gingen mich nichts an, ebensowenig wie diese Schule und das Dividieren zusammengesetzter Brüche. Höchstens ihre Lehrerin ging mich etwas an, doch sogar die erschien mir jetzt weit weg – sie gehörte in einen anderen Traum. Und so sagte ich dem Jungen an der Tafel, er sollte sich hinsetzen. Ich sähe, so fuhr ich fort, daß es keinen Sinn hätte, ihnen Rechnen beizubringen. Es wäre tatsächlich besser gewesen zu singen. Aber das hätten sie nicht verdient. Sie könnten etwas lesen, oder ich würde ihnen etwas erzählen. Schon als ich den letzten Satz begann, ahnte ich, daß ich mir eine neue Falle gestellt hatte. Die Leere in meinem Kopf hatte nämlich inzwischen alle Bereiche ergriffen. Ich wußte nicht mehr, was ich erzählen sollte.

Sie hatten das kapiert.

Das Wiehern aus der letzten Reihe vermischte sich jetzt mit den verschiedensten anderen Lauten. Tierischen, menschlichen und unmenschlichen.

Ich stellte mich vor die Seite, auf der die Mädchen saßen, forderte die Klasse auf, ruhig zu sein, und begann mit einer Stimme, die nicht einmal einen Schiffbrüchigen auf einer einsamen Insel gefesselt hätte, von meiner Reise in die Rodopen zu erzählen.

Es interessierte sie nicht. In den hinteren Bänken auf der Seite der Jungs wieherten sie so laut, daß meine Stimme vollständig unterging. Ich ging zu zwei Jungs, die miteinander rangen, um sie zu trennen, aber zu meinem Erstaunen über die plötzliche Stille hörten sie von selbst auf. Hatte mein Gesichtsausdruck sie erschreckt?

In der Stille hinter mir ertönte plötzlich das Gebrüll einer bekannten Stimme: »Ruhe jetzt!«

Die Schüler erhoben sich gelehrig. »Ein Schritt nach rechts!« lautete der Befehl. Dann trat der Schulleiter zu einem der gezähmten Raufbolde, gab ihm eine Ohrfeige, den zweiten zog er an den Haaren in die Reihe, und während er dies tat, sagte er zu mir: »Ich lege sie mit meiner Klasse zusammen, Sie müssen sich nicht mehr bemühen, Genosse!«

Folgsam marschierten die Kinder auf sein Kommando hin aus der Klasse. Ich packte meine Sachen in die Tasche und ging durch einen auf einmal sehr leisen Flur zum Ausgang. Ich ging auf dem vertrauten Weg zum Nachbardorf zurück. Über den Himmel zogen schwere Wolken, es begann zu regnen. Ein Weilchen suchte ich Zuflucht in dem Heuschober. Wie weit weg die klare Nacht voller Dämonen nun war!

Von weitem drang der Baustellenlärm zu mir, mit Schutt beladene Wagen schaukelten auf dem Feld hoch über dem Fluß. Ich hatte keine Lust, weiter zu gehen, sie zu treffen, ihr zu antworten, wenn sie fragen würde, wie es in der Schule gegangen war.

Und dann mußte ich auch noch das Feuilleton über die Arbeit der Lehrer schreiben. Was sollte ich schreiben, damit es nicht peinlich würde? Wie war überhaupt mein Schreibstil? Konnte ich schreiben, oder redete ich mir das nur ein? Was für eine Figur würde ich bei einem Treffen mit meinen Lesern machen?

Und was war mit meiner Liebe?

Hatten die Schüler nicht einfach das Närrische aller meiner Bemühungen offenbart?

Ich traf sie angezogen, sie war gerade dabei, ihre Tasche zu packen.

»Du bist schon da?« fragte sie verwundert.

Ich war da und hatte keine Lust, über meinen Unterricht zu sprechen. Ich fragte sie, wie es ihr ginge.

Auf jeden Fall besser. Es habe ihr gutgetan, daß sie nicht in die Schule gehen mußte. Das sei nett von mir gewesen, daß ich für sie eingesprungen wäre. Und jetzt war sie froh, mich wiederzusehen und auch darüber, daß ich so früh zurückgekommen war, so könnten wir noch den Vormittagszug erwischen.

Sie bemühte sich überhaupt nicht, das Zusammensein mit mir länger zu gestalten, als unbedingt nötig. Gedemütigt wie ich war, sah ich die Realität ohne Illusionen. »Und dem Schulleiter hast du erzählt, ich sei dein Vetter«, sagte ich vorwurfsvoll.

»Und was hätte ich erzählen sollen?« fragte sie erstaunt.

Der Vormittagszug war total leer, wir saßen allein in einem Abteil. Sie kuschelte sich in eine Ecke. Schüttelfrost plage sie. Wenn sie nur schon bei ihrer Mutter wäre. Sie lehnte den Kopf an meine Schulter und schloß die Augen.

Der Zug setzte sich in Bewegung. Als wir uns vom Ort meiner Demütigung entfernten, wurde mir leichter ums Herz. Ich hatte das Leben wieder vor und sie so dicht neben mir, so eng, daß es mir den Atem nahm. Ich umarmte sie vorsichtig. Sie preßte sich an mich, und diese Berührung machte mich selig. Mein Schäfchen! Und wieder überlegte ich, was ich tun mußte, damit ich sie weiter in den Armen halten konnte, damit sie mir nicht mehr entwischte.

In Budějovice verabschiedeten wir uns. Sie versprach, mir zu schreiben, sobald es ihr besserging. Jetzt, da sie zu Hause war, würde sie zum Arzt gehen und sich krank schreiben lassen, und in die Schule ginge sie mindestens eine Woche lang nicht. Wenn ich also schreiben wollte, dann besser erst in einer Woche! Sie küßte mich flüchtig auf die Wange und eilte in einem Tempo davon, das nicht verriet, daß sie krank war.

Zu Hause fand ich in der Post außer den Korrekturen für meine Erzählung die ›Reise zu den Toten‹ auch das Telegramm. Es bestand bloß aus fünf Worten: Komm nicht, bin krank. Helena. Erstaunlicherweise deprimierte mich die Schroffheit dieser Nachricht, die durch die Schuld der Post jeden Sinns entbehrte. Doch ich hatte keine Zeit, mich mit der Vergangenheit zu beschäftigen. Ich mußte mein Feuilleton schreiben, die Erzählung korrigieren, eine Menge Redaktionspost erledigen, die ich in den letzten Tagen vernachlässigt hatte. Erwartungsvoll ging ich von der Redaktion nach Hause, ob nicht doch ein

Liebesbrief eingetroffen sei. Wenn ich keinen fand, so sah ich doch wenigstens in das Gesicht meiner Liebsten, wie sie über dem Torso des abgeschnittenen Wasserfalls erstarrt war, und Zweifel überwältigten mich.

Ende der Woche erschien meine Reportage über die Talsperre. Ich überbrachte sie ihr nicht persönlich, aber sie gab mir zumindest einen Vorwand, um mich zu melden, nachdem sie sich nicht meldete. Neben den gedruckten Seiten legte ich auch noch einen Brief, in dem ich kurz von meiner Arbeit berichtete und mich nach ihrer Gesundheit erkundigte, in den großen Umschlag.

Sie antwortete mir und lobte meine Reportage. »Alle hier lesen sie, ich bin stolz darauf, daß ich dich kenne …« Ab Montag, so berichtete sie, würde sie wieder unterrichten, sie hätte viel nachzuholen. Sie hing mit dem Stoff hinterher, und diese Woche fehlte ihr, sie wüßte nicht, wo ihr der Kopf stehe, die Zeit reichte nicht einmal, um mir einen Brief zu schreiben, und ganz bestimmt käme sie hier nicht weg, bevor das Schuljahr zu Ende war, aber das wäre glücklicherweise schon in vierzehn Tagen. Wenn ich mir vorstellen könnte, wie viele Berichte sie schreiben und abgeben müsse. Und dann noch die Zeugnisse und Gutachten, schon jetzt wache sie nachts vor Schrecken auf. Es täte ihr leid, daß wir uns nicht gleich wiedersehen könnten, aber wenn das Schuljahr erst einmal um sei …

Diese drei vielversprechenden Punkte bewirkten, daß ich alle meine Zweifel vergaß. Meine Liebste, meine Teuerste, mein Schäfchen. Ich begann sofort, eine Antwort zu verfassen. Ich füllte zwei Blätter mit Nachrichten über mich und mit zärtlichen Geständnissen. Und ich vertraute ihr an, daß ich gerne durch die Gegend zog, mich dabei aber immer danach gesehnt hatte, jemanden mir Nahes an meiner Seite zu haben, mit dem ich meine Eindrücke teilen konnte. Und deshalb hätte ich mich gleich so gut gefühlt an jenem ersten Abend. Würde ihr eine solche Reise gefallen? Oder zog sie es vor, an einem Ort zu bleiben? Würde sie zumindest einen Teil ihrer Ferien (ich hätte nur auf zwei Wochen Urlaub Anspruch) mit mir verbringen?

Den Brief schickte ich sofort ab, doch am Abend, als ich mich an der Vorstellung einer gemeinsamen Reise und vor allem Übernachtung freute, wurde mir plötzlich mit Schrecken klar, daß ich mit meinem Vorschlag etwas zu weit gegangen war. Was sollte sie mir darauf antworten? Daß sie mit mir an jeden Ort fahren würde, den ich vorschlug?

Mitten in der Nacht begann ich, einen neuen Brief zu schreiben. Ich entschuldigte mich für den letzten Brief, ich hätte mich von meiner Sehnsucht nach ihr zu sehr fortreißen lassen. Ich wäre natürlich schon glücklich, wenn ich sie beispielsweise einen halben Tag sehen könnte, ich würde ihr gerne eine Menge Dinge erzählen und erklären und hören, was sie für Vorstellungen von der Zukunft hatte. Ich schlug vor, daß wir uns gleich am ersten Ferientag (er fiel zufällig auf einen Sonntag) auf dem Bahnhof in S. treffen könnten – also genau in der Mitte zwischen unseren beiden Heimatstädten. Ich wählte einen passenden Zug für sie und für mich aus. Meiner würde mittags dort ankommen, ihrer eine Stunde später, und ich würde sie am Zug erwarten. Ich versicherte noch, wenn sie es eilig hätte, dann könnte sie am Abend wieder zu Hause sein, und bat sie, mir rechtzeitig zu antworten, ob sie mit meinem Vorschlag einverstanden sei.

Die ganze Woche lang antwortete sie nicht, wenn ich Schweigen nicht als Antwort betrachtete.

Bis zu unserem Treffen blieben noch vier Tage. Ich schickte ein Telegramm. Warum schweigst du? Bitte telegrafiere mir, ob du kommst oder nicht.

Sie meldete sich nicht, sie war in der Ferne verschwunden.

Vielleicht war sie wieder krank geworden, lag zu Hause und hatte keine Ahnung von meinem Vorschlag. Aber warum schrieb sie mir dann nicht wenigstens von zu Hause aus? Sollte ich zu ihr fahren? Aber wohin? Sie anrufen? Diese Möglichkeit hatte ich mir entgehen lassen – das Schuljahr war schon vorbei.

Noch am Sonntag morgen hielt ich voller Hoffnung, einer Hoffnung, die der eines Verurteilten glich, Ausschau nach einem Telegrammboten.

Was war, wenn sie wegen einer Krankheit meinen Brief und mein Telegramm erst in allerletzter Minute erhalten hatte, die Zeit hatte nicht mehr gereicht, um mir zu antworten, sie kam an den Ort, den ich vorgeschlagen hatte, und wer würde dort auf sie warten?

Ich erreichte den Zug noch.

Entlang der Gleise standen verblühte Vogelbeer- und Schneeballsträucher, die Wiesen blühten, und über der heißen Landschaft schwebte eine Wolke aus Blütenpollen. Ich nieste, und meine Augen brannten. Leute stiegen aus, dann setzte sich ein festlich angezogenes Mütterchen mit schwarz eingebundenen Gesangbüchern in den Zug. Voller Mitgefühl, das meine Krankheit hervorgerufen hatte, wünschte sie mir, daß der Herrgott mir Gesundheit gebe.

Der Zug hielt in den Feldern hinter Votice, spie Feuer und Ruß in die heiße, unbewegliche Luft, und ich fürchtete schon, daß ich zu spät kommen und sie dort nicht treffen würde – ich würde nicht erfahren, ob sie überhaupt gekommen war oder nicht.

Doch ich traf zehn Minuten vor der fahrplanmäßigen Ankunft ihres Zuges ein. Ich nahm den kleinen Bahnhof kaum wahr, auf dem ich zum ersten Mal in meinem Leben ausgestiegen war.

Wo sollten wir hingehen, wenn sie doch kam?

Ich blickte in die hügelige Landschaft, Wäldchen, Felder, die schon zusammengelegt worden waren, und ein Dorf, das schön unter einem Kirchlein lag – ich konnte mich nicht dazu bringen, die Einzelheiten wahrzunehmen, doch wenn wir in die Felder gehen würden, würde ich wahrscheinlich nur lächerlich niesen.

Schließlich sah ich in der Ferne eine Rauchsäule, die näher kam. Der Zug hatte sechs Waggons, ich wartete genau zwischen dem dritten und dem vierten Wagen, so daß ich keinen der Aussteigenden übersehen konnte. Das war leichter, als ich erwartet hatte. Außer der Schaffnerin stieg niemand aus. Sie sah mich fragend an, ich schüttelte den Kopf. Also hob sie die Hand, sie wartete, bis der Zug losfuhr, dann schwang sie sich flott auf das Trittbrett, ihr langes Haar flatterte unter der Dienstmütze.

Warum hatte ich mir eigentlich nicht schon im voraus eine Rückfahrkarte gekauft? Ich hätte mit diesem Zug wieder abfahren können. Hatte ich wirklich erwartet, daß sie kommt und mich zärtlich umarmt?

Der nächste Zug hielt erst in drei Stunden hier. Diese lange Zeit erschreckte mich – plötzlich hatte ich das Gefühl, diese Zeit nicht ausfüllen zu können. Ich saß auf der Bank, zog ein Buch aus der Tasche, das ich noch nicht ganz ausgelesen hatte, und sah ein Weilchen auf die Buchstaben, die keinen Sinn ergaben.

Ich begann, mich selbst zu bedauern. Ich hatte ihr doch nichts getan. Und sie … Ich kam mir vor wie ein verjagter Hund, ich lief von Fenster zu Fenster, nein, ich winselte unter ihnen, aber denen drinnen war ich nicht einmal so viel wert, daß sie aus dem Fenster heraus geschrien hätten, ich solle verschwinden.

Der Bahnsteig glühte, und mir schien, als krümmten und krachten die Gleise in der Sonnenhitze.

Ich stand auf, überquerte die Bahnlinie, und dann ging ich den Feldweg hinauf. In der Ferne sah ich am Waldrand ein kleines Gebäude. Als ich näher kam, erkannte ich eine verfallene Kapelle, vor der eine ganz in schwarz gekleidete alte Frau kniete.

Der Verputz der Kapelle war abgebröckelt, so daß man die Ziegelsteine sah, in einem Rahmen hing ein Bild der Mutter Gottes. Ihr Gesicht war verstümmelt, die Augen waren ausgekratzt, und über dem Mund, auf dem ein zärtliches Lächeln lag, klaffte eine Schnittwunde. Eine große Vase mit Wiesenblumen stand auf einem Holztisch.

Ich wäre unbemerkt weggegangen, aber die alte Frau stand auf und drehte sich zu mir um. Ich grüßte sie also. Ich hatte keine Lust zu reden, aber ich zeigte doch auf das Bild und bedauerte es: Schrecklich, wozu die Menschen fähig waren.

Ihre alten grauen Augen sahen mich verständnislos an. Die Kapelle stünde hier schon ewig, begann sie zu erklären. Es hätte auch noch unten im Feld eine Kapelle gegeben, sie zeigte auf das flache Land, aber die habe man vor kurzem abgerissen. Diese hier sei erhalten geblieben, die Mutter Gottes sei gut, sie lächle auch die an, die sie angreifen. Und ihr Lächeln wirke heilend, wie könne man ihr etwas antun, der heiligen Fürsprecherin? Die Alte lächelte ebenfalls und bekreuzigte sich.

Ich sah nochmals das geschändete Bild an – durch die herausgerissenen Augen leuchtete blutig der nackte Ziegelstein – und dann die lächelnde alte Frau. Ich verstand, daß für sie das Bild nicht verstümmelt war, sie fand keinen Makel an ihm, vielleicht sahen ihre Augen nicht mehr genug oder wollten es nicht sehen.

Wie gut ich sie verstand. Hatte ich nicht ein ganzes Leben lang bis jetzt dasselbe getan? Man macht sich trügerische Bilder, hängt sein Herz an sie, hätschelt sie, zieht sie allen vor, sehnt sich nach ihnen, blickt zu ihnen auf und bemerkt nicht, wie man sich selbst betrügt, wie man die Welt um sich herum immer weniger wahrnimmt.

Doch ihre Augen konnten vielleicht wirklich anderes Licht sehen, in dem sich die Wunden selbst heilen und in dem das Lächeln auch den Anschlag eines Gewalttäters überstand, während ich mir einredete, daß ich die echte Welt in ihrer wirklichen Gestalt sehe. Ja, ich maßte mir sogar an, über sie zu schreiben.

Die alte Frau bekreuzigte sich von neuem, wünschte mir eine gute Reise und schlurfte davon, ohne zu begreifen, was sie mir gezeigt hatte.

Ich ging langsam zur Bahn zurück und zwar mit einem Gefühl der Erleichterung, das mich selbst erstaunte, in meinem Sinn reifte ein weitreichender Vorsatz. Lebt wohl, meine Schäfchen, auch wenn ihr nie die Meinen gewesen seid.

Einige Tage später rief mein Chef mich zu sich. Vor ihm lagen die Druckfahnen meiner Erzählung über den Toten von der Talsperre, ich wußte nicht, wie sie zu ihm gelangt waren. Die Erzählung habe ihn empört, er schlug mir vor, sie aus der Literaturzeitschrift, in der sie erscheinen sollte, zurückzuziehen. Ich aber hätte lieber die Reportage zurückgezogen, die in unserer Zeitschrift erschienen war, wenn das noch möglich gewesen wäre. Er sagte, in diesem Fall müßten wir uns trennen, und ich stimmte zu.

So verließ ich also nach einem knappen Jahr die Familienzeitschrift und tat zumindest einen Schritt, um über die Ecke meines Gäßchens hinauszugelangen.

Der Lehrerin von der Talsperre schrieb ich nicht mehr, ich erwartete auch nicht, von ihr zu hören, die Erinnerung an sie war nicht so dringend, daß ich ihr schreiben mußte. Kurz vor Beginn des neuen Schuljahrs erhielt ich doch einen Brief. Ich erkannte die hübsche Schrift auf dem

Umschlag sofort, und für einen Augenblick bemächtigte sich meiner eine Erregung, die ich nicht unterdrücken konnte. In dem Brief fand ich eine Heiratsanzeige und das Foto der Braut mit einem lächelnden Bräutigam. Sie hatte einen Soldaten geheiratet, dessen Namen meinem überhaupt nicht ähnelte, während mir das Gesicht bekannt vorkam. Leider hatte ich den Vetter auf dem Foto abgeschnitten und weggeworfen, ich war mir also nicht ganz sicher, aber darauf kam es eigentlich auch nicht an. Unter den gedruckten Text hatte sie, wie immer in Schönschrift, geschrieben:

Sei mir nicht böse, ich verstehe selbst nicht, was mit mir los war!

Ich untersuchte den Stempel auf dem Umschlag. Der Brief war in dem Ort abgeschickt worden, auf den ich während des Krieges vier Jahre lang hinter den Schanzen gesehen und den ich immer noch nicht besucht hatte.

Es hätte besser zu ihr gepaßt, dachte ich, wenn sie geschrieben hätte: »Sei mir nicht böse, aber wenn du ahntest …« und mit jenen drei bangen, so vielsagenden Punkten geendet hätte. Die Menschen sollten ihre Geheimnisse für sich behalten, der Dunst geheimnisvoller Kränkungen und Probleme steigerte ihre Anziehungskraft. Ich antwortete, daß ich ihr nicht böse sei und daß sie mir verzeihen solle, daß ich sie in meine schwärmerischen, unreifen Vorstellungen verwickelt hatte. Sie habe mich mehr erkennen lassen, als sie ahne, und dafür sei ich ihr dankbar. Ich dächte, daß wir uns wirklich, wie sie es einmal geschrieben hatte, wenigstens für diesen kurzen Moment treffen mußten.

Ich fügte bereits nicht mehr hinzu, was mir in diesem Augenblick eingefallen war: Daß die Täuschungen, die wir uns oder anderen gegenüber zulassen, sich an uns selbst rächen: Sie nähern uns dem an, den wir doch täuschen.

# Quellenangaben

Die Zitate in der Erzählung »Mein Vaterland« sind folgenden Werken entnommen:

Balzac, Honoré de, ›Glanz und Elend der Kurtisanen‹. Aus dem Französischen von Ernst Wieland Junker, Deutscher Taschenbuch Verlag, München 1976 (dtv 2016) S. 78–79.

Gorkij, Maxim: »Der Wächter«, aus ders., ›Erzählungen‹, Bd. 6. Aus dem Russischen von Inge Wiedemann, Aufbau Verlag, Berlin 1955, S. 12–18 (in Ausschnitten).

Maupassant, Guy de, ›Bel Ami‹. Aus dem Französischen von Waltraud Kappeler, Deutscher Taschenbuch Verlag, München 1996 (dtv 24060), S. 95–96.

Scholochow. Michail, ›Der stille Don‹. Aus dem Russischen von Olga Halpern, E. Margolis und R. Czora, Deutscher Taschenbuch Verlag, München 1977 (dtv 11727), S. 193–194.

Stendhal, ›Rot und Schwarz‹. Aus dem Französischen von Otto Flake, Deutscher Taschenbuch Verlag, München 1976 (dtv 2005), S. 106.

# Ein Streifzug durch Prag

Foto: Renate von Mangoldt

Libuše
Moníková

Verklärte
Nacht

Hanser

152 Seiten. Leinen, Fadenheftung

Nach zwanzig Jahren kehrt Leonora Marty zurück nach Prag, in die Stadt ihrer Kindheit. Auf ihren Streifzügen sucht sie die Stadt, die sie verlassen hat, und findet sie in dem umtriebigen Klima nach '89 nicht wieder. Eine Chronik der Ereignisse seit der »samtenen Revolution« im November 1989 bis zu den letzten Tagen der Tschechoslowakei im Dezember 1992, ein politischer Stadtführer durch Prag und nicht zuletzt eine Liebesgeschichte, begleitet von der Musik Janáčeks und Schönbergs.